# LEVEL 26

## TOME 2 DARK PROPHECY



Traduit de l'anglais (États-Unis)
par Pascal Loubet

ANTHONY E. ZUIKER
avec la collaboration de Duane Swierczynski

Michel LAFON

DU MÊME AUTEUR CHEZ LE MÊME ÉDITEUR

Level 26


7-13, bd Paul-Émile-Victor, Ile de la Jatte – 92521 Neuilly-sur-Seine.
www.michel-lafon.com

*Pour le Dr Pressman, le plus merveilleux des vieux hommes*

Internet peut prendre le relais du roman.

Connectez-vous sur level26.com, ou scannez le flashcode, et regardez les séquences réalisées par Anthony Zuiker sur votre ordinateur ou directement sur votre smartphone.

Pour décoder les flashcodes, téléchargez gratuitement l'application mobiletag :

– sur m.mobiletag.com
– sur le store de votre téléphone
– en envoyant « tag » au 30130.

Les forces de l'ordre classent les meurtriers sur une échelle de 1 à 25, allant de l'opportuniste naïf jusqu'au tueur sadique, organisé et calculateur.

Ce que presque personne ne sait, c'est qu'une nouvelle catégorie de meurtriers est apparue. Et qu'un seul homme est capable de les arrêter.

Ses cibles : les tueurs de niveau 26.

Ses méthodes : n'importe lesquelles.

Son nom : **Steve Dark**.

# PROLOGUE

## Rome, Italie

En le sortant de l'eau, Steve Dark eut l'impression que le masque de latex se moquait de lui.

Les orbites vides le fixaient, écarquillées de surprise. *Qui ça, moi ? Faire une chose pareille ?* La fermeture Éclair de la bouche semblait tordue dans un rictus cruel. Le costume trempé et inerte pendait dans les mains de Dark comme la mue d'un lézard qui a décampé depuis longtemps. Les détails étaient familiers : les mêmes zips, les mêmes coutures. Le costume était identique en tous points à celui que portait le diabolique Sqweegel – sauf qu'il était noir.

Tom Riggins rattrapa Dark et posa la main sur son épaule.

– Ce n'est pas lui.

– Je sais, répondit Dark à mi-voix.

– Je ne blague pas. Tu as vu comme moi cet enfoiré cramer. C'est juste quelqu'un qui se fiche de nous. Un copycat. Tu en es conscient, n'est-ce pas ?

– Oui. Emportons ce truc quand même.

Quelques heures plus tôt, la panique avait envahi Rome. On avait mis sur pied une cellule de crise internationale, et les Affaires spéciales avaient tout de suite été envoyées là-bas. Un inconnu avait versé du cyanure dans la fontaine de Trevi, faisant des centaines de victimes, et avait abandonné un étrange objet flottant à la surface de l'eau. La scène semblait sortie d'un tableau de Bosch : des cadavres rosâtres, une pestilence révoltante. Un cortège d'ambulances, de camions de pompiers et de voitures de police qui s'étirait sur la rue principale. Des badauds inquiets qui se massaient dans les ruelles avoisinantes.

Une voiture de la *polizia* avait escorté Dark et son équipe jusqu'à un périmètre dégagé à quelques mètres de la fontaine. Des policiers soulevèrent le cordon orange pour le laisser passer et lui frayèrent un chemin jusqu'à la célèbre fontaine. Le bassin était jonché de pièces étincelantes dans l'eau empoisonnée.

Cinq policiers italiens faisaient bloc pour dissimuler une partie de la fontaine. À l'arrivée de Dark, ils s'écartèrent.

En voyant la masse noire et caoutchouteuse flotter dans l'eau, Dark s'arrêta net. Il se força à s'en approcher, les tempes bourdonnantes, tandis que le sang se glaçait dans ses veines.

En cet horrible instant, Dark fut assailli par l'idée que Sqweegel, le tueur en série de niveau 26, avait peut-être survécu d'une manière ou d'une autre. Sa raison lui hurlait que c'était impossible. Il l'avait débité en morceaux à coups de hache et avait regardé ses membres maigres brûler dans un four crématoire. Pourtant, en reconnaissant le costume et la grimace moqueuse du masque, il faillit basculer dans l'irrationnel.

L'équipe s'installa dans un labo à Rome. C'était très loin de ce à quoi Dark était habitué aux Affaires spéciales en Virginie, mais il y avait le matériel de base. Dark préleva à l'aide d'un coton-tige d'éventuelles traces d'ADN sur le costume et analysa l'échantillon. En attendant le résultat, il but un café tiède et amer en essayant de garder l'esprit clair. Mais son cerveau était comme celui d'un animal pris au piège. Il ne cessait de se repasser les événements cauchemardesques des dernières semaines. Il revoyait son bébé, maintenant confié à des inconnus aux États-Unis. Et Sibby, l'amour de sa vie, levant vers lui ce visage qu'il ne verrait désormais plus que dans ses rêves.

Les résultats arrivèrent enfin : ils correspondaient à un dossier de la base de données américaine CODIS. À Las Vegas. Une affaire non résolue.

Apparement, quelqu'un avait suivi l'affaire, s'était entiché de Sqweegel et avait décidé de perpétuer les massacres. Rien de nouveau. Le Zodiaque avait eu de nombreux admirateurs qui avaient imité ses techniques pendant des années, narguant la police avec des lettres et tuant des amoureux dans des lieux isolés. Ce tueur avait captivé l'imagination du public et certains voulaient en tirer parti.

Historiquement, il n'existait aucun tueur de l'envergure de Sqweegel. Ce contorsionniste dément était entièrement revêtu d'un costume lui permettant de ne laisser aucune trace, sauf si cela lui chantait. Il était capable de se dissimuler dans le plus infime recoin et d'attendre avec une patience inhumaine que sa victime soit distraite ou endormie. C'est alors qu'il se glissait hors de sa cachette et attaquait avec une sauvagerie inouïe. Son obsession était de punir des gens pour ce qu'il considérait comme des péchés, car il se chargeait de laver l'âme du monde. Puis il avait fait une fixation sur Dark, l'agent chargé de le traquer depuis des années. Pour Sqweegel, Dark méritait le châtiment suprême.

Peut-être que l'affaire de la fontaine de Trevi impliquait un complice essayant de suivre les traces macabres de son maître.

Mais, lorsque Dark et son équipe regagnèrent les États-Unis, il n'y eut plus le moindre incident. Pas de costume stérile en latex, pas d'énigme, pas de défis. Pas de meurtres insolubles ressemblant de près ou de loin au mode opératoire de Sqweegel.

Plus de cadavres. Plus de menaces. Rien qui approchât les horreurs que Sqweegel avait commises. Jusqu'à maintenant…

# Cinq ans plus tard

# PARTIE I

# Le Pendu

Pour visionner le tirage de tarot* personnel de Steve Dark, connectez-vous à level26.com et entrez le mot de passe : « pendu ».

flashcode

web

* Le tarot le plus courant en France est le tarot de Marseille. L'auteur utilise le tarot de Rider-Waite, l'équivalent anglo-saxon.

EX LUX LUCIS ADVEHO ATRUM
XII
EX LUX LUCIS ADVEHO ATRUM · EX ATRUM ADVEHO LUX LUCIS
EX LUX LUCIS ADVEHO ATRUM · EX ATRUM ADVEHO LUX LUCIS
LE PENDU
EX ATRUM ADVEHO LUX LUCIS

## Chapell Hill, Caroline du Nord

Martin Green comprit qu'il allait mourir.

Il était pendu la tête en bas par la cheville droite à une corde attachée au plafonnier de son sous-sol. Du moins, c'est ce qu'il présumait. Il avait terminé les travaux du sous-sol quelques années auparavant et il n'y avait rien au plafond où attacher une corde. Et, comme son agresseur lui avait bandé les yeux, il n'avait aucun moyen d'en être sûr.

Le plafonnier, ce serait bien. Peut-être que son poids le ferait céder. Qu'il pourrait se libérer. Et ensuite trouver le moyen de se sortir de cette situation insensée.

Au début, Green avait pensé à une effraction. Certes, il faisait une victime idéale. Célibataire, habitant dans une grande maison, il suffisait de repérer ses habitudes. Des amis lui avaient souvent répété de renforcer sa sécurité étant donné sa profession. Green était un homme de l'ombre. Presque personne dans le pays n'était au courant de son existence, et même ceux qui le connaissaient ne savaient pas vraiment en quoi consistait son travail. Pourquoi aurait-il eu besoin de caméras de sécurité supplémentaires ? À présent, il comprenait.

Green était suffisamment bien informé pour savoir comment réagir en pareille situation : donner à son agresseur ce qu'il veut.

– Le coffre est dans la chambre, dit-il. Derrière le Chagall. Je peux vous donner la combinai…

Une main lui ouvrit brutalement la bouche et y fourra un chiffon. Un ceinturon s'enroula autour de ses joues et fut bouclé derrière sa tête, lui arrachant quelques poils de la nuque. Bouclé et serré. Trop serré.

*Bon Dieu !* voulut crier Green. *Je peux pas te donner le code du coffre si tu m'empêches de parler.*

Il ne parvint qu'à pousser un grognement.

Alors qu'une sueur froide ruisselait jusqu'à son nez, il se rendit compte que son agresseur ne voulait peut-être pas la combinaison de son coffre ni même le faux Chagall qui le dissimulait. Que voulait-il, alors ?

Il entendit un cliquetis de ciseaux : on découpait les jambes de son pantalon. Puis il sentit le premier coup de rasoir, et, le long de sa cuisse nue, un filet de sang tiède ruissela jusqu'à son entrejambe.

Une demi-heure plus tôt, Green savourait la dernière gorgée d'un single malt et posait son Amex Black sur le comptoir tout en cherchant dans sa poche le ticket du voiturier. Green était tout content de rentrer chez lui aussi tôt. Il avait une réunion matinale à DC et devait se réveiller à une heure indue pour prendre un avion. Mieux valait arrêter les frais tout de suite.

Le voiturier amena la Bentley. Green se laissa glisser derrière le volant et roula dans un agréable brouillard alcoolisé. Pas trop ni trop peu. Juste ce qu'il fallait.

En arrivant dans l'allée de sa maison de dix pièces à 3,5 millions de dollars, Green avait été gagné par le sommeil. Tant mieux. Il aimait que ses journées se déroulent exactement ainsi, dans un enchaînement idéal : sport, travail, loisirs, dîner et un verre. Ce soir-là, Green avait hâte de se glisser dans ses draps en coton égyptien mille-fils et de sentir son cerveau se mettre en veille. Ne pas sombrer dans le sommeil d'épuisement ou d'excès d'alcool ni rester aux aguets à cause des événements des derniers jours.

Il ouvrit sa porte et appuya sur l'interrupteur… rien ne s'alluma. Il poussa un juron, s'acharna dessus. Toujours rien.

Plus de courant. Il s'avança dans le hall et se figea. Malgré la pénombre, il vit qu'on avait ouvert des tiroirs, décroché des tableaux, bougé des meubles.

Quelqu'un – un inconnu – était entré chez lui.

Il réprima l'envie de tourner les talons et de s'enfuir. Il ne pouvait pas se comporter en poltron, il fallait qu'il vérifie ce qui s'était passé et ce que ces salauds lui avaient volé.

Ce n'était pas censé arriver. L'année précédente, Green avait installé un système de sécurité hors de prix précisément pour prévenir ce genre de chose.

Il inspecta le panneau de commandes fixé sur le mur. L'appareil semblait éteint, alors qu'il était branché sur une alimentation indépendante. La batterie de secours était-elle débranchée ou en panne ? Il appuya sur MARCHE. Rien.

*O.K., imbécile. Sors. Tout de suite.*

C'est alors qu'il entendit un bruit en provenance de la cuisine, comme le déclic d'une porte de placard qu'on referme. Il n'y avait qu'un truc pire que d'avoir été cambriolé, pensa Green. C'était de rentrer chez soi au beau milieu d'un cambriolage.

Green sortit son mobile de sa poche et commença à composer un numéro tout en reculant prudemment vers l'entrée... Il se pétrifia, les muscles tendus. Il ouvrit la bouche, mais il était incapable de crier. Même s'il avait pu, son plus proche voisin était trop loin pour l'entendre. Sa vue se brouilla. Toute la maison sembla vaciller.

Green se sentit basculer, puis on le traîna par terre jusqu'à la porte de la cave.

Quand il reprit ses esprits, il était suspendu au plafond dans le sous-sol.

Il avait dû s'évanouir de nouveau. La dernière chose dont il se souvenait, c'étaient... les ciseaux ?

Sa jambe.

*Oh, mon Dieu, ma jambe.*

Ce qui l'inquiétait le plus, c'est qu'il ne la sentait plus. Ni la corde qui s'enfonçait dans sa cheville droite ni l'étoffe du pantalon. Rien.

On tira sur la ceinture qui le bâillonnait. Le chiffon fut enlevé de sa bouche. Green s'étrangla, inspira une longue goulée d'air puis cria. C'était moins pour appeler à l'aide que pour s'en prendre à son bourreau. Attaché comme il l'était, que pouvait-il faire d'autre ?

Le coup qui s'abattit sur sa pomme d'Adam réduisit son cri à un geignement.

– Chut, dit une voix.

Bien que tout tremblant et incapable de sentir ses fichues jambes, une fois le bâillon ôté, Green éprouva une lueur d'espoir. Peut-être que ce n'était qu'un cambrioleur qui voulait lui faire peur. *Eh bien, figure-toi que ça marche, mon pote. Je suis totalement pétrifié. Et même si tu as réussi à me paralyser les jambes, je passe l'éponge. Prends l'argent. Prends tout ce que tu veux. Et pars.*

Il fut saisi d'une quinte de toux, puis il retrouva sa voix.

– Tu as gagné. Libère-moi. Je te jure que je ne dirai rien à personne.

Il tenta de localiser son agresseur. Derrière lui ? Il lui sembla entendre du bruit. Mais il y avait aussi quelqu'un juste devant. Devant son nez. Il sentait presque son haleine lui frôler le visage.

– Écoute, je connais des gens haut placés. Ce n'est pas une menace, c'est juste pour que tu comprennes que je peux t'obtenir tout ce que tu veux. N'importe quoi. Tu n'as qu'à me le demander.

De nouveau, un mouvement derrière lui. Green essaya de se retourner. Il ne pouvait pas voir grand-chose, mais cela lui donnait l'impression de maîtriser un tout petit peu la situation. Peut-être qu'il était suspendu la tête en bas, mais, au moins, il pouvait se retourner pour regarder son agresseur en face.

Il tenta de l'implorer.

– S'il te plaît. Dis-moi comment je peux te satisfaire.

En guise de réponse, son agresseur lui vaporisa un produit sur le visage. Green eut l'impression d'avoir la peau en feu. Il n'avait jamais rien éprouvé de tel et était incapable de reprendre son souffle pour hurler de plus belle.

Alors, un sac fut glissé sur sa tête.

Quelqu'un parla. À travers le sac, Martin Green entendit tout juste un murmure, mais il aurait juré avoir entendu le mot « ça » juste avant d'inspirer, et, en sentant la brûlure envahir ses poumons, il eut la certitude qu'il allait mourir.

# 1

## West Hollywood, Californie

Steve Dark se réveilla en sursaut, roula sur le côté et se laissa glisser hors du lit. Il se posa sans un bruit et attendit, immobile, à quatre pattes. Non loin, sur Sunset, s'élevait le bourdonnement de la circulation. Un rire d'ivrogne se fit entendre. Le cliquetis de talons sur le bitume. Un coup de klaxon dans le lointain. Les bruits nocturnes habituels de Los Angeles. Rien qui sorte de l'ordinaire.

Cependant…

Toujours à quatre pattes, Dark parcourut lentement la maison en restant dans l'ombre, aux aguets. Il entendait seulement le craquement de ses jointures à chaque mouvement. Il récupéra son Glock 22 mm quinze coups dans sa cachette, sous le parquet, puis se redressa. Il ôta la sûreté. Il gardait toujours une balle prête dans la culasse. Cette première inspection de son domicile lui prit dix minutes et ne révéla rien. Il vérifia les fenêtres et les portes l'une après l'autre. Entrée : verrouillée. Fenêtres : fermées. Système de sécurité : enclenché. L'adhésif invisible posé sur les issues était intact. Aucune trace d'effraction.

Dark se livrait à cette routine si souvent qu'il la connaissait par cœur. Et c'était tout le problème. Il fallait trouver une autre routine. Inventer une autre sécurité, peut-être.

Il s'assit sur le canapé, son Glock posé à côté de lui, alluma son ordinateur portable et se connecta aux vidéos de surveillance. Chaque centimètre carré de sa maison était couvert de minuscules caméras mobiles. L'image avait une faible résolution, mais, après tout, ce n'était pas pour immortaliser de précieux instants de bonheur familial, simplement pour détecter tout mouvement suspect. Son code saisi, il téléchargea les six dernières heures d'enregistrement sans y découvrir autre chose que ses propres déplacements.

Qu'avait-il donc entendu ? Un vague bruit dans un rêve ?

Il consulta sa montre. 3 h 21. C'était tôt, même pour lui. Il dormait peu, et deux heures en moins, c'était ennuyeux. Mais, en tout cas, la maison était sûre.

N'est-ce pas ?

Dark avait pensé la même chose cinq ans plus tôt et un monstre avait tout de même réussi à s'insinuer dans son foyer. C'était une autre maison, au système de surveillance beaucoup moins sophistiqué, mais cela n'aurait pas dû être aussi facile. Dark l'avait appris à ses dépens : on n'est jamais trop prudent. Il avait anéanti le monstre de ses propres mains.

Il n'en demeurait pas moins qu'on n'était jamais trop prudent.

Dark se rendit dans la cuisine et alluma la bouilloire. Un café lui ferait du bien. Ensuite… Il n'en savait rien. Depuis qu'il avait quitté les Affaires spéciales, ses journées lui paraissaient aussi vides qu'interminables. Quatre mois passés dans les limbes.

En partant, il avait déclaré à Riggins qu'il avait des choses à régler. En l'occurrence, renouer avec sa fille, qui reconnaissait à peine la voix de son père au téléphone.

Mais Dark avait passé la majeure partie de l'été à sécuriser sa nouvelle maison, se disant qu'il ne pouvait y accueillir sa fille si l'endroit n'était pas sûr à cent pour cent. Ç'avait été comme combattre une hydre. Il suffisait de trancher la tête d'un problème pour que six autres apparaissent immédiatement. Dark n'avait rien fait d'autre que travailler chez lui, consulter le Net pour s'informer d'éventuels nouveaux meurtres et essayer de dormir.

Cinq ans plus tôt, il avait tué un monstre, Sqweegel. Mais il avait encore l'irrépressible impression qu'un autre monstre était sur ses traces…

Il était donc 3 h 30 du matin, son café instantané refroidissait dans une tasse, il guettait les rumeurs nocturnes de la ville et n'avait rien à faire.

# 2

Dark se rendit dans la deuxième chambre. La couche d'apprêt avait été posée quelques semaines plus tôt, mais il fallait encore demander à Sibby quelle couleur elle préférait. Sa fille avait cinq ans, désormais : elle était en âge de prendre ce genre de décision. Le cadre du lit était posé dans un coin en attendant d'être monté. Des cartons de poupées et leurs vêtements étaient entassés dans un autre. Dark voulait lui faire la surprise d'une chambre remplie de poupées. Elle adorait les habiller, les faire parler. Mais elles n'avaient pas bougé depuis qu'il les avait achetées un mois auparavant. Il ne pouvait les ranger nulle part tant que les murs n'étaient pas peints et les étagères montées.

Serait-il vraiment capable d'être un père ? Il avait si peu d'entraînement.

Au cours des années, Dark avait tenté de se fabriquer un semblant de vie normale. Mais il était difficile de se comporter en père quand on n'était presque jamais avec sa fille. Peu après le cauchemar Sqweegel, Dark avait envoyé la petite Sibby habiter chez ses grands-parents, à Santa Barbara. Temporairement. Dark envisageait de quitter les Affaires spéciales dès que possible pour récupérer sa fille et commencer une nouvelle vie.

C'était plus facile à dire qu'à faire. Un dossier le conduisit à un autre, puis à un suivant. Un an s'écoula, puis deux, trois… jusqu'à cinq.

Le travail le tenait en haleine. C'était presque une drogue : jamais il ne se sentait aussi en vie que lorsqu'il s'insinuait dans l'esprit d'un tueur pour essayer de penser comme lui. Malgré son désir de lever le pied et de quitter les Affaires spéciales pour de bon, il s'était rendu compte que c'était presque impossible.

Jusqu'en juin dernier. Il avait enfin fait ce qu'il s'était promis et avait raccroché. En partie à cause de la bureaucratie : les Affaires spéciales étaient de plus en plus soumises au pouvoir politique, ce qui irritait Dark. Mais c'était surtout parce qu'il voulait retrouver sa fille et qu'elle vienne habiter avec lui.

Quelques minutes plus tard, Dark fonçait dans les rues presque désertes de Los Angeles, cigarette aux lèvres, son Glock chargé glissé dans sa poche.

Dark n'avait pas besoin d'aller au bout du monde pour trouver le mal. Il était partout autour de lui. Dans le seul comté de Los Angeles – où il espérait installer sa fille –, il y avait un meurtre toutes les trente-neuf heures. La majorité survenaient la nuit, entre 20 heures et 8 heures, et la moitié étaient commis le week-end. En d'autres termes, une nuit comme celle-ci : un vendredi matin à l'aube, à 4 heures du matin, des gens mouraient à South Central, dans la vallée, vers El Monte, et aussi dans les quartiers considérés comme « sûrs » qu'étaient Beverly Hills, le Westside et les plages de Malibu.

Il aimait conduire la nuit parce qu'il éprouvait le besoin irrépressible d'affronter lui-même le danger. Il ne se contentait pas de lire les journaux. Dark avait besoin de voir le danger. De le sentir. Parfois de le toucher, même s'il savait qu'il risquait l'arrestation pour ce genre de comportement. Mais quand on remarque des voyous, les poches alourdies par leurs armes, entrer dans une boutique de Pomona, que faut-il faire ? Attendre de lire un nouveau fait divers dans le *L.A. Times* du lendemain ?

Au moins, aux Affaires spéciales, il était en première ligne. Avec son chef Tom Riggins et sa coéquipière Constance

Brielle, Dark combattait le mal quotidiennement. Il y avait des monstres partout, mais il trouvait assez rassurant que quelques-uns soient dans leur ligne de mire.

Et à présent ?

À présent, Dark avait l'impression d'être prisonnier des limbes. Il n'était plus ni policier ni chasseur d'hommes. Ni père. Ni chien ni loup. Un croisement avorté des deux. Dans son for intérieur, Dark savait que l'unique solution était de choisir l'un et de renoncer à l'autre.

Il était temps de rentrer. De se jeter sous une douche glacée pour se laver de ces épuisants et éternels tourments. Sinon, avec un esprit aussi troublé, il risquait de ne pas pouvoir donner ses cours à l'université.

# 3

## Quartier général des Affaires spéciales
## Quantico, Virginie

À présent, c'était officiel : il y avait trop de saloperies qui s'entassaient sur le bureau de Tom Riggins.

De petits bouts de papier griffonnés de noms et de numéros de téléphone périmés. Deux balles. Un flacon d'antiacide vide. Un tournevis. Une photo encadrée de ses filles. Des dossiers empilés comme une tour de Babel de papier, tous remplis de photos et de descriptions scrupuleuses des actes les plus ignobles que des individus infligent à d'autres. Des tasses de café froid encore à moitié pleines.

Riggins aurait surtout voulu avoir le temps de terminer l'une d'elles. Ce n'était pas qu'il fût bon, ce café. Trop fort, avec un drôle d'arrière-goût métallique non identifiable. Mais, s'il parvenait à en terminer une, peut-être qu'il aurait l'impression d'avoir enfin accompli quelque chose.

Quand les Affaires spéciales avaient vu le jour, ç'avait été prometteur : une unité d'élite spécialisée dans les crimes violents. Mais, après des années de bureaucratie et de directives contradictoires de la hiérarchie, cette unité n'était plus que l'ombre d'elle-même. « Élite », mais dans les communiqués de presse seulement ; elle courait le danger d'être réduite à un simple fief de l'empire qu'était la Sécurité intérieure. Un pion de plus.

Riggins songeait à cela dans la cuisine tout en se servant une nouvelle tasse qu'il but d'un trait devant l'évier. Soudain, son mobile resté sur son bureau sonna. Il dut le chercher dans son fouillis en écartant les dossiers et en faisant voler des cendres de cigarette. Sur l'écran trônait un nom : WYCOFF.

Pendant un moment, Riggins avait remplacé dans son répertoire le nom du ministre de la Défense par ROI DES CONS. Puis, au bout de quelques semaines, il avait remis l'original. Pas de peur que Wycoff ne l'apprenne. Mais simplement parce que Riggins trouvait que ROI DES CONS n'était encore pas suffisant. Il le changerait de nouveau quand il trouverait quelque chose de mieux.

– Allô ? dit-il en portant l'appareil à son oreille.

– C'est Norman. J'ai quelque chose pour vous.

*Quelque chose pour vous.* Comme s'ils étaient une bande de coursiers armés de Glock ! Une fois de plus, Riggins nota mentalement que c'était effectivement ce qu'ils étaient précisément depuis cinq ans. À leur grand dam.

– Quoi donc ? demanda-t-il.

– Le nom de Martin Green vous dit quelque chose ?

– Ça devrait ?

Wycoff eut un raclement de gorge entre agacement et rire sinistre.

– Green fait partie d'un groupe d'experts économiques de haut niveau. Il a été tué ce matin.

– Eh bien, voilà qui est fort triste.

– Je vous envoie des photos par notre site de transfert sécurisé. Jetez-y un coup d'œil et rendez-vous immédiatement sur les lieux à Chapel Hill.

– Moi ? Vous voulez que j'aille jusqu'en Caroline du Nord ?

– Immédiatement, je viens de vous le dire. Je vous envoie les documents tout de suite.

– Enfin, Norman, qu'est-ce que c'est que ces manières de conspirateur ? Dites-moi de quoi il s'agit ? Et en quoi ça concerne les Affaires spéciales.

Riggins dirigeait ce service, émanation d'un service du ministère de la Justice, le ViCAP – Programme de capture des criminels violents. Le ViCAP était une cellule informatique qui répertoriait et comparait les crimes en série, vitale pour les forces de l'ordre. Mais, parfois, le ViCAP tombait sur des affaires si violentes et si extrêmes que ni la police locale ni même le FBI n'étaient en mesure de les traiter. C'est là qu'intervenaient les Affaires spéciales.

Cependant, Norman Wycoff ne semblait pas faire la distinction. Même au bout de cinq ans. Mais ça ne s'appliquait pas à tout le département : seulement à Riggins, à Constance Brielle et à Steve Dark. Pour apurer ce que Wycoff considérait comme une « dette ». Tout cela parce qu'ils avaient agi comme il fallait.

Normalement, le ministre de la Défense n'avait absolument aucune influence sur une agence du ministère de la Justice. Mais, pour des raisons personnelles, Wycoff s'était impliqué dans leur plus grosse affaire cinq ans plus tôt. Et, à présent, Riggins, en raison d'une série de circonstances qui lui retournaient encore l'estomac, se retrouvait dans la peau de son homme à tout faire.

– C'est du ressort des Affaires spéciales parce que je l'ai décrété, répliqua Wycoff. Vous n'avez toujours pas compris ? Green est quelqu'un d'important. Il représente beaucoup pour certaines personnes de mon entourage. Nous voulons que vous vous en occupiez. C'est un ordre venant du plus haut niveau.

*Du plus haut niveau.* Wycoff adorait sortir ça, tantôt pour s'éviter toute responsabilité personnelle, tantôt pour se gonfler d'importance.

– Très bien, dit Riggins. Je vais envoyer quelqu'un.

– Non, c'est vous que je veux sur l'affaire, Tom. Personnellement. Je veux être en mesure de dire que j'ai envoyé sur place le meilleur homme à ma disposition.

Voilà qui était nouveau. Généralement, Wycoff se contentait de donner un ordre à Riggins puis de le laisser mettre sur pied l'équipe adéquate.

– Bon.

– Vous y allez ?

– Envoyez-moi ce que vous avez, répondit Riggins avant de raccrocher.

Il contempla le désordre sur son bureau en se disant que ce serait si simple de tout balayer d'un revers de main, ordinateur compris. Et de regarder tout s'écraser par terre. Puis de se lever et de sortir dans la fraîcheur matinale de Virginie en oubliant qu'il gagnait sa vie en poursuivant des monstres.

Exactement comme Steve Dark l'avait fait.

# 4

Généralement, s'il y avait une demande spéciale – c'est-à-dire une basse besogne que Wycoff voulait faire exécuter –, Riggins appelait Dark. Cela faisait partie de leur « arrangement » depuis l'affaire Sqweegel.

À l'époque, Wycoff avait accepté de protéger Dark de toute poursuite pour avoir éliminé le suspect connu sous le nom de Sqweegel. En échange, il exigeait de temps en temps de Dark ses services de chasseur d'homme. Par exemple, traquer et capturer des chefs de cartels de la drogue. Des financiers en fuite. Des agents doubles. Des terroristes. Parfois, la traque s'achevait par la mort du gibier. Amusant : en pareil cas, Wycoff ne se souciait guère qu'il y ait eu un meurtre.

Le ministre de la Défense pensait tenir Dark à la gorge. Si Dark voulait conserver sa fonction aux Affaires spéciales – et ne pas finir en prison –, il exécutait les petites missions internationales de Wycoff en toute discrétion. Il était impensable que quelqu'un comme Dark quitte son travail. Il ne savait rien faire d'autre, il n'avait que cela pour vivre.

Pourtant, c'était exactement ce que Dark avait fait en juin dernier. Riggins se souvenait parfaitement de cette journée. Il avait cru que Wycoff allait faire une attaque. Il n'avait vraiment pas l'habitude qu'on lui dise non.

– Vous finirez au trou avant ce soir, espèce de connard prétentieux, avait aboyé Wycoff.

– Et votre carrière sera terminée avant demain matin, avait répondu Dark. Vous n'imaginez pas que j'agirais ainsi sans avoir pris quelques précautions, tout de même ?

Wycoff s'était recroquevillé comme si on l'avait giflé.

– Vous n'avez aucune preuve. Rien.

– Même vous, vous ne pouvez pas vous bercer de telles illusions. Je balaie vos merdes depuis cinq ans, Norman.

Wycoff avait jeté un coup d'œil à Riggins, qui, à l'écart, savourait la scène. Le regard qu'il lui avait jeté avait été à la fois furieux et implorant : *Allez vous faire foutre, Riggins, pour avoir laissé arriver un truc pareil.* Mais aussi : *Riggins, sortez-moi de ce pétrin.* Riggins était resté impassible. On ne pouvait pas faire changer Dark d'avis.

Wycoff tenta une autre tactique.

– Personne ne menace impunément le gouvernement.

– Ce n'est pas le gouvernement que je menace, Norman, c'est vous. Levez le petit doigt sur moi ou sur ma fille et c'en est fini de vous.

Et, sans plus de cérémonie, Dark était parti.

Wycoff lui avait fait signer toutes sortes de documents : il ne devait avoir absolument aucun contact avec les Affaires spéciales, sous aucun prétexte, etc. Mais cela n'avait pas eu l'air de beaucoup contrarier Dark.

Ce qui avait laissé Riggins perplexe. Qu'avait-il donc derrière la tête ?

Cet homme, qu'il considérait presque comme son fils, ne lui avait rien dit. Riggins s'était retrouvé dans la situation classique du père : vexé, inquiet, furieux. Mais surtout inquiet.

Ce n'est pas que Dark devait redouter la vengeance de Wycoff – ce connard pouvait aller se faire foutre. Non, Riggins craignait pour la santé mentale de Steve. Le travail semblait être la seule chose qui le faisait encore tenir debout. Sans compter que c'était l'occasion pour Riggins de le tenir à l'œil. Cinq ans avaient passé depuis cette affreuse nuit où il avait franchi la ligne jaune. Cinq ans depuis le jour où Riggins avait appris une chose vraiment horrible sur celui qu'il considérait comme son fils.

Cinq ans de silence... Car, depuis, Riggins avait soigneusement fait surveiller Dark. Et maintenant ?

Maintenant, Riggins ne pouvait que se demander comment Steve Dark occupait son temps.

Au début des années quatre-vingt-dix – quand Dark était prêt à tout pour entrer aux Affaires spéciales –, Riggins examinait les candidatures. Dès le début, il avait su que Dark avait été élevé par une famille adoptive. Il avait creusé un peu – et il l'avait regretté.

Heureusement, Dark ne se rappelait pas grand-chose, même sous hypnose. Un incendie quand il était enfant. Des cris. S'être retrouvé seul dans sa chambre.

Plus tard, il avait été confié à une famille adoptive aimante. Ses nouveaux parents, Victor et Laura, pensaient ne jamais pouvoir avoir d'enfants. Ils avaient adopté Steve. Peu après, Laura était tombée enceinte. Des jumeaux. Malgré tout, Steve n'avait pas été traité différemment de ses deux petits frères.

Des années plus tard, un monstre qui se fit connaître sous le nom de Sqweegel massacra toute la famille adoptive de Dark avec une brutalité inouïe. Dark quitta les Affaires spéciales et vécut en reclus. Il ne refit surface que lorsque Riggins l'y contraignit, et, ensemble, ils attrapèrent le criminel.

Durant les cinq années suivantes, Dark avait travaillé aux Affaires spéciales. Mais ce n'était plus comme avant. Comment aurait-il pu en être autrement ? Un monstre l'avait privé de ses parents adoptifs, puis de sa femme, et lui avait presque fait perdre la raison. La seule chose qui avait maintenu Dark en vie, songea Riggins, c'était sa fille. L'innocente petite Sibby. Qu'il ne voyait jamais.

À présent, Riggins avait le choix entre se plier aux désirs de Wycoff ou l'envoyer paitre. Il ne lui fallut pas longtemps pour décider. Il appela le poste de Jeb Paulson.

– C'est Riggins. Tu as une minute ?

Riggins était aux Affaires spéciales depuis plus longtemps que quiconque. Il avait vu de nouvelles recrues pleines d'enthousiasme – des enquêteurs de premier plan dans leurs services d'origine – finir épuisés au bout de quelques mois. Parfois de quelques semaines seulement. Il espérait que Paulson n'était pas de ceux-là.

Riggins n'était pas vraiment du genre optimiste. La vie lui en avait fait voir de toutes les couleurs. Malgré tout, il fondait quelques espoirs sur Paulson. C'était le meilleur qu'il avait eu depuis… Eh bien, en toute franchise, depuis Steve Dark. Les deux types avaient pas mal de points communs. Le cerveau. L'intuition. Du sens pratique.

Paulson apparut quelques secondes plus tard.

– Qu'y a-t-il ?

– Agent Paulson, préparez votre sac.

# 5

## Université de Californie - Los Angeles

La fille prit son temps pour aborder Dark.

Dix minutes après le début de la réception consacrée à l'accueil des professeurs, elle commença à lui lancer des regards. Pas beaucoup. Juste assez pour qu'il s'aperçoive de sa présence. Puis elle se fraya un chemin dans la salle, faisant mine de bavarder, ici avec un professeur, là avec un assistant. Elle s'attarda devant le buffet, où deux étudiants s'ennuyaient à mourir en découpant mécaniquement des tranches de rôti de bœuf sous une lampe à infrarouges. Quand elle feignit enfin de le remarquer, ce fut en frôlant son épaule avec la sienne, manquant de renverser son gobelet de chardonnay bon marché.

– Oh, excusez-moi.

– Ce n'est rien, répondit Dark.

Elle fit semblant de le reconnaître.

– Vous êtes Steve Dark, n'est-ce pas ? (Il acquiesça.) Vous savez, je suis surprise de votre présence ici, continua-t-elle. Vous devez vous ennuyer affreusement.

– Pas du tout, mentit-il.

En réalité, il était passé par politesse pour le directeur du département. S'il voulait continuer à enseigner, il fallait qu'il fasse l'effort de s'intégrer. Il aurait tout donné pour quitter la moiteur suffocante de cette salle et ces conversations sans intérêt. C'était comme revenir du front, alors qu'on a l'habitude de la morsure du sable et des heures de patrouille avec paquetage complet, et se retrouver brutalement parmi des civils. Mais l'université attendait de ses professeurs un minimum de présence. Même des conférenciers comme Dark.

Dark s'était donc posté dans un coin près de la porte en comptant les minutes jusqu'au moment où il pourrait partir, quand il avait remarqué le maladroit manège de la fille. Le reste des professeurs ne faisaient pas attention à lui et semblaient gênés par sa présence. Dark l'avait vue dans les couloirs, elle s'appelait Blake ou quelque chose de ce genre. Sans doute une assistante. Grande, des cheveux d'un roux flamboyant, des taches de son sur le nez et les pommettes. Elle portait souvent des bottes qui faisaient très business-woman mais n'auraient pas détonné dans un établissement SM.

– Voyons, lui dit-elle en souriant, ce cocktail doit être aussi passionnant que de regarder sécher de la peinture, en comparaison de votre ancien métier.

– C'est un changement bienvenu, croyez-moi.

– Eh bien, je ne vous crois pas, monsieur Dark. J'ai beaucoup lu sur votre compte. Vous êtes le sujet que j'enseigne, en fait. J'ai étudié les monstres que vous avez traqués. Et si je ne doute pas que certains des étudiants d'ici vous en donnent pour votre argent, c'est tout de même sans comparaison, non ?

Ses yeux s'allumèrent – elle était avide de détails. *Allez,* lui disaient-ils. *Confiez-moi quelque chose de choquant.*

En vérité, Dark trouvait qu'enseigner était étrange. La dernière fois qu'il s'était trouvé devant une classe, c'était pour briefer des policiers en Floride. Un groupe d'instituteurs avaient abusé sexuellement d'enfants de cinq à six ans. Ces prédateurs s'assuraient du silence de leurs victimes en les terrorisant. Ils égorgeaient les cochons d'Inde de la classe sous les yeux écarquillés des enfants en leur disant : « Voilà ce que c'est que la mort. Si tu parles à quiconque de ce qui se passe ici, c'est ce qui arrivera à tes parents. »

Était-ce le genre de détails que Blake voulait entendre ? Cela entrait-il dans le cadre d'une conversation entre collègues ?

– Je me plais bien, ici, préféra dire Dark.

Car enseigner exerçait sur lui un effet secondaire étonnant : cela le forçait à réfléchir sur son ancien métier. Pendant des années, il avait opéré à l'instinct. Bien sûr, il avait été formé, d'abord à l'école de police, puis aux Affaires spéciales. Il avait bachoté les techniques d'analyse scientifique au point d'en rêver la nuit. Mais toute cette théorie ne lui servait pas vraiment pour attraper les tueurs. Quand il avait accepté ce poste à l'UCLA et avait entrepris de rédiger son premier cours, il s'était posé cette question : *Comment je m'y prends pour attraper les monstres ?*

En cours, quelques heures plus tôt, il avait dit à ses étudiants : « Résoudre une affaire, cela ne consiste pas à découvrir comme par magie un unique indice. Il faut écouter l'histoire que racontent les indices. Si vous ne pouvez pas élucider une affaire, c'est que vous n'en savez pas encore assez long sur cette histoire. »

Dark avait percé celle de Blake dès le premier instant. Au début de la réception, elle portait une bague de fiançailles, une émeraude. À présent, elle avait disparu de son annulaire, y laissant une mince trace plus claire. D'ici peu, elle allait trouver un prétexte pour un rendez-vous en tête-à-tête – lui demander de l'aider pour un cours ou quelque chose de ce genre.

– Qu'est-ce qui vous a amené à la fac, si je puis me permettre ? interrogea-t-elle.

Dark jeta un coup d'œil vers le buffet et récita la réponse toute prête, élaborée depuis des mois.

– Un jour, je me suis rendu compte que je traquais des monstres depuis près de vingt ans et qu'il était peut-être temps d'essayer de voir à côté de quoi j'étais passé.

La plupart des gens attendaient une réponse passe-partout. Ils n'avaient pas envie de réfléchir à l'ancien métier de Dark et à ce qu'il avait fait subir à son âme.

Par exemple, quand il regardait le buffet, il ne voyait que la lame qui tailladait la viande. Et cela le faisait inévitablement penser aux innombrables victimes qu'il avait trouvées charcutées ainsi. Des hommes, des femmes, des enfants. Trop d'enfants. Les bouchers qu'il avait traqués ne s'en souciaient pas.

*Arrête*, se dit-il. *Tu ne penses pas comme un être humain normal. Tu es dans une université, bon sang !*

À l'UCLA, Dark donnait des cours au département de criminologie. Il était passé de chasseur de monstres à conférencier en l'espace de quelques mois. L'université se prétendait ravie de l'avoir dans ses rangs, mais la plupart de ses collègues du département considéraient sa présence comme une tentative marketing désespérée. Dark avait mauvaise réputation à la suite de l'affaire Sqweegel qui avait éclaté cinq ans plus tôt, et les deux hommes resteraient éternellement associés dans l'esprit des gens. Même le journal des étudiants avait suggéré à ses étudiants de s'acheter un « préservatif intégral » : « Sinon, il risque de noter votre ADN », concluait l'article.

– Auriez-vous du temps plus tard dans la soirée ? lui demanda Blake. Je voudrais vous soumettre quelque chose, si cela ne vous dérange pas trop.

– De quel genre ?

– Cela concerne mon doctorat. Je ne vous prendrai que quelques minutes. Et je vous invite à dîner.

Un dîner, à présent. Elle mettait vraiment le paquet. Dark se demanda si elle avait déjà inventé un prétexte pour son fiancé ou si elle improvisait et comptait trouver une excuse plus tard. Elle se tripota les cheveux, fit une petite moue séductrice, et ses yeux s'agrandirent imperceptiblement. Dark regretta de pouvoir déchiffrer si facilement le comportement des êtres humains.

– Un dîner, ce ne sera pas possible, dit-il, mais je serai dans mon bureau à partir de 12 h 30 lundi.

Blake fit celle qui n'avait pas entendu.

– Je vais aller me chercher un peu de vin. Vous en voulez ?

À croire qu'elle essayait de le saouler. Dans une réception universitaire…

– Oui, merci, dit-il, en lui tendant son gobelet.

Si elle voulait le conquérir, il faudrait autre chose que du chardonnay médiocre. Dark savait comment l'après-midi allait se dérouler : Mlle Blake allait retrouver son fiancé et lui rentrerait tout seul. Parfois, il avait envie d'oublier ses réflexes de chasseur d'hommes. Ne serait-ce qu'un instant. Il boirait son verre, accorderait à Blake le sourire séducteur qu'elle demandait, et tout le reste disparaîtrait dans un brouillard de sexe et d'alcool.

Mais il en était incapable. La chambre inachevée de sa fille l'attendait.

# 6

## West Hollywood, Californie

En rentrant chez lui, Dark avait fermement l'intention d'appeler sa fille à Santa Barbara et de lui parler de la peinture de sa chambre. Mais, quand il arriva devant la maison, il se rendit compte qu'il ne pouvait pas simplement lui demander quelle couleur elle préférait. Il y avait des milliers de nuances possibles : Sibby voudrait voir des échantillons. Il fallait donc aller dans un magasin acheter un nuancier et monter jusqu'à Santa Barbara. De toute façon, cela faisait longtemps qu'il devait aller voir sa fille.

En glissant la clé dans la serrure, il songea qu'il était probablement trop tard : avec les embouteillages, le temps d'arriver à Santa Barbara, la petite serait sur le point d'aller au lit.

Il préféra donc se livrer à quelques petits travaux de recherche dans son sous-sol.

Peu de maisons californiennes en sont dotées, mais celle de Dark, qu'il avait achetée en juillet, avait appartenu à William Burnett, un chirurgien sinistre des années quarante. Sinistre pour quelques pensionnaires de maisons de retraite. Le reste de Los Angeles l'avait complètement oublié.

Burnett possédait plusieurs clubs sur Sunset Strip, graissait la patte de la police de Los Angeles et s'était lancé dans le trafic de stupéfiants médicaux. Il avait été apprécié pour cette raison dans le quartier. Cependant, ce genre de vie dure rarement longtemps. Sa vie fut réduite à néant quand il commença à consommer un peu trop de cachets et tua un patient au bloc opératoire en lui sectionnant par erreur une artère. L'enquête conduisit à une dizaine de procès pour homicides involontaires, et il fut reconnu coupable.

Dark avait découvert le sous-sol secret du docteur lors de sa première visite. Pendant que l'agent immobilier était sorti répondre à un coup de fil, Dark avait continué son exploration. Il cherchait une maison qui puisse être rapidement fortifiée, hermétique. Il avait affronté trop de monstres aimant se terrer dans des recoins.

Il avait découvert dans la chambre principale des traînées presque imperceptibles sur le sol. Il s'était mis à quatre pattes et avait sondé les lames du bout des doigts. Il y avait incontestablement quelque chose là-dessous.

Mais l'agent immobilier était revenu et s'était inquiété.

– Que faites-vous ? Quelque chose ne va pas ?

– Je vérifiais l'état du parquet, avait répondu Dark. Une maison aussi ancienne dans une zone sismique… Parfois, le plancher peut se tordre.

L'homme s'était offusqué, affirmant que la maison avait été certifiée conforme et répondait à toutes les exigences réglementaires. Dark n'avait pas insisté.

Le soir même, il était revenu et entré par effraction. C'était facile : tous les agents immobiliers utilisaient le même genre de serrure facile à crocheter. Dark avait fouillé la chambre pendant une heure avant de découvrir le loquet secret, dissimulé dans la paroi intérieure d'un placard. Il suffisait de le soulever pour que la plaque de l'interrupteur s'ouvre. À l'intérieur, il y avait un bouton en plastique blanc. En appuyant dessus, on entendait le bruit sourd d'une serrure qui s'ouvrait sous les lames du parquet. Enfin, une trappe s'était soulevée, menant à une chambre secrète.

*Dr Burnett, petit vicieux.*

Personne n'était au courant, ni l'agence immobilière ni les précédents occupants, et cela depuis les années soixante, époque du départ du docteur. Un départ en forme d'arrestation, nu comme un ver au beau milieu de la nuit.

Dark était descendu au sous-sol. On aurait dit un cabinet médical des années cinquante. Des tables en acier avec bonde d'évacuation. Des armoires métalliques. Le Dr Burnett devait y cacher sa came. Un sol dallé, également avec évacuation, permettant de tout nettoyer facilement au jet d'eau.

Mais les tables en acier ?

Dark s'était renseigné. Selon les dossiers des archives de la police, le Dr Burnett était soupçonné du meurtre d'au moins cinq prostituées à Los Angeles et à West Hollywood dans les années quarante et cinquante. On n'avait retrouvé que des fragments de cadavres. Le docteur, un notable de la ville, n'avait jamais été inculpé. Personne n'était au courant de cette chambre secrète en dehors de Dark.

Et, du coup, il avait évidemment voulu acheter la maison.

Dark souleva le loquet et descendit dans son repaire souterrain. Il avait amélioré l'accès en remplaçant le vieux parquet par des lames neuves et en renforçant portes et escaliers. Oui, il avait dit à Riggins qu'il ne voulait plus penser aux monstres et aux meurtres. Et refaire sa vie.

En réalité, il n'y arrivait pas.

Dark avait installé deux ordinateurs et un portable sur l'une des tables du bon docteur. Trois des murs étaient couverts de manuels de médecine légale et de dossiers bleus – des copies d'anciens dossiers qu'il avait « empruntés » aux Affaires spéciales au fur et à mesure des années. Et, bien sûr, sa bibliothèque. Quand il avait invité sa future épouse chez lui, elle avait immédiatement épluché sa bibliothèque.

« Tu n'as que des livres sur les tueurs en série ? avait-elle demandé avec une certaine inquiétude.

– Avant, c'était mon métier de les traquer », avait répondu Dark.

C'était peu après son premier départ des Affaires spéciales succédant au massacre de sa famille adoptive. Quand il avait emménagé avec Sibby, il avait tout entreposé au garde-meubles. Mais, ces derniers mois, il avait tout récupéré, carton après carton. Il s'était dit que cela lui permettrait de préparer ses cours, mais il les avait relus. C'était une obsession.

Le quatrième mur était occupé par l'ancien bureau du médecin, où Dark rangeait son matériel scientifique. Une porte donnait sur une autre petite pièce où se trouvait sa collection d'armes non déclarées et d'autres dossiers. L'espace, qui lui avait semblé si vaste la première fois, était maintenant envahi de documents. Il envisageait même sérieusement de l'agrandir. Le tout était d'y parvenir sans se faire repérer. Dark ne pensait pas que Riggins comprendrait pourquoi il avait besoin d'une pièce comme celle-là.

# 7

## Chapel Hill, Caroline du Nord

Jeb Paulson embarqua dans l'avion quarante minutes après avoir quitté le bureau de Riggins – un vrai record de vitesse, songea-t-il. En tant qu'agent des Affaires spéciales, Paulson avait un jet à disposition. Mais il y avait d'autres affaires prioritaires. Il avait brièvement songé à prendre un 4×4 du bureau et à descendre dans le Sud, ce qui aurait pris quatre heures. Trois, s'il fonçait. Mais c'était peut-être plus rapide de prendre à la dernière minute un billet en ligne sur une compagnie bon marché. Il fit donc sa réservation rapidement depuis son mobile sur le chemin de Dulles. Il passa rapidement les contrôles en montrant son badge fédéral puis embarqua, sac en main, cinq minutes avant le décollage.

Sa femme, Stephanie, adorait le taquiner quand il préparait son sac de voyage, parce qu'il gardait en permanence un pantalon et une chemise prêts sur une chaise, au cas où.

– Tu n'es pas James Bond, plaisantait-elle en lui enfonçant l'index dans les côtes.

– Je sais, répondait Paulson. Je suis plus sexy, hein ?

– Je t'en prie. Tu n'es même pas Roger Moore.

– Tu me fais de la peine, Stephanie. Énormément.

Il paya un supplément pour s'asseoir à l'avant : dernier embarqué, premier sorti. En attendant le décollage, il réserva une voiture à l'arrivée et, en vol, il lut tout ce qu'il avait sur Martin Green. C'était sa première affaire en solo. Il allait remuer ciel et terre. Il fallait que Riggins sache que les espoirs qu'il nourrissait n'étaient pas vains.

Le légendaire Steve Dark avait quitté les Affaires spéciales en juin. Paulson avait pris place à son bureau en août cinq ans plus tôt, alors qu'il était encore à l'académie du FBI. Depuis, il avait récupéré tout ce qu'il avait trouvé sur Dark et l'affaire Sqweegel. Même des dossiers dont il n'était pas censé connaître l'existence. L'homme était fascinant. Un chasseur d'hommes-né. Tout ce que Paulson voulait devenir – excepté les tragédies.

Mais même cet aspect le fascinait. Comment un homme pouvait s'épanouir dans un boulot épouvantablement stressant pendant près de vingt ans ? Beaucoup d'hommes idolâtrent les grands sportifs – surtout ceux qui réussissent à faire un come-back. Paulson vénérait Dark de la même manière. Mais, quoi qu'il arrive, sa vie ne serait pas bousillée comme celle de Dark. Il ne le permettrait pas. Il avait tiré les leçons des victoires de son idole et ne répéterait aucune de ses erreurs. Il le surpasserait.

Quelque temps plus tôt, il avait demandé à Riggins de rencontrer Dark. Officieusement. Devant une bière. Riggins avait secoué la tête et déclaré que cela ne se ferait jamais.

Peut-être que cela changerait, quand Paulson aurait fait ses preuves dans cette nouvelle affaire.

Ce n'était pas une affaire de meurtre en série. Pas encore. Mais elle était assez étrange pour que les policiers de Chapel Hill fasse appel au FBI. Il faut dire que le nom de Martin Green figurait dans beaucoup d'agendas à Washington : apparemment, il fréquentait beaucoup de gens haut placés. Et Riggins avait choisi Paulson pour cette mission.

– Ça veut dire quelque chose, avait-il indiqué à Stephanie.

– Oui, s'était-elle moquée. Que tu vas rentrer très tard ce soir et qu'on ne fera pas l'amour.

Paulson savait qu'il avait de la chance d'être marié avec Stephanie. Elle comprenait parfaitement les rigueurs de son métier. Elle le soutenait à fond, et il ne l'en adorait que davantage. Même si elle plaisantait de temps en temps sur son sac de voyage.

Il arriva à Chapel Hill en un temps record. La ville, avec Durham et Raleigh, formait le célèbre « Triangle d'or des chercheurs » : on y trouvait plus de doctorats au kilomètre carré que n'importe où dans le pays. Green semblait le plus riche et le plus doué de tous. Du moins, d'après ce que Paulson avait lu dans l'avion. Certes, il avait manqué s'endormir sur les questions financières, mais une chose était claire : Green avait des relations.

Le responsable de l'enquête, un grand type aux cheveux blancs du nom de Hunsicker, le retrouva devant la maison de Green. Ils se serrèrent la main et Hunsicker le toisa d'un air un peu perplexe. Paulson devina ce qu'il pensait : *Est-ce qu'il a fini le lycée ?* Paulson avait encore un visage d'adolescent encadré de cheveux bruns bouclés.

– Qu'est-ce qu'il y a dans le dossier ? demanda-t-il.

Il avait vu les photos de la scène du crime, mais c'était toujours utile d'entendre l'opinion d'un autre enquêteur.

– Je vais vous montrer, répondit Hunsicker. Ça dépasse toute description.

Il le fit entrer dans la maison de Martin Green. Le mobilier et la décoration étaient très tendance et l'œuvre d'un professionnel, mais tout était en désordre : des papiers, des objets et des vêtements étaient éparpillés partout.

– Cambriolage ? demanda Paulson. Ou juste une apparence ?

– Non, des biens ont disparu, dit Hunsicker. Montres, bijoux, appareils électroniques, quelques œuvres d'art. Les gars de l'assurance sont déjà venus et le ou les malfaiteurs ont piqué un paquet de trucs. Nous pensons aussi que la victime conservait pas mal de liquide dans un coffre de sa chambre : nous avons trouvé des bandes de banque et un petit registre. C'est peut-être le mobile de cette affaire. Mais, quand on veut dévaliser quelqu'un, on l'assomme ou on l'abat. On ne lui inflige pas un truc pareil.

– Montrez-moi.

Paulson suivit le policier au sous-sol. Il essaya de balayer de son esprit tout ce qu'il avait lu et vu : il tenait à poser un regard neuf sur la scène du crime.

Green était toujours suspendu au plafond par une cheville. L'autre jambe était pliée derrière son dos, son corps formant un 4 à l'envers. Les deux jambes avaient été écorchées, exposant les muscles luisants de sang. Green avait les mains attachées dans le dos. La première chose que remarqua Paulson fut la mise en scène. Tout était orchestré pour être mis en évidence, pour surprendre quiconque descendrait l'escalier. Le tableau macabre était destiné à choquer. L'image resterait gravée dans votre esprit. Tout était fait pour vous empêcher d'oublier.

Paulson s'approcha. La tête de Green était grièvement brûlée, comme si on y avait mis le feu et qu'on l'avait éteint aussitôt. Paulson se demanda comment le tueur s'y était pris sans abîmer le reste du corps. Il n'y avait aucune trace de feu ailleurs. Était-il possible d'envelopper la tête de la victime dans une sorte de sac et d'y mettre le feu à l'intérieur ?

Peut-être que Green avait été torturé. Les voleurs savaient qu'il dissimulait de l'argent liquide et l'avaient sans doute brutalisé jusqu'à ce qu'il crache la combinaison de son coffre.

Paulson nota mentalement de faire l'examen des finances de Green. Même dans des cas aussi atroces, la meilleure piste était parfois celle de l'argent.

– Quelle est l'heure du décès ? demanda-t-il.

Hunsicker s'approcha sans regarder le cadavre.

– D'après la température du corps, aux alentours de minuit. On l'a vu pour la dernière fois dans un restaurant à quelques kilomètres d'ici : nous avons parlé au barman et au voiturier. Green est parti seul. Il a pu prendre quelqu'un en route, mais nous n'avons trouvé aucune trace dans la voiture.

– Qui l'a découvert ?

– L'entreprise de surveillance a reçu une alerte. Le système avait été désarmé, et, quand il a été remis en marche, nous avons reçu un appel. Vous avez déjà vu un truc de ce genre ?

En fait, oui. Paulson trouvait quelque chose de familier à cette scène, mais il n'arrivait pas à mettre le doigt dessus. Cela le titillait. Il dut se répéter le conseil qu'il avait lu un jour : « Garder l'esprit clair. Ne pas faire de raccourcis. Laisser les preuves parler. »

Exactement comme avec Steve Dark.

# 8

## Chapel Hill, Caroline du Nord

Johnny Knack avait toujours pensé que rien n'était plus excitant que la date du bouclage qui fond sur vous et s'apprête à vous broyer. C'était un reporter, journaliste et fouineur jusqu'à la moelle. Mais dernièrement – même s'il avait du mal à se l'avouer – il avait trouvé plus excitant encore que son travail.

La petite liasse de billets de 100 dollars que renfermait une enveloppe blanche. Un cadeau de ses employeurs du moment, qui en avaient apparemment les poches pleines.

Seulement, il fallait être malin. Il ne fallait pas aller tout déballer à un flic. Non, il fallait la jouer taquin. Faire tout un cinéma en ouvrant l'enveloppe et sortir délicatement un billet à l'effigie de Benjamin Franklin. Car figurez-vous que ce n'est pas grâce à cet unique Franklin que l'astuce fonctionne – c'est grâce aux autres. Le flic se dit : *Mince, jamais j'ai gagné aussi facilement 100 dollars.* Parce qu'il y en a encore plein d'autres.

Jamais il n'avait joui d'un tel pouvoir.

Mieux encore, Knack travaillait pour un agrégateur du Web dont il était toujours question aux infos. En entendant son nom, les flics savaient qu'ils ne travaillaient pas vraiment avec le *New York Times. Déontologie, mes fesses.* C'était un domaine médiatique entièrement nouveau, et le Daily Slab flottait dans ce cyberespace un peu glauque entre respectabilité et scandale. Ce n'était pas franchement trash, mais quand même.

La spécialité du Slab – ce qui avait attiré Knack un an plus tôt –, c'était une obsession limite psychopathologique pour les scoops. Où que cela arrivât dans le monde, le Slab voulait être le premier à vous en informer. Et il était prêt à pondre les dollars pour avoir ce privilège.

Le propriétaire du Slab était un ancien millionnaire de la grande époque de la bulle Internet qui avait tout perdu et tout regagné et décidé de faire son prochain coup dans l'information. Il pouvait s'offrir tous les scoops parce que c'est lui qui signait les plus gros chèques. D'après ses communiqués de presse, il « renvoyait les médias traditionnels à l'âge de la pierre ». Et il avait aussi les moyens de faire rédiger de longs articles de fond. Enfin, longs au format du Web : dans les mille mots, quoi.

Knack avait entrepris un article sur Martin Green, un type qui avait miraculeusement évité la crise des subprimes quelques années plus tôt. Dans le journalisme, on apprend rapidement le b.a.-ba : mettre un visage sur une info. Et il n'y avait pas mieux que Martin Green pour incarner la cupidité.

Et le plus fort, c'est que personne ne le savait ! Son rédacteur en chef au Slab était d'accord avec lui : il adorait fabriquer des méchants autant que dégoter des scoops. Green ferait un méchant absolument génial.

Knack avait donc fouiné aux alentours de Chapel Hill durant la semaine précédente pour dresser le portrait de cet homme qui se donnait beaucoup de mal pour rester dans l'ombre. Il avait une belle maison, mais pas du genre scandaleusement voyant. Il buvait, mais sans excès. Il était divorcé – mais qui ne l'est pas, de nos jours ? Pas d'enfants. Pas de vice – à la connaissance de Knack, du moins.

Cela allait finir en eau de boudin quand, peu après minuit, son mobile avait sonné et qu'un flic lui avait annoncé que Green était mort.

Depuis, Knack avait tourné autour du lieu du crime, mais il n'avait pas réussi à franchir le cordon de police. C'était fermé comme une huître, et son enveloppe de billets tout craquants ne lui avait été d'aucun secours. Curieux, ça. Green était un gros bonnet, mais ce n'était pas le Président non plus.

Et l'horloge tournait.

Knack remarqua que l'équipe spécialisée dans les effractions était de la partie, ainsi que du personnel de l'entreprise de sécurité. Ça, c'était intéressant. Green avait apparemment trouvé la mort lors d'une effraction. Son informateur de la police ne lui en avait pas dit plus, à part : « C'est une drôle d'histoire. »

En d'autres termes, Green n'était pas mort d'une crise cardiaque. Mais d'autre chose. Un truc bizarre.

À 2 h 31, Knack sortit son Blackberry, pianota dessus quelques minutes et envoya le message. S'inspirant du peu d'informations officielles qu'il avait soutirées aux flics – un certain Martin Green était mort à son domicile de Chapel Hill, Caroline du Nord –, il venait de concocter un article de trois cent cinquante mots rempli de sous-entendus salaces inventés de toutes pièces. Le tout s'appuyant sur des faits avérés, évidemment.

L'e-mail fut ouvert par le permanent de nuit du Slab à 2 h 36 et publié deux minutes plus tard sur le site. Quiconque possédait un mobile l'avait reçu immédiatement. Et un scoop de plus pour le Slab !

Sauf que Knack connaissait le revers de la médaille. À présent, même les journaux à grand tirage allaient s'intéresser à Green, et son espoir de long article s'envolait en fumée. Maintenant, il allait être en compétition, alors qu'il était seul en lice quelques heures plus tôt.

Il fallait que le meurtre de Green soit à lui, à n'importe quel prix.

# 9

Knack s'installa dans sa voiture de location, suçota un bonbon à la menthe et examina les possibilités. Un cambriolage qui avait mal tourné ? Pas moyen de le savoir tant qu'il n'avait pas vu le rapport du légiste pour savoir ce qui était arrivé à ce pauvre petit Green.

Mais si ce n'était pas un simple cambriolage ? Si quelqu'un avait voulu la mort de Green ? Parce qu'il le considérait comme un individu nuisible ?

Rien de ce qu'avait découvert Knack pour l'instant ne corroborait cette hypothèse. Mais cela ne voulait pas dire qu'il se trompait pour autant.

Knack resta dans sa voiture. De temps en temps, un flic venait lui demander de débarrasser les lieux, et le journaliste sortait sa carte de détective privé de Chapel Hill (un petit cadeau de son informateur). Son estomac gargouillait, mais il ne voulait pas risquer un petit saut dans un fast-food. Il suffisait qu'il s'absente cinq minutes pour tout manquer.

Il continua de sucer des bonbons à la menthe en essayant de convaincre son ventre que c'était de la vraie nourriture. Naguère, il était fumeur, mais il avait arrêté deux ans auparavant, agacé de voir les gens s'écarter de lui d'un air dégoûté. *Quels pauvres cons !* Du coup, il gobait des bonbons à la menthe tel un forcené. Comme il ne supportait pas de les croquer, il les crachait quand ils n'étaient plus qu'une perle minuscule. Et il en reprenait un autre. Mais les gens continuaient de faire les dégoûtés quand il ouvrait la bouche.

Il en était là de ses réflexions quand il vit arriver quelqu'un d'intéressant. Un jeune type – jean, montre de prix, belles chaussures, voiture de location. Presque aussitôt, il fut escorté à l'intérieur comme une personnalité. Pas de gilet du FBI ni quoi que ce soit qui l'identifie, mais ce type faisait fed jusqu'au bout des ongles.

Oh oui. Et il fallait que Knack sache qui c'était, et plus vite que ça.

Évidemment, il pouvait tenter la voie officielle. Mais c'était presque toujours du temps perdu. Il préféra s'approcher de la voiture du type et tenter le coup. La portière n'était pas verrouillée. Knack adorait cela – l'assurance outrecuidante de ces types du bureau fédéral. Le mec se gare devant un lieu de crime blindé de flics, pourquoi s'embêter à fermer sa portière ?

Knack se baissa et ouvrit la boîte à gants. Pile-poil comme il l'escomptait : le contrat de location. Il faut toujours le garder sur soi, évidemment, mais ce type avait dû le ranger parce qu'il était pressé d'arriver sur les lieux.

*Voyons qui tu es…*

*M. Jeb Paulson ?*

Knack nota le nom avec l'adresse et le téléphone avant de ranger le contrat à sa place. Il examina rapidement la voiture. Elle sentait le neuf – les agences de location vaporisaient un truc exprès pour ça. Knack avait même rédigé un article sur le sujet.

À l'arrière trônait un petit sac de voyage. Un dossier dépassait de la poche extérieure.

Knack jeta un coup d'œil alentour. Personne ne l'avait remarqué.

Il s'empara du dossier et l'ouvrit. À l'intérieur se trouvaient quelques articles sur Martin Green, les mêmes que ceux que Knack avait dénichés quelques semaines plus tôt. Mais, dessous, il trouva une pépite.

Un e-mail contenant un cliché de la scène du crime.

Envoyé par un certain Tom Riggins à ce mystérieux Paulson. Le message était laconique : VOYEZ ÇA ET ALLEZ À CHAPEL HILL.

Mais la photo, oh, la photo ! Même en noir et blanc, on voyait que ce n'était pas un simple cambriolage. Quelqu'un s'était amusé avec ce pauvre Marty Green. On l'avait pendu, écorché, brûlé, et Dieu sait ce qu'on lui avait fait d'autre. Manifestement, on s'en était donné à cœur joie.

La scène lui rappela quelque chose, sans qu'il sache vraiment quoi. Knack était d'éducation catholique, et on aurait vraiment dit le martyre d'un saint. Certains étaient passés au gril, d'autres écorchés vifs et jetés dans des mines de sel. À d'autres, on arrachait les yeux et la langue qu'on les forçait à manger. Oubliez les *snuffmovies* SM. Si vous voulez des trucs bien corsés, il suffit de lire les vies de saints.

Alors, lequel était pendu la tête en bas ? Si seulement il avait pu contacter sœur Marianne, elle lui aurait donné la solution tout de suite.

Il se rappela brusquement où il était : dans la voiture de location d'un agent fédéral quelconque. S'il se faisait pincer là-dedans, il risquait de finir cagoulé dans une prison secrète cubaine le soir même. Il garda la sortie papier, remit le dossier en place et sortit de la voiture avant de regagner la sienne d'un pas dégagé en se demandant où il pourrait trouver un scanner.

Dans la boutique de photocopie du coin, en attendant que l'image soit scannée, Knack en profita pour « googler » ce mystérieux Tom Riggins. Le type se révéla être un pilier d'un truc qui s'appelait Affaires spéciales, ce qu'il remarqua parce que le terme lui était inconnu. L'agence était apparemment un service du FBI, mais le nom de Riggins apparaissait également en relation avec le ministère de la Justice. Intéressant. Paulson devait être aussi des Affaires spéciales. Pourquoi avait-il été dépêché sur l'affaire Green ?

Une heure plus tard, Knack envoya un e-mail développant son premier article et précisant que Green avait été la victime d'une « secte de justiciers satanistes » (oh, que le terme était savoureux !), selon des « sources autorisées ». Il étaya cette affirmation avec quelques citations de flics du coin ainsi que d'amis et de voisins qui, dans un tel contexte, prenaient un sens sinistre et de mauvais augure. Par exemple :

« Green n'était pas très liant » – ce qui pouvait aussi signifier qu'il se cachait.

« Il buvait de temps en temps » – en d'autres termes, il noyait sa culpabilité dans l'alcool.

« Il était divorcé » – c'est-à-dire que même sa famille ne le supportait plus. Du coup, il méritait de mourir.

L'astuce consistait à ne rien dire ouvertement. Il fallait laisser les « faits » et les citations tels quels. Les lecteurs savaient lire entre les lignes. Il leur fallait simplement quelques détails superficiels qui leur permettent de ranger un type comme Green dans la catégorie voulue. Bref, on leur mâchait le travail.

Green = financier cupide = rongé par la culpabilité d'un méfait = cible d'une secte de justiciers satanistes.

Pas plus compliqué que ça.

Le terme « secte sataniste » était destiné à susciter la réaction des fédéraux. Ils voudraient qu'il dévoile ses sources. Eh bien, les gars, ça vous apprendra à ne pas me parler. Sans compter qu'il avait un atout dans sa manche : la photo de la victime.

# 10

## West Hollywood, Californie

Une autre nuit, un autre réveil en sursaut, paniqué. Une fois de plus, inspection frénétique de toute la maison, des portes et des fenêtres, un long moment passé dans la chambre inachevée de sa fille. Et, là encore, des heures à tuer en attendant l'aube.

Du coup, Dark passa en revue les derniers meurtres en date sur le Web. Certes, il n'aurait pas dû. Il s'était promis de ne plus y penser. Pour le bien de sa fille, en tout cas. Le simple fait de lire ces articles, c'était, comme pour un alcoolique, de passer devant les rayons remplis de bouteilles d'un magasin de spiritueux ou, pour un junkie, d'appuyer sur la veine au creux de son bras, juste pour se rappeler quel effet cela faisait.

Dark en était conscient. Mais il lisait tout de même.

La moisson de la matinée comprenait une mère de famille qui avait tué son mari dans un luxueux hôtel de Fort Lauderdale à 3 500 dollars la nuit. Le jour de leur anniversaire de mariage. Dans le mot qu'elle avait laissé avant de se suicider, elle disait avoir subi treize années d'enfer. À Sacramento, un père avait étouffé sa fille de deux ans. Il s'était rendu à la police et avait réclamé la peine capitale. En Écosse, un comptable avait été poignardé dans une rue d'Édimbourg. Un voyou prétendait que son pistolet s'était déclenché accidentellement quand il l'avait pointé sur la tempe du gamin qu'il braquait. Il y avait au moins huit – non, neuf – cas d'enfants tirant sur d'autres enfants. Et cela seulement depuis minuit.

On estime à 1 423 le nombre de meurtres quotidiens dans le monde. Soit un toutes les 1,64 seconde. Dark passait chaque jour en revue les comptes-rendus d'homicides, qui comprenaient les termes les plus affreux : *broyé. Tailladé. Poignardé. Abattu. Égorgé. Éventré.*

Mais, ce matin-là, Dark lut à l'écran quelque chose qui lui sauta littéralement aux yeux. Le meurtre d'un certain Martin Green après un supplice rituel.

Il parcourut rapidement l'article, qui était d'abord paru sur un site de potins appelé le Slab. Le texte était l'incarnation même de tout ce que Dark détestait en matière de journalisme moderne : sensationnaliste, vaguement sadique, d'une obscénité macabre, et malgré tout faiblement étayé. L'auteur, Johnny Knack, avait échafaudé son article sur un canevas bien mince. C'était la pauvreté des détails qui agaça le plus Dark. Ce qu'il lisait était mensonger et éclipsait les faits réels. Mais le plus déplaisant, c'est que l'article reposait sur une hypothèse infondée : le conseiller financier Martin Green avait été victime d'une « secte de justiciers sataniques ».

Cependant, Knack détenait réellement une exclusivité : une photo de la scène du crime en provenance directe des Affaires spéciales. Ou, selon les termes de Knack : « d'une source haut placée proche des enquêteurs ».

Dark copia l'image et la projeta sur le seul mur nu de son bureau. Il se leva et éteignit la lumière. L'image des derniers instants de Martin Green brillait sur le ciment blanc. Pas grandeur nature, mais suffisamment grande pour que Dark puisse examiner les moindres détails.

Plus il regardait cette photographie, plus il estimait que la position du corps n'avait aucune utilité pour le supplice. Ce n'était pas dans le but de le noyer ou de l'asphyxier. C'était une mise en scène destinée à évoquer un symbole. C'était un rituel.

*Pourquoi votre assassin vous a-t-il fait subir cela, monsieur Green ? Pourquoi vous a-t-il brûlé le visage et rien d'autre ?*

*Pourquoi vous avoir croisé les jambes ainsi ? En forme de 4 renversé ? Ce chiffre signifie-t-il quelque chose pour votre assassin ? Pour vous ?*

*Qui étiez-vous, Martin Green ? Simplement quelqu'un qui se trouvait au mauvais endroit au mauvais moment ? ou bien le tueur vous a-t-il choisi dans un but précis pour ce rituel macabre ? Vous a-t-il trouvé, étudié, traqué ? Avant de fondre sur vous, à l'improviste, un soir ?*

Le simple fait qu'il y ait une photo en ligne stupéfiait Dark. Les Affaires spéciales se donnaient beaucoup de mal pour protéger leurs dossiers. Et sa présence sur Internet signifiait que son vieil ami Tom Riggins avait une taupe dans son département ou, du moins, qu'un membre du personnel cupide cherchait à mettre du beurre dans ses épinards. Laisser filtrer une photo de ce genre, c'était une faute professionnelle lourde qui méritait le licenciement. Dark imagina comment son ancien chef réagirait. En ce moment, enragé comme un requin qui flaire le sang, Riggins devait arpenter les couloirs à la recherche du coupable.

Dark prit son mobile et resta le pouce au-dessus du 6 – le chiffre qui composait automatiquement le numéro de Riggins. Puis il se ravisa.

Riggins avait été très clair : plus de contacts. Plus de conversations, pas même pour parler du temps devant un café. Riggins et lui, c'était fini.

# 11

Le téléphone bourdonna dans sa poche. Dark le sortit et reconnut le numéro de ses beaux-parents à Santa Barbara. Une petite voix délicate résonna dans l'écouteur.

– Bonjour, papa.

C'était sa petite fille, Sibby. Le même prénom que sa mère, morte le jour de sa naissance. La petite Sibby avait cinq ans, mais elle faisait moins au téléphone.

– Bonjour, ma chérie, répondit Dark, les yeux toujours fixés sur la photo projetée sur le mur. Comment tu vas ?

– Tu me manques, papa.

– Toi aussi, ma chérie. Qu'est-ce que tu as fait, aujourd'hui ?

– On a fait de la balançoire, et puis aussi du toboggan. J'en ai fait trente fois !

– C'est bien, ma chérie.

– Peut-être même cinquante !

– C'est vrai ? Cela fait beaucoup.

Il savait qu'il devait se détourner du mur. Fermer les yeux. Faire autre chose, n'importe quoi. *Écoute ce que dit ta fille, imbécile.* Mais ses yeux refusaient de bouger. Il attendait que quelque chose se libère dans son esprit. Pourquoi le tueur avait-il décidé de donner cette posture à sa victime ? Manquait-il quelque chose dans le contexte de cette scène de crime ? C'était frustrant de ne pouvoir accéder qu'à quelques pièces du puzzle. Pour tout comprendre, il fallait qu'il soit sur place. Qu'il voie le corps. Qu'il le sente. Le touche.

La petite voix le tira brusquement de sa rêverie.

– Papa ?

– Oui, ma chérie ?

– Grand-mère dit qu'il faut que j'aille me coucher.

Et, avant que Dark ait pu répondre, il y eut un petit déclic. Elle avait raccroché. Dark s'adossa à son siège, croisa les bras et ferma les yeux. Que faisait-il ? Pourquoi s'infligeait-il tout cela ? Cette affaire n'était pas de son ressort. Ce n'était plus son travail. Parfois, il aurait voulu pouvoir couper les ponts pour de bon. Vivre normalement pendant simplement six mois. Se rappeler comment était la vie.

# PARTIE II

# Le Mat

Pour visionner le tirage de tarot personnel de Steve Dark, connectez-vous à level26.com et entrez le mot de passe : « mat ».

flashcode

web

EX LUX LUCIS ADVEHO ATRUM
O
EX LUX LUCIS ADVEHO ATRUM · EX ATRUM ADVEHO LUX LUCIS
EX LUX LUCIS ADVEHO ATRUM · EX ATRUM ADVEHO LUX LUCIS
LE MAT
EX ATRUM ADVEHO LUX LUCIS

## Falls Church, Virginie

Jeb Paulson essaya de se rappeler où il était et ce qu'il faisait. Impossible. Ce qui le remplit de terreur. Même après le plus profond sommeil, sa mémoire lui revenait dans l'instant. Le plus curieux, c'est qu'il voyait le ciel parsemé d'étoiles et qu'il respirait l'air froid de la nuit. Sous ses doigts, il sentait quelque chose de gluant. Cela n'avait aucun sens. Il ne savait même pas quel jour on était. *Le week-end*, se dit-il. *Oui, ça doit être cela.*

– Debout, ordonna une voix.

Un objet métallique se colla à sa tempe. Le canon d'une arme. Paulson voulut se retourner, mais la voix aboya sèchement :

– Te retourne pas. Lève-toi.

Lentement, Paulson se mit debout. Il tremblait de tout son corps, comme pris de fièvre. Il se sentait envahi de démangeaisons.

– Avance, maintenant.

L'arme s'enfonça dans ses reins. Sa chair, tout son être était comme à vif. Le moindre contact était un supplice. Il ne s'était pas senti aussi mal depuis cette sale grippe qu'il avait chopée deux ans plus tôt.

– Continue d'avancer, ordonna la voix.

Alors qu'il marchait sur le toit goudronné, il comprit où il se trouvait. Tout en haut de son immeuble. Il reconnaissait les cimes des arbres de l'autre côté de la rue, les lignes téléphoniques, le parc au-delà. Que faisait-il là-haut ?

Tout lui revenait, à présent. Il se rappelait être sorti pour promener Sarge, leur chien. Dimanche soir, après le dîner. C'est durant ces promenades qu'il réfléchissait le mieux. Oui, c'était cela, il promenait Sarge en pensant à Martin Green et en essayant d'anticiper le prochain geste du tueur. Et il s'était réveillé sur le toit...

Non. Quelque chose était arrivé entre-temps. Sarge avait aboyé, Paulson s'était précipité vers la porte, espérant rentrer avant que Stephanie s'endorme.

Oh, mon dieu ! Stephanie.

– Qu'est-ce que vous voulez ? demanda Paulson. Me parler ? C'est ça ? Vous avez quelque chose à me confier ?

– Continue de marcher.

– Vous savez, je risque d'arriver au bord.

– Arrête-toi quand tu y seras. Je veux te montrer quelque chose, agent Paulson.

– Et si je ne veux pas ?

– Je t'abattrai et ensuite je descendrai rendre visite à Stephanie.

Le sang de Paulson ne fit qu'un tour. Il eut envie de faire volte-face et d'anéantir cette ordure pour avoir osé menacer sa femme. Il était prêt à prendre une balle, plusieurs, même, s'il le fallait, peu importe. Il fallait qu'il arrête ce salaud maintenant qu'il était encore temps, avant d'être totalement à sa merci et incapable de sauver Stephanie.

Mais ce n'était pas ainsi qu'un agent des Affaires spéciales était censé se comporter. On n'accule pas un monstre dans un coin. On le force à sortir. Paulson se maudit intérieurement. Il était plus malin que ça. Et, là, il laissait cette saloperie le mener par le bout du nez.

Il continua donc d'avancer vers le bord. Son estomac se noua quand il baissa les yeux. Il n'avait jamais été très amateur d'altitude. En fait, il évitait cela le plus possible. Mais si on le forçait, pourrait-il sauter ? Il y avait un balcon à deux mètres sur la droite. Il tomberait trop vite pour pouvoir saisir la balustrade. Mais s'il prenait un tout petit peu d'élan, ne serait-ce qu'un pas ou deux, peut-être qu'il y parviendrait...

– Qu'est-ce que vous vouliez me montrer ? demanda Paulson.

– Regarde dans la poche de ton peignoir.

Paulson se figea. Il ne se rappelait pas qu'il était vêtu d'un peignoir. Il baissa les yeux et se rendit compte qu'il portait des vêtements qui n'étaient pas à lui. *Mon Dieu ! Que s'est-il passé ?* Il était sorti simplement promener le chien. Il se souvenait d'avoir dit à Stephanie qu'il n'en aurait pas pour longtemps. Elle devait être morte d'inquiétude.

Sauf si cet enfoiré s'en était déjà pris à elle…

– Obéis. Maintenant.

– O.K., O.K., répondit Paulson.

Il plongea la main dans la poche, prêt au pire. Il sentit quelque chose de dur et de caoutchouteux, comme un fil gainé de plastique, et un mot s'imprima immédiatement dans son esprit : une « bombe ».

Mais non : il y avait quelque chose de mou et de soyeux au bout du fil. Il saisit précautionneusement le câble entre les doigts et sentit quelque chose s'enfoncer dans son pouce. Avant même de le sortir de la poche, il avait compris de quoi il s'agissait.

Une rose blanche.

Cela l'inquiéta plus encore que l'idée d'une bombe. Cela voulait dire que son agresseur faisait une mise en scène. Il voulait que Paulson tienne la rose. Vêtu d'un peignoir. Au bord d'un toit. Immédiatement, instinctivement, il comprit qui était derrière lui. De toutes les erreurs de débutant qu'on pouvait commettre, il avait laissé un tueur remonter sa piste jusqu'à son domicile ! Paulson poussa un cri, se retourna et…

Quelque chose de dur le frappa à la cuisse.

Déséquilibré, il vacilla sur le rebord du toit. Battit l'air de ses mains en cherchant à se rattraper à quelque chose, n'importe quoi. Et c'est seulement une seconde plus tard qu'il réussit à crier.

# 12

## UCLA - Westwood, Californie

Les cours du lundi étaient terminés depuis longtemps, et Dark avait tué le temps en lisant des publications de police scientifique à la bibliothèque. Blake n'était pas venue ; elle avait probablement trouvé le moyen de terminer son travail sans recourir à ses précieux conseils. Il était temps de rentrer.

Dark gagna le parking par l'escalier Jans, baptisé du nom des frères qui avaient vendu le terrain à l'université. L'endroit était célèbre : Martin Luther King et Kennedy y avaient prononcé des discours. Mais, chaque fois que Dark le descendait, il ne pouvait s'empêcher de songer que cela ferait un endroit parfait pour un meurtre dans l'esprit de Hitchcock. Une lente dégringolade sans espoir, en battant vainement des ailes, tandis qu'on se fracasse sur les longues plaques de béton. Évidemment, ce serait en plein jour, mais c'est là que résidait tout l'intérêt. Les suspects et témoins potentiels seraient trop occupés à regarder où ils mettaient les pieds pour faire attention à ce qui se passait autour d'eux.

*Voilà que tu recommences,* songea Dark. *Tu imagines encore des meurtres. Comme toujours ! Tu ne peux donc pas descendre un escalier ni regarder quelqu'un découper de la viande sans que cela devienne une scène de meurtre ?*

À mi-chemin, il entendit une voix l'appeler.

– Agent Dark ?

Il se retourna en portant instinctivement la main sur le Glock qu'il n'avait pas sur lui. Quelques marches au-dessus de lui se dressait une femme. Elle n'était pas habillée comme une étudiante et ses vêtements étaient manifestement trop coûteux pour qu'elle soit professeur. Elle le considérait d'un œil perplexe.

– Ne vous inquiétez pas, dit-elle. Je ne suis pas venue vous attaquer. Pouvons-nous trouver un endroit où bavarder ?

– Je ne crois pas.

Le regard de la femme se durcit.

– Je ne vous rappelle pas quelqu'un, agent Dark ? Je m'appelle Lisa Graysmith.

Le nom était familier, mais Dark ne voyait pas qui elle était. Elle dut lire dans ses pensées, car elle ajouta aussitôt :

– Vous connaissiez ma sœur cadette.

Il fallut un moment à Dark pour se souvenir. Julie Graysmith. Seize ans. Capturée, torturée et finalement laissée pour morte par un monstre que les Affaires spéciales avaient baptisé « la Doublure ». Le mode opératoire du tueur consistait à endormir la méfiance de sa victime en endossant le rôle de quelqu'un de son entourage. Un ami, voire un membre de la famille. Ses déguisements n'étaient jamais parfaits. Ils s'appuyaient trop sur des traits généraux – coiffure, manières. Les victimes – généralement des adolescents et parfois des enfants – ne tombaient pas dans le panneau plus de quelques secondes. Mais c'était tout ce qu'il fallait à la Doublure, alias Brian Russell Day.

Julie Graysmith avait été sa dernière victime. Dark et les Affaires spéciales l'avaient capturé peu après alors qu'il tentait de se fondre dans la foule d'Union Station, à Washington. Ils l'avaient contraint à révéler où se trouvait Julie. Mais ils n'avaient pas pu y arriver à temps.

– Je ne l'ai jamais connue, dit Dark.

– Je crois que vous la connaissiez plus intimement que quiconque, répondit Lisa Graysmith en descendant. Vous avez tenté de la sauver et, surtout, vous avez capturé son meurtrier. Je voulais vous remercier.

Dark réfléchit. Si cette femme était vraiment la sœur d'une victime, elle ne méritait pas d'être éconduite. Parfois, écouter était ce que l'on pouvait faire de mieux pour un parent en deuil. Mais, souvent, ces gens demandaient des réponses qu'on ne pouvait leur donner. Ou bien ils voulaient vous impliquer dans quelque action en justice.

Mais Dark ne faisait plus partie des Affaires spéciales. Cette femme ne pourrait guère l'impliquer dans grand-chose.

– Je connais un endroit dans les environs, répondit-il.

Elle lui proposa de prendre sa voiture. Il accepta. Cela lui permit de savoir qu'elle conduisait une BMW rutilante. De location. Une fois arrivés dans la brasserie, la femme qui disait s'appeler Lisa Graysmith commanda un thé glacé et Dark une pression. Une rangée d'écrans plats diffusaient les dernières manifestations sportives.

– Merci pour la bière.

– Vous avez quitté les Affaires spéciales en juin.

Dark leva les yeux. Peu de gens connaissaient l'existence des Affaires spéciales, et encore moins leurs changements de personnel. La presse avait parlé de l'arrestation de Brian Russell Day, mais sans jamais dévoiler son surnom ni mentionner les Affaires spéciales. Officiellement, c'était le FBI qui l'avait arrêté. Day attendait d'être exécuté.

Dark but une gorgée de bière sans répondre.

– Ne jouez pas les timides avec moi, agent Dark, reprit Graysmith. Après l'arrestation de cette ordure, j'ai voulu tout savoir de l'homme qui l'avait capturée. Je me suis renseignée sur vous.

– À qui avez-vous parlé ?

– Disons que nous nous sommes probablement croisés dans les couloirs durant ces cinq dernières années.

Suggérait-elle qu'elle travaillait pour le ministère de la Défense ? Qu'elle connaissait Wycoff et savait qu'il avait la mainmise sur les Affaires spéciales ?

Elle se pencha et posa sa main sur celle de Dark.

– Je suis également au courant de la petite indiscrétion de Wycoff. Celle qui pesait quatre kilos.

Dark retira sa main. À présent, elle se vantait. Presque personne n'était au courant de l'enfant illégitime de Wycoff. Ni de son rapport avec les meurtres de Sqweegel.

– Vous me laissez un peu voir vos cartes, dit Dark, mais je ne sais même pas à quel jeu nous jouons. Si vous voulez quelque chose, allez-y, demandez. Si vous essayez de me tirer les vers du nez, posez la question franchement. Sinon, nous pouvons vider nos verres et repartir.

– Vous avez capturé Day. Et bien d'autres monstres au cours des années. Vous êtes le meilleur dans ce métier et vous avez arrêté. Je ne sais pas pourquoi, mais j'estime que vous avez eu tort.

– Merci de votre sollicitude.

– Vous ne pouvez pas raccrocher aussi vite.

– Comment cela ?

– Je pense que les tueurs en série sont comme le cancer. Quand on les dépiste suffisamment tôt, on peut sauver des vies.

– C'est ce que fait le FBI, mademoiselle Graysmith.

– Pas comme vous. C'est pour cela que vous êtes parti, n'est-ce pas ? Vous les trouviez trop lents, empêtrés dans la bureaucratie. On ne faisait pas confiance à vos intuitions, même après toutes ces années. Du coup, des tas d'innocents ont trouvé la mort.

– Joli couplet. Ça vous ennuie si je le note ?

Elle se radossa en souriant.

– Vous ne me prenez pas au sérieux, et vous n'avez aucune raison de le faire. Après tout, je ne suis qu'une femme quelconque que vous venez de rencontrer dans un escalier de l'UCLA.

– Pas si quelconque. Vous êtes plutôt séduisante.

– J'ai pensé aux différentes manières de vous aborder. J'ai échafaudé des tas de scénarios spectaculaires.

– Vraiment ?

– Je me suis dit que vous préféreriez une approche directe. J'ai dû me tromper.

– Il n'y a rien de direct dans votre approche, mademoiselle Graysmith.

– Alors voici. Je veux vous fournir les outils nécessaires pour attraper les tueurs en série dès le début. Financement, équipement, relations, tout. Vous ne rendez de comptes à personne. Pas même à moi. C'est ma proposition.

Une « proposition » trop belle pour être vraie. Cette femme pouvait très bien être envoyée par Wycoff pour le piéger. Le forcer à sortir de sa retraite juste le temps de l'arrêter.

– Non, merci. Je suis trop occupé à enseigner et à restaurer ma maison.

Elle plissa les yeux et se ressaisit aussitôt.

– Vous ne me croyez pas. Vous voulez une preuve de mon sérieux, c'est cela ?

– Je ne vous demande rien du tout.

Elle sourit et se leva.

– Nous nous reverrons, dit-elle en lui effleurant l'épaule.

Quelques minutes après son départ, Dark termina sa bière et prit le verre de Graysmith avec un mouchoir en papier. Il en vida le contenu dans sa chope. Puis il sortit un sachet en plastique de son sac – il en avait toujours sur lui, par habitude – et y enferma le verre.

Ce qui le troublait, ce n'était pas la proposition de Lisa Graysmith. C'était qu'il n'avait pas réussi à la cerner. Manifestement, elle était aussi douée que lui de ce côté-là. Elle ne laissait rien paraître, glissait à la surface, comme un insecte sur une mare. Dark était certain qu'elle referait son apparition. Et, là, il serait prêt.

# 13

D'abord, il s'assura qu'il n'était pas suivi. Ce qui l'obligea à prendre un itinéraire insensé jusqu'à La Cienega, puis à passer par Sunset, Coldwater Canyon Drive et Mulholland avant de revenir vers West Hollywood. Si quelqu'un avait réussi à le pister, il avait du mérite. Après avoir garé sa voiture et vérifié qu'elle était bien verrouillée, il désarma l'alarme et prit son Glock dans sa cachette. Le chargeur était toujours plein.

Une fois dans son repaire, au sous-sol, Dark sortit le dossier sur les meurtres commis par Brian Russell Day. Il entra le numéro de Sécurité sociale de Julie Graysmith dans sa base de données et sortit les informations familiales. Apparemment, elle avait une sœur. Aînée. Alisa. C'est-à-dire Lisa.

Dark lança aussitôt une recherche sur son numéro de Sécurité sociale et apprit que son dossier était confidentiel, sur ordre du ministère de la Défense.

Intéressant.

Heureusement, Dark s'était ménagé une entrée de secours quand il travaillait avec certains des sbires de Wycoff. Il n'en abusait pas, de sorte que personne n'y avait pris garde. Des fichiers apparurent. Pas grand-chose.

Mais, d'après ce que Dark put comprendre, Lisa Graysmith faisait partie d'une organisation liée au DARPA, l'agence pour les projets de recherche avancée de défense du ministère. Vous avez une idée un peu dingue et 1 milliard de dollars ? Le DARPA trouvera comment la mettre en œuvre. Ou presque. Dark avait récemment lu un article sur un projet du DARPA qui étudiait la possibilité de transformer les déjections des soldats en carburant pour les tanks.

Que faisait-elle pour cette agence ? Et que voulait-elle dire par « aider » ?

Dark détestait les entourloupes. Cinq ans plus tôt, quand Wycoff avait commencé à le faire chanter pour qu'il lui rende sans cesse des « services », le gouvernement avait envoyé une baby-sitter pour s'occuper de sa fille, Sibby. Brenda Condor. Dark n'avait pas apprécié de devoir confier sa fille à une inconnue qui n'avait pour preuve de ses capacités qu'une série de recommandations, faciles à contrefaire, et l'insistance de Wycoff. Mais avait-il le choix ? Dark ne pouvait pas emporter sa fille et un paquet de couches quand il partait traquer un criminel à l'autre bout du monde.

Et, au final, Brenda Condor s'était révélée plus qu'une baby-sitter. Wycoff l'avait engagée pour surveiller Dark de près et s'insinuer subrepticement dans sa vie privée. Coucher avec lui, devenir sa confidente : peu importait. Dark était un atout précieux et Brenda ne le quittait pas des yeux.

Certains hommes rentrent de bonne heure du bureau et découvrent que leur épouse couche avec le jardinier. Pas Dark. Il rentra un jour, plus tôt que prévu, et la surprit en train de faire un rapport détaillé à Wycoff.

Ce qui le blessa encore plus.

Il la mit dehors et confia Sibby à ses grands-parents. Ce fut une période difficile. Durant tout le vol jusqu'à Santa Barbara, il n'avait cessé de dévisager les autres passagers en se demandant qui pouvait l'épier. Le suivre. Pendant ce temps, Sibby, ravie et insouciante, jouait avec la peluche qu'il lui avait achetée. Sans se douter qu'elle était abandonnée pour la deuxième fois dans sa courte vie.

*J'espère que tu comprendras un jour, ma petite.*

Et, à présent, cette Lisa, qui lui rappelait énormément Brenda Condor – si tant est que c'était son vrai nom –, essayait de s'immiscer dans sa vie. Il ne lui faisait pas confiance. Et il n'avait pas besoin d'elle non plus.

La vie de Dark était loin d'être parfaite, mais elle n'était pas compliquée. Sibby était chez ses grands-parents, qui la gâtaient et la choyaient. Dark passait son temps à enseigner, à retaper la maison et à travailler dans son bureau. S'il avait quitté les Affaires spéciales, c'était pour se vider l'esprit de toutes ces folies et essayer de refaire sa vie avec sa fille. Aussi, à moins d'être capable de faire revenir les gens d'entre les morts, Lisa Graysmith ne lui était d'aucune utilité.

Dark remonta se passer de l'eau sur le visage, se faire un café et essayer de se changer un peu les idées.

Mais elle l'attendait déjà, patiemment assise sur le canapé.

# 14

– Vous voulez bien m'expliquer comment vous êtes entrée ? demanda-t-il.

Lisa Graysmith croisa les jambes et s'adossa. Elle s'était changée. Si, cet après-midi, elle avait voulu donner l'image d'une femme à poigne glaciale, là, elle affichait une assurance détendue. Elle portait un T-shirt griffé et un jean : chic et décontractée. Le genre de tenue que portait autrefois Sibby dans leur maison de Malibu.

– Votre système de sécurité est bon, dit-elle. Et j'ai constaté que vous y aviez apporté quelques modifications personnelles. Ne le prenez pas mal, mais cela reste quand même un joujou en comparaison de ce à quoi je suis habituée.

– Vous ne pouvez pas vous retenir d'essayer de m'impressionner, dit Dark. Je me suis renseigné aussi. Je pense avoir trouvé ce que vous vouliez que je voie. Votre CV est un fantasme pour agent secret.

– Je veux juste que vous sachiez que je suis sérieuse.

– Je prends cela très au sérieux.

– Je ne crois pas. Personne ne me prend au sérieux, en fait. Quand on me voit sourire, on me prend pour une idiote. (Elle tira une photo de son sac à main et la posa sur la table basse.) C'était Julie.

– Je me rappelle à quoi elle ressemblait, répliqua Dark sans regarder la photo.

– Ne vous inquiétez pas, dit-elle en souriant tristement. Je ne vais pas fondre en larmes. Julie était une petite sœur insupportable. J'avais dix ans de plus et c'était comme si nous avions été élevées par des parents différents. Avec moi, ils avaient été très sévères. Julie, ils lui passaient tout. Cela m'énervait : elle pouvait faire ce qu'elle voulait, sortir tard, boire, faire la fête. Moi, je me concentrais sur mes études et je me disais que Julie et moi finirions par nous apprécier plus tard, quand elle ne serait plus une petite peste. Eh bien, je n'en ai pas eu la possibilité.

Dark baissa les yeux vers la photo et constata à quel point Lisa ressemblait à sa sœur cadette. Les mêmes yeux, les mêmes traits. Jusqu'aux petites oreilles et au nez délicat.

– Son meurtre a anéanti mes parents, continua-t-elle. Ils ont divorcé, à présent, ce qui est courant, d'après ce que je sais. Parfois, on ne peut plus continuer ensemble après ce genre de tragédie. Il faut avoir une volonté de fer pour se lever le matin quand on a perdu un être cher.

Le regard qu'elle lui jetait semblait une invitation. *Allons. Tu as perdu ta femme de la manière la plus horrible qui soit. Dis-moi que tu comprends. Dis-moi que tu éprouves le même chagrin que moi*. Mais Dark refusa de mordre à l'hameçon.

– Et vous ? demanda-t-il.

– J'ai eu une approche clinique. C'est ce que j'ai toujours fait. Si j'ai un problème, je réunis les pièces du puzzle et je le résous.

Dark retourna la photo de Julie du bout des doigts et la fit glisser vers Graysmith.

– Vous pensez que je suis l'une des pièces en question ?

– Je le sais. Vous êtes le meilleur. Ce n'est pas un vain compliment, c'est la vérité.

Il ne releva pas.

– Je ne suis pas celui que vous recherchez. Vous devriez partir.

– Vous êtes au courant, pour Jeb Paulson ? rétorqua-t-elle.

Paulson était la dernière recrue des Affaires spéciales. Dark avait travaillé avec lui une fois, sur une affaire, à Philadelphie. Aux dernières nouvelles, c'était Paulson qui le « remplaçait ».

– Je viens d'apprendre sa mort, dit Graysmith. Apparemment, c'est le deuxième.

– Qu'est-ce que vous racontez ?

– Martin Green était le premier. Les Affaires spéciales ont envoyé Paulson sur le lieu du crime. À présent, c'est Paulson. On dirait que quelqu'un a entamé une série.

– Comment êtes-vous au courant ?

– Des gens à Washington m'informent de tout ce qui ressemble de près ou de loin à des meurtres en série. Je vous l'ai dit, je suis sérieuse.

Dans le flot de pensées qui assaillit Dark se détacha l'image sinistre d'un agent des Affaires spéciales assassiné, d'un homme avec qui il avait travaillé

– Qu'est-il arrivé à Paulson ?

– Il a été poussé depuis le toit de son immeuble. Vous n'avez qu'un mot à dire et vous serez sur la scène du crime, en Virginie, dans quatre heures.

– Pour quoi faire ?

– Ce que vous faites le mieux.

– Non. Les Affaires spéciales vont s'en charger.

– Oui, mais les Affaires spéciales, ce n'est pas vous. Personne n'a jamais été aussi doué que vous.

Il se détourna.

Graysmith se leva vivement.

– Ce tueur ne va pas s'arrêter. J'ai ce qu'il faut pour le pincer. L'argent, les moyens, les relations. La seule chose qui me manque, c'est un esprit comme le vôtre. Vous êtes né pour capturer de tels monstres, Dark, et vous n'avez pas le droit de renoncer à un tel don. Je pense que vous attendiez une telle occasion depuis juin. Eh bien, la voici. Il n'y a aucune contrainte. Je ne vous donnerai ni ordres ni directives. Je n'influencerai pas votre enquête. Je vous financerai et je vous fournirai les outils nécessaires, c'est tout.

Quand quelque chose semblait trop beau pour être vrai, ça l'était toujours.

– Alors, qu'en dites-vous ? le pressa-t-elle.

– Non. J'en ai fini avec cette vie. Vous pouvez vous en aller, maintenant.

– Vous vous mentez. Vous êtes fait pour ce métier.

– Foutez le camp de chez moi.

Lisa Graysmith le fixa un moment, l'air presque suppliant, puis elle partit sans un mot de plus. En laissant la photo de Julie sur la table basse.

# 15

## Quantico, Virginie

Le téléphone tira Riggins d'un profond sommeil. Il récupéra son mobile à tâtons et, l'ayant collé à son oreille, il entendit la voix de Constance Brielle, son bras droit. Et c'est alors que tout lui revint. Qui il était, et ce qu'il faisait dans la vie.

– Tom, ça concerne Jeb.

Constance lui raconta rapidement le meurtre de Paulson et lui apprit que la police de Falls Church avait confiné le lieu du crime à leur intention. Avant que Riggins ait le temps de répondre, elle ajouta qu'elle arrivait dans cinq minutes. Il laissa retomber son téléphone, envahi par un mélange de fureur et de perplexité qui acheva de dissiper l'agréable effet narcotique du sommeil.

*Non. Pas si vite*. Tout ce boulot était dément. Il ne put s'empêcher de songer qu'il était maudit. Il suffisait qu'on travaille avec lui pour trouver la mort peu après. Jeb Paulson était aux Affaires spéciales depuis... quoi... un mois ou deux ?

Ce qui tracassait aussi Riggins, c'était Wycoff. Comme d'habitude, ce dernier avait refusé de jouer cartes sur table. Que savait-il ? Pourquoi avait-il exigé de Riggins qu'il se rende personnellement à Chapel Hill ? Ce fils de pute savait-il que quiconque se rendrait là-bas deviendrait la prochaine cible d'un nouveau psychopathe ?

Riggins se leva. Il avait gardé son boxer et son T-shirt. Où étaient ses chaussures ? Si on doit examiner une scène de crime en plein milieu de la nuit, autant être chaussé. Mais penser à Wycoff le mettait hors de lui.

*Reprends-toi, Tom*, se dit-il. *Tu es en train de basculer et tu fonces vers Paranoville. Population : un habitant (tous les autres sont déterminés à avoir ta peau). Wycoff est un enfoiré, mais pas un faux jeton.* S'il voulait la tête de Riggins, il lui aurait envoyé ses sbires, qui l'auraient emmené dans un coin tranquille, lui auraient injecté une bonne dose de poison, et l'affaire aurait été réglée. Et peut-être même que ça n'aurait pas été un mal, tout compte fait.

Mais Wycoff ne lui disait pas tout. Et Riggins ne pouvait oublier qu'il avait envoyé un petit nouveau au casse-pipe.

Constance ne tarda pas à rappeler.

– Je suis devant chez vous. Vous êtes prêt ?

– Ouais, mentit Riggins.

Il avait à peine enfilé son pantalon et il était sûr qu'il n'avait plus de chemise propre. Incroyable ce qu'on perd quand on bosse cent heures par semaine et que personne ne vous attend à la maison. Riggins trouva une chemise moins épouvantable que les autres, passa son arme à sa ceinture, enfila ses chaussures et sortit de l'appartement.

Évidemment, Constance était parfaite.

– Ça va, Riggins ?

– Mais oui.

Sauf que c'était loin d'aller. Il priait le ciel que ce ne soit qu'un rêve ou, plutôt, un cauchemar.

Ils prirent la route de Falls Church, non loin de D.C., à quarante-cinq minutes de voiture. Et, étant donné la vitesse à laquelle Constance conduisait, ça n'était plus que trente.

Constance Brielle aurait voulu rouler plus vite encore. Un nom ne cessait de résonner dans son esprit : Steve Dark. Mais il n'était pas question de Steve. Là, il s'agissait de ce pauvre Jeb Paulson.

Au début, elle avait été une vraie peau de vache avec lui. Il avait un côté insolent, comme si la place qu'il occupait lui revenait de droit. Elle lui en avait voulu. Cette place, il fallait la mériter. On ne s'amenait pas comme une fleur en attendant qu'on vous explique immédiatement toutes les ficelles du métier. Personne n'avait fait cela pour Constance, c'était sûr. Mais, rapidement, elle avait compris que ce n'était rien de plus qu'un mécanisme de défense. Jeb avait besoin d'elle. Il lui posait des questions. Pas idiotes, en plus. Du genre qui ne lui étaient pas venues à l'esprit quand elle avait débuté aux Affaires spéciales. Rapidement, elle s'était rendu compte qu'elle endossait un rôle de mentor auprès de Jeb. Exactement comme Steve Dark avec elle.

Bon, d'accord : elle avait un peu forcé Dark à jouer le rôle.

Mais, avec Jeb, elle avait trouvé cela agréable. Comme si, d'une certaine manière, cela voulait dire qu'elle avait pris de la bouteille. Elle avait tenu le coup plus longtemps que quiconque aux Affaires spéciales – les gens se grillaient au boulot en un rien de temps – et, maintenant, elle était le bras droit de Riggins. Et Jeb était mort.

Cela n'avait aucun sens. Pas plus que lorsque la famille de Steve avait été massacrée à l'aveugle.

Constance refusait de laisser l'histoire se répéter. Il était trop tard pour sauver Jeb. Mais pas pour arrêter ce monstre. Elle écrasa un peu plus l'accélérateur.

## 16

### Falls Church, Virginie

Un policier en tenue accompagna Riggins et Constance sur la scène du crime, qui avait été dissimulée au public sous des bâches. En chemin, au téléphone, Riggins avait donné la consigne : embargo complet sur les médias. Personne ne devait rien voir. *Et le premier flic qui l'ouvre, je la lui ferme une bonne fois pour toutes.*

Si le tueur s'en était pris à un membre des Affaires spéciales, c'est qu'il cherchait à attirer tout particulièrement l'attention. *Eh bien, va te faire foutre*, songea Riggins. *Tu ne liras rien sur toi dans la presse.*

Le corps de Paulson gisait sur le béton, devant la pelouse de la résidence. Riggins et Constance examinèrent leur collègue défunt. Ses membres étaient dans une position peu naturelle. Il tenait une rose blanche à la main. Et, curieusement, il avait une plume dans les cheveux.

– Merde, murmura Riggins.

Jeb Paulson était venu inspecter le lieu du crime à Chapel Hill. Si le tueur l'avait aperçu et suivi jusque chez lui, ils étaient mal barrés.

– Vous pensez que c'est lui ? demanda Constance, qui semblait avoir lu dans ses pensées.

– Qui ?

– Celui qui a tué Green. Le corps est mis en scène, exactement comme à Chapel Hill. Et Jeb y était samedi.

– Je ne sais pas, répondit Riggins en regardant le corps disloqué.

Mais, au fond de lui, il en était sûr. Il n'y avait pas d'autre explication possible. Riggins avait envoyé un autre jeune homme dans la gueule du loup. Et s'il avait écouté Wycoff et y était allé lui-même ? Serait-ce lui qu'on aurait retrouvé fracassé sur le sol, le regard fixé sur le vide ? Cela aurait nettement mieux valu. Rien ne retenait Riggins en ce monde. En revanche, tout y retenait Jeb Paulson. Un potentiel illimité venait d'être anéanti en quelques secondes.

Ils entendirent du bruit dans les étages. Quelqu'un appelait des secours d'une voix paniquée. Riggins et Constance échangèrent un regard et se précipitèrent dans l'immeuble.

L'un des policiers de Falls Church gisait au milieu du hall et geignait, à moitié assommé, en tremblant un peu. C'était étrange de voir un type aussi costaud recroquevillé à terre comme un bébé. Un ambulancier se précipita à ses côtés, lui souleva la tête pour la caler sur une serviette, le tourna sur le flanc et releva son menton pour libérer les voies respiratoires. Deux autres ambulanciers le rejoignirent rapidement et le transportèrent jusqu'à une ambulance.

– Où il était ? aboya Riggins. Qu'est-ce qui s'est passé ?

– Juste à côté de moi, expliqua un jeune policier. On sortait de l'appartement et, boum, il est tombé.

– Un projectile ? demanda Constance. Quelque chose qu'il aurait touché ?

– Aucune idée, répondit Riggins. Que personne ne bouge. Et ne touchez à rien.

Il venait de songer que le tueur ne prenait peut-être pas seulement Paulson pour cible. Peut-être que l'idée était d'éliminer un jeune membre des Affaires spéciales, en sachant que les anciens se précipiteraient sur les lieux, pressés de venger l'un des leurs. Ensuite, il suffisait de préparer le piège…

– Vous, dit-il en désignant le collègue du policier. Racontez-moi exactement ce qui s'est passé.

L'homme raconta étape par étape, depuis l'arrivée sur les lieux jusqu'à la perquisition de l'appartement de Paulson, pièce après pièce, de placard en placard, puis leur sortie pour prendre un peu d'air frais.

– … Et, là, Jon a poussé un peu la porte et l'instant d'après il s'écroulait.

– La porte, répéta Riggins.

Quelque chose avait tellement terrassé Jeb Paulson qu'il n'avait pas remarqué qu'on le traînait sur le toit avant qu'il reprenne conscience et qu'on lui fasse faire cette chute mortelle. C'était forcément sur la porte.

Constance s'en approcha et se baissa pour mieux voir.

– Riggins, il y a quelque chose de visqueux sur la poignée.

– O.K. Prélevez un échantillon et faites-en autant sur les mains du gars. Ensuite, qu'on le transporte à Banner. Qu'on fasse venir quelqu'un avec une scie. Vite.

## 17

### QG des Affaires spéciales / Quantico, Virginie

Naguère, si vous mouriez de mort violente et mystérieuse à Los Angeles, ce qu'on n'enterrait pas ou dont personne n'héritait finissait dans le laboratoire de Josh Banner.

Depuis, le champ d'activité de Banner était devenu planétaire.

C'est lui qui avait aidé les Affaires spéciales à traquer Sqweegel. Riggins n'était pas le genre d'homme à oublier un service rendu. Dès qu'un poste avait été disponible, il avait demandé à Banner de travailler à plein temps aux Affaires spéciales, à Washington. Depuis, Banner était aux anges. Car il adorait baigner dans les pièces à conviction. Il n'était pas sujet aux émotions et aux caprices humains. Pour lui, un indice était la pièce d'un puzzle qu'il fallait reconstituer. Et les Affaires spéciales lui donnaient l'occasion de travailler sur les meilleurs puzzles au monde. Évidemment, le secret pour garder un esprit sain dans un tel boulot consistait à oublier que les « pièces » en question étaient en réalité des fragments d'une existence brisée. Et qu'elles n'étaient arrivées là que parce que leur propriétaire avait connu une fin particulièrement atroce.

Mais Banner avait appris à compartimenter sa vie. C'est ainsi qu'il résolvait les problèmes et gardait la tête sur les épaules. Et aussi en lisant des bandes dessinées.

Cependant, cette fois, c'était difficile. Parce que devant lui, sur la table, se trouvait la poignée de porte sciée d'un collègue et ami. Dès son premier jour, Paulson avait passé la tête dans son antre et lui avait demandé : « Expliquez-moi tout ce que vous faites. » Il y avait aux Affaires spéciales des gens qui étaient là depuis des années et ne connaissaient même pas son prénom. Paulson, en revanche, l'avait traité comme le dieu de la police scientifique. Ils se voyaient régulièrement. Tantôt pour parler boutique, tantôt juste par plaisir.

Banner avait été invité chez Paulson. Il avait embrassé son épouse sur la joue et serré la main de Jeb en partant – « merci de m'avoir invité, le dîner était délicieux » – et il avait touché cette poignée de porte quand il était parti.

À présent, il l'examinait méticuleusement, passant un coton-tige sur la surface métallique. Ensuite, un appareil lui permettrait de séparer les éléments. Là encore, c'était un autre puzzle à reconstituer. Et, grâce à cela, Banner contribuerait à retrouver l'assassin de Jeb.

Il travailla tard dans la soirée et tressaillit quand Riggins entra dans le labo.

– Vous avez trouvé quoi, Banner ?

– Une forme militarisée de *Datura stramonium.*

Riggins le fixa, dans l'expectative. C'était leur petit rituel. Presque une danse. Banner lançait une accroche et attendait que Riggins demande des précisions. Cette fois, Riggins fut moins patient.

– Pardon, céda rapidement Banner. On appelle également cela « trompette de la mort » ou « herbe du diable ». Ce qui est contradictoire, si on y songe. (Riggins attendait toujours.) D'ordinaire, c'est un alcaloïde qui se fixe sur les muqueuses. Certains le fument ou l'absorbent pour ses effets hallucinogènes. Mais je ne l'avais encore jamais vu sous la forme prélevée sur cette poignée. Il peut passer la barrière de l'épiderme et agir en quelques secondes, provoquant une paralysie et une défaillance cardiovasculaire. Ce qui explique que Jeb et le policier aient été assommés par un simple contact.

– C'est difficile de se procurer cette saloperie ?

– À l'état naturel, non. Mais, là, ç'a été d'évidence raffiné.

– Qui pourrait y avoir accès ?

– Du personnel militaire, je pense. Mais on ne peut pas écarter les labos privés ou des universités.

Riggins réfléchit à la question. Leur tueur avait des ressources intellectuelles ou matérielles – et probablement les deux.

– On en a trouvé chez Green ?

– Non. Mais on a trouvé un autre poison. Un agent aérosol appelé kolokol-1. Il suffit d'en respirer un peu et vous perdez conscience en trois secondes.

– Le nom me dit quelque chose.

– Selon la rumeur, les Russes s'en seraient servis en Tchétchénie en 2002. C'est un dérivé opiacé du fentanyl dissous dans l'halthane…

Mais Riggins n'écoutait plus.

– Deux produits chimiques différents, murmura-t-il pensivement, utilisés pour assommer les victimes. Pourquoi ?

# 18

## Washington, D.C.

Knack savait comment joindre au téléphone des personnalités importantes. Ce n'était pas difficile. Il suffisait de donner l'impression qu'on avait l'habitude d'appeler, que la question était cruciale et que si l'autre ne vous passait pas votre correspondant, on allait péter un plomb. Knack était passé maître dans l'art de prendre ce genre d'intonation.

Mais cela ne lui fut pas d'une grande utilité aux Affaires spéciales.

– Je vous transfère au bureau de presse, dit la standardiste sans s'émouvoir.

– Non, non, ma petite. Je me fous du bureau de presse, je veux...

– Ne quittez pas, je vous les passe.

– Merde.

Knack coupa. Les attachés de presse étaient des gens parfaitement inutiles pour les journalistes. Il fallait trouver un autre moyen.

Mais bien sûr : il avait le numéro direct du bureau de Paulson sur le contrat de location. Cela le dérangeait un peu d'appeler le poste d'un mort, mais la date de bouclage approchait. Il composa le numéro. Au bout de deux sonneries, un déclic : l'appel était transféré, comme prévu. Mais vers qui ? Un autre déclic.

– Riggins.

*Youpi.*

– Agent Riggins ? Jon Knack, du Slab. Juste une seconde…

– Au revoir.

Knack dut agir vite. Il lâcha précipitamment :

– Je suis au courant, pour Paulson.

Un silence. Riggins entrouvrait légèrement la porte. Knack fonça.

– C'est le deuxième, n'est-ce pas ? Écoutez, je sais que Paulson était à Chapel Hill. Il enquêtait sur le meurtre de Martin Green. À présent, il est mort. Vous ne pensez tout de même pas que c'est une coïncidence ?

– Sans commentaire.

– N'est-ce pas tout à fait inhabituel pour un tueur en série de s'en prendre aux forces de l'ordre ?

– Sans commentaire.

– La dernière fois, c'était Steve Dark, n'est-ce pas ?

Il entendit un grognement. Il avait touché un point sensible.

– Franchement, Knack, entre vous et moi…

– Oui ?

– Allez vous faire mettre.

Knack ne s'attendait pas que Riggins lui confirme quoi que ce soit. Mais sa réaction en disait long. Il existe tout un tas de manières de nier. Il alluma son ordinateur portable et entreprit de rédiger son article. Là, il avait du nouveau, une « confirmation » de sources haut placées aux Affaires spéciales. Riggins n'avait rien confirmé du tout, mais il ne se donnerait pas non plus la peine de le nier. Parfois, obtenir un « sans commentaire » au téléphone était amplement suffisant.

Et puis Knack avait vu Paulson sur le lieu du premier crime, et à présent il était mort. Ce qui amenait la question suivante : son meurtre avait-il pour but de dissimuler quelque chose ? Ou bien était-ce le début d'une grosse affaire ?

# 19

Dark alluma son ordinateur portable. Le Slab venait de publier un article sur Paulson.

Il y était dit que Paulson était marié – à Stephanie Paulson, née West, vingt-quatre ans, une institutrice qui avait suivi l'amour de sa vie depuis Philadelphie. Elle avait posé sa candidature pour un poste à Washington, où elle pensait changer les choses. Knack la dépeignait comme une femme intelligente et altruiste. Exactement le genre d'épouse qu'il fallait être pour pouvoir supporter un conjoint travaillant aux Affaires spéciales. Ils étaient mariés depuis exactement treize mois. Stephanie ne faisait aucune déclaration, mais Knack avait retrouvé des amies d'université grâce à un réseau social où il avait appris tous les détails.

L'article évoquait l'étrangeté de la scène du crime – Paulson « aurait été » retrouvé avec une fleur à la main et avait sauté du toit de son immeuble. Selon des « sources policières », il ne portait aucune marque de liens, contusions ni quoi que ce soit indiquant qu'il avait agi contre son gré.

Knack prétendait disposer d'une source « haut placée » aux Affaires spéciales, ce qui était troublant si c'était vrai. Personne là-bas ne parlait jamais à la presse. Si Riggins avait surpris un agent se confiant à un journaliste, il l'aurait fait écorcher et plonger dans la saumure avant de le virer.

En allant dans la cuisine, Dark jongla mentalement avec les informations dont il disposait, essayant de deviner le message que le tueur cherchait à faire passer.

Il se servit un verre d'eau dont il but la moitié avant de se rendre compte qu'elle était insipide, avec une saveur métallique.

Il lui fallait d'autres détails. Le meurtre de Green – d'après la photo qui accompagnait le premier article de Knack – avait été une mise en scène élaborée. Sans doute le tueur avait-il eu amplement le temps de la concevoir, de l'organiser et de l'exécuter. Mais celui de Paulson faisait-il l'objet d'une telle mise en scène ?

Il n'y avait qu'un moyen de le savoir.

– Riggins.

– C'est moi, annonça Dark.

Il entendit un soupir douloureux, comme si on venait de perforer le poumon de Riggins avec un éclat de verre.

– Une seule question, dit Dark. Tu me dois bien ça, au moins.

– Prenons pas ce chemin. Je sais pas ce que tu t'imagines faire, mais…

– Donne-moi un coup de main. Tu sais exactement pourquoi j'appelle.

– Je me fiche de tes raisons. On n'a plus rien à se dire.

– Écoute, Riggins, je sais que je ne suis pas censé m'impliquer. Mais je peux peut-être aider. Officieusement. Entre toi et moi. C'est entre amis, en famille, si tu vois ce que je veux dire. Cette affaire me préoccupe, alors, autant que j'y apporte ma contribution.

– Non. Tu as dit que tu rendais ton tablier, eh bien, c'est fait. On devrait même pas se parler.

– Laisse-moi consulter le dossier sur le meurtre de Paulson. Je peux vous aider.

– Tu es incroyable.

– O.K., comme tu voudras. Réponds juste à deux, trois questions.

– Tu ne devrais même pas penser à tout ça. Pourquoi tu savoures pas le soleil de Californie que tu réclamais tant ?

D'ailleurs, pourquoi tu passes pas du temps avec ta gosse ? Elle aimerait peut-être bien voir à quoi tu ressembles.

Riggins pouvait se montrer cruel quand il le voulait. Soit il agissait ainsi pour couper court, soit il cherchait vraiment à blesser Dark.

– Arrête, Riggins.

– On parle pas de l'affaire avec des extérieurs. Tu es un extérieur. C'est ce que tu voulais, non ? Me rappelle pas et profite du soleil.

Il raccrocha.

Dark songea à appeler Constance mais balaya rapidement l'idée. Sa relation avec Riggins, c'était une chose. Avec Constance, il avait tout gâché.

Dans les horribles mois qui avaient suivi le meurtre de Sibby, Constance avait été à ses côtés. Mais c'était trop, et trop tôt. D'abord, ç'avait été des dîners. Puis de longues heures passées avec lui, pour remplir le vide. Elle essayait de remplacer Sibby, pensant pouvoir éloigner Dark du bord du précipice. Lui ne voulait pas que Sibby soit remplacée. Il ne voulait rien du tout, à part faire son boulot.

Très probablement, Constance lui ferait part du dossier. Mais ce serait ouvrir de nouveau la porte et lui donner de faux espoirs. Dark était capable de bien des cruautés, mais pas de celle-là.

C'est alors que lui vint une idée pour se procurer ces informations. Il prit son portefeuille et en sortit sa carte de crédit.

# 20

## Vol 1412 Los Angeles-Washington

Dark n'avait pas pris l'avion depuis sa dernière mission pour les Affaires spéciales. Pendant près de cinq ans, il était allé aux quatre coins du globe dès qu'on le lui demandait. Certains jours, son horloge interne était tellement décalée qu'il avait du mal à distinguer aube et crépuscule. Il avait fini par tellement détester l'avion que lorsqu'il avait démissionné il avait loué une voiture pour gagner Los Angeles par l'I-10 – quarante-sept heures de route en ne s'arrêtant que pour manger et faire le plein.

Emménager à Los Angeles le rapprochait de sa fille. C'était aussi une métropole où il pouvait se fondre et qu'il connaissait mieux qu'aucune autre. Une douzaine de villes reliées par les montagnes et des rubans de bitume où fleurissaient le crime, le soleil, le sexe et les rêves. Une ville qu'il avait fini par considérer comme sienne.

À présent, il allait de nouveau la quitter. Il arriva au comptoir d'embarquement de LAX, glissa son permis de conduire dans la fente et attendit. Composa les trois premières lettres de sa destination. Attendit encore. Rien.

En quelques secondes, deux vigiles en uniforme apparurent.

– Pouvez-vous vous écarter, monsieur Dark ?

– Pourquoi ?

– Écartez-vous, je vous prie.

Une demi-heure plus tard, Dark était encore assis dans une pièce verrouillée à l'atmosphère suffocante. Personne ne lui avait dit pourquoi on le retenait prisonnier, mais il devinait. Quelqu'un, sans doute Wycoff, l'avait mis sur liste rouge. S'il essayait de prendre un avion, l'alerte était donnée.

Finalement, un homme en costume bleu marine entra, un dossier à la main. Un logo de compagnie aérienne était brodé sur sa poche de poitrine.

– Désolé de vous avoir fait attendre.

– J'ai manqué mon avion ? demanda Dark, qui savait très bien que le vol de Washington avait décollé depuis longtemps.

– Nous allons y venir.

L'homme contourna la table, tira une chaise, mais s'arrêta avant de s'asseoir.

– Je crois savoir que vous êtes un ancien agent du FBI ? (Dark acquiesça.) De quel bureau ?

– Si vous savez que je suis un ancien du FBI, vous connaissez déjà la réponse.

L'homme opina, puis il ouvrit nonchalamment le dossier et feuilleta quelques pages en haussant de temps en temps les sourcils. Au bout d'un moment, Dark comprit ce qu'était vraiment ce type : un professionnel de la perte de temps. Chargé de le faire mariner le temps que le vrai chef arrive.

Dark décida donc de se taire. Et se demanda combien de temps cela allait durer.

Trois quarts d'heure, finalement. Au bout de quinze pénibles minutes d'interrogatoire à sens unique, l'homme fut appelé dehors. Quand il revint une demi-heure plus tard, il annonça à Dark qu'il était libre. Pas d'excuses ni d'explications. Dark se leva et sortit. Il traversa d'interminables couloirs pour se retrouver enfin dans le terminal principal.

Où Lisa Graysmith l'attendait.

– Désolée d'avoir mis tout ce temps, dit-elle. Parfois, les rouages de la Sécurité intérieure sont plus lents que je ne le voudrais.

– Mais oui, répondit Dark. Et je suis censé penser que vous m'avez surpris.

– Oui, parce que c'est le cas.

– Vous m'avez déjà probablement collé sur une liste d'interdits de vol.

– On serait pas un peu parano ? sourit narquoisement Graysmith.

Dark ne répondit pas. Elle s'approcha de lui et lui donna un petit livret.

– Tenez. Vous partez sur le prochain jet pour D.C., direct, première classe. Je vous aurais bien pris un jet privé, mais je ne voulais pas vous faire perdre plus de temps en vous faisant changer d'aéroport. La prochaine fois.

Dark baissa les yeux vers les billets. L'envie de tourner les talons et de la planter là l'effleura. Retourner chez lui. Finir de peindre la chambre de sa fille. Reprendre sa vie. *Tu as raccroché le fusil*, se dit-il. *Alors sois un homme et tiens-t'en là.*

Mais il prit les billets.

– Ça ne change rien, dit-il.

– Bien entendu, répliqua-t-elle.

Dark tenta de dormir durant le vol, en vain. Il dormait déjà très peu chez lui, comment aurait-il pu se détendre dans une boîte de conserve suspendue à dix mille mètres dans les airs ? Il songea à Graysmith. Elle prétendait pouvoir lui fournir toutes les informations et ressources qu'il voulait. Mais il venait de passer cinq ans sous la mainmise de Wycoff. Ce n'était pas pour recommencer avec quelqu'un d'autre. Dans ce cas, pourquoi agissait-il ainsi et traversait-il le pays pour enquêter sur un meurtre ? Pourquoi ne pouvait-il pas laisser cela à Riggins et aux Affaires spéciales ? Qu'est-ce qui ne tournait pas rond chez lui ?

Il n'avait pas la réponse.

Quelques heures plus tard, il récupérait son sac de voyage dans le compartiment au-dessus de son siège et s'apprêtait à débarquer. C'était déjà le soir. Il détestait les heures que l'on perd en volant vers la côte est.

Et, là, l'attendait Constance Brielle.

Elle croyait qu'elle serait immunisée, depuis le temps.

Mais elle éprouva une sensation caractéristique en regardant Steve Dark. L'organisme s'adapte naturellement aux stimuli négatifs, n'est-ce pas ? Si vous appuyez plusieurs fois sur un bouton et que vous recevez une décharge électrique, au bout d'un moment, votre corps vous souffle qu'il vaut mieux s'abstenir. Pourquoi éprouvait-elle cela en présence de Steve Dark ?

Un appel était arrivé au bureau de Wycoff : le nom de Dark était apparu à un aéroport. Riggins avait demandé à Constance de l'accueillir.

– Si j'y vais, je risque de lui foutre mon poing dans la gueule, avait-il dit.

– Qu'est-ce qui vous fait croire que je ne le ferai pas ?

– Je n'en sais rien. En fait, j'espère même que vous le frapperez plus fort.

Ce genre d'humour noir était courant aux Affaires spéciales, mais la peine qu'ils éprouvaient au fond d'eux-mêmes était réelle. Quand Dark était parti, il les avait abandonnés tous les deux. Et voilà qu'il voulait revenir ? En ce moment, en plus ?

Mais Constance savait qu'il valait mieux ne pas mélanger problèmes personnels et boulot. Sa tâche était simple : elle devait immédiatement remettre Dark dans un avion pour Los Angeles. S'il refusait, elle l'arrêterait. Et figurez-vous qu'elle était prête à lui flanquer son poing dans la figure s'il tentait de résister. Allez, voilà qu'elle mélangeait de nouveau les genres.

*Contente-toi de le renvoyer chez lui*, se dit-elle.

Dark vint la rejoindre.

– Je suppose que tu es venue me demander de rentrer chez moi.

– Pas demander, dit-elle en sortant un billet. Tu repars sur le 20 : 00 pour Burbank via Phoenix.

– Le gouvernement n'a même pas payé un vol direct ?

– C'est le premier vol disponible.

– Prends-le. Il fait beau à Los Angeles, en cette saison. Tu n'auras pas de vent avant quelques semaines.

– Ne m'oblige pas à faire ça, Steve.

– Ne te mets pas en travers de mon chemin, Constance. Ça n'a rien à voir avec toi.

Il essaya de continuer son chemin, mais elle lui saisit le poignet. Fermement. Et le tira vers elle. Ils se retrouvèrent nez à nez.

– Je sais pourquoi tu agis ainsi. Riggins pense que tu essaies simplement de l'énerver. Mais je te connais, Steve. Tu as peur que l'histoire se répète.

– Tu ne sais pas de quoi tu parles, Constance. Lâche-moi.

– Eh bien, elle ne se répète pas. Nous maîtrisons la situation. Retourne à ta vie.

Dark soupira. Un instant, elle crut qu'il renonçait. Mais il lui tordit la main et retourna la situation. Une seconde plus tard, Constance éprouvait une vive douleur dans le bras. Elle chercha ses menottes, mais elle hésita.

– En plus, elle n'est plus à l'appartement, dit-elle. Elle est sous surveillance.

La surprise se peignit sur le visage de Dark. Cela ne dura qu'un instant, mais Constance sut qu'elle avait fait mouche. Riggins estimait que Dark se sentait coupable, car Paulson avait pris sa place et y avait trouvé la mort. Constance pensait différemment.

– Ne reste pas sur mon chemin, répéta Dark.

Il lui lâcha le bras et partit d'un pas décidé vers le hall.

– Stephanie Paulson n'est pas Sibby, murmura Constance en le regardant s'éloigner.

# 21

## Falls Church, Virginie

Constance n'avait pas menti : Stephanie Paulson n'était plus chez elle. Elle séjournait chez une amie d'université, Emily McKenney, qui avait un appartement à Georgetown.

Dark les observait depuis l'autre côté de la rue. Les deux femmes étaient dans un café. Il n'entendait pas leur conversation, mais leur langage corporel était limpide. *Allez, mange quelque chose. Bois un peu. Tu n'es pas obligée de comprendre l'horreur de la situation tout de suite. Il faut que tu manges. Jeb ne voudrait pas te voir comme ça. Il préférerait que tu finisses ton muffin aux myrtilles.*

Il n'y a pas si longtemps, Dark avait éprouvé la même répulsion devant la nourriture. À quoi ça sert, si on ne peut la savourer avec quelqu'un qu'on aime ? Le moindre plat lui rappelait Sibby. C'était ainsi qu'elle lui exprimait son amour. Chaque repas était un baiser. Sans elle, manger n'était rien de plus qu'un processus physiologique. Convertir des calories en énergie. Autant se faire une perfusion, cela serait allé plus vite.

Emily prit le visage de Stephanie dans ses mains et la força à relever le nez. Elle souriait. Un grand sourire affectueux qui disait : *Je suis avec toi, je ne te lâche pas, je ne vais pas te laisser tomber.*

Mais Stephanie restait apathique. Elle regardait son amie, hochait la tête à ses paroles, mais elle n'écoutait pas.

*Parce que Jeb n'était plus là et ne reviendrait jamais.*

Dark était venu pour parler à Stephanie. Mais, maintenant qu'il la voyait de l'autre côté de la rue, il n'osait pas s'imposer dans un tel moment de chagrin. Qu'aurait-il pu dire ? *Ah oui, je faisais le boulot qui a tué votre mari. Et figurez-vous qu'un dingue a tué ma femme à moi aussi.*

C'était absurde.

Quand sa fille était encore bébé, Dark s'était dit qu'il devait prendre le temps de se ressaisir avant de se comporter en vrai père avec elle. Les souvenirs ne se construisaient pas avant l'âge de deux ans. Trois, même, n'est-ce pas ? Dark se rappelait seulement quelques lambeaux effrayants de sa petite enfance. Des bribes fugitives, à peine plus réelles qu'un rêve. Plus il travaillait aux Affaires spéciales, plus il pensait : *Tu as le temps.*

Mais les années avaient passé très vite. À présent, sa fille avait cinq ans. Et il n'avait jamais le temps de lui souhaiter bonne nuit et de lui dire qu'il l'aimait.

Tous ceux que Dark avait aimés lui avaient été pris. Ses parents biologiques. Henry. Ses parents adoptifs. Et le pire, c'est que c'était sa faute. Sa mère. Son père. Ses frères de neuf ans, tous en rang, côte à côte, bâillonnés et fusillés. Tout cela parce que Dark poursuivait un monstre. Il en avait été de même avec Sibby, l'amour de sa vie. Dark s'était lancé sur les traces de ce monstre, voulant que justice soit faite, mais le tueur la lui avait prise aussi.

La pire crainte de Dark, c'était que sa fille soit la suivante sur la liste.

# PARTIE III

# Trois de Coupe

**Pour visionner le tirage de tarot personnel de Steve Dark, connectez-vous à level 26.com et entrez le mot de passe : « coupe ».**

flashcode

web

EX LUX LUCIS ADVEHO ATRUM
EX LUX LUCIS ADVEHO ATRUM · EX ATRUM ADVEHO LUX LUCIS
EX LUX LUCIS ADVEHO ATRUM · EX ATRUM ADVEHO LUX LUCIS
III
TROIS DE COUPE
EX ATRUM ADVEHO LUX LUCIS

## West Philadelphie, Pennsylvanie

L'homme observait les jeunes filles depuis une heure. Elles riaient fort, se donnaient des coups de coude et avaient un unique objectif : se saouler. Ce qui allait faciliter les choses.

Il croisa le regard de la petite blonde – celle qui avait des allures d'actrice. On avait dû le lui dire des milliers de fois. Elle lui jeta un regard de défi. *Vas-y. Tente le coup. Tu ne m'intéresses pas.*

Il leva la main et, de l'index, lui fit signe de le rejoindre.

Un vague sourire se peignit sur le visage de la blonde, mais elle fit mine de ne pas réagir et se retourna vers ses amies. *Très bien.* L'homme était patient. Il avait tout son temps.

Quand la blonde regarda de nouveau de son côté – évidemment, c'était prévu, cela faisait partie du jeu –, il esquissa le même geste. *Viens là. Viens par ici.*

La blonde fit la moue. Elle plissa les paupières d'un air agacé. *Tu me dragues ?* indiquait son regard. *C'est à toi de venir.* Et elle se détourna de nouveau.

Mais elle ne pouvait pas l'ignorer complètement. Il était trop beau mec pour qu'elle reste indifférente. Et, si on n'avait cessé de lui répéter qu'elle ressemblait à telle ou telle actrice, elle n'en était qu'une approximation : nez plus grand que l'original ; lèvres plus minces. Et elle en avait conscience.

Quand elle le regarda de nouveau, l'homme sourit et répéta son geste.

Elle lui répondit par un sourire boudeur. *O.K., ducon. Comme tu voudras.*

Plein d'assurance, l'homme lui tourna le dos et leva la main pour commander un autre verre. Quelques secondes plus tard, il la sentit derrière lui. Elle lui effleura l'épaule.

– Alors ? Qu'est-ce qui est si important pour que je doive me déplacer ?

Il fit volte-face et sourit.

– Je savais que si je vous faisais signe plusieurs fois vous finiriez par venir.

*L'effet produit vaut son pesant d'or*, songea le tueur. Comme s'il lui avait flanqué une gifle. Personne ne lui parlait comme ça. C'était une fille qui avait de la classe. *Une putain de diplômée, bon sang !* Elle eut l'air d'hésiter entre lui balancer son verre en pleine figure, un coup de genou dans l'entrejambe ou l'ignorer totalement.

Elle choisit la troisième solution. Elle essaya, en tout cas.

La blonde rejoignit ses copines et leur raconta leur échange à voix basse. Il se demanda si elle le citait texto ou si elle inventait quelque chose de plus cruel. Elle lui lança un regard plein de haine, mais il ne cilla pas.

Elle finit par convaincre ses amies de la suivre aux toilettes. Elles emportèrent leurs verres.

C'était bientôt le bon moment.

*Quel sale con !*

En s'asseyant, Kate Hale s'en voulait. Pourquoi s'était-elle levée pour ce connard ? Parce qu'elle était idiote, voilà. Et puis elle était un peu pompette.

Mais elle avait mérité cette soirée de détente. Les premières semaines de cours avaient été épuisantes. Ce soir, l'idée avait été de se saper et d'aller descendre des cocktails avec ses copines. Elle n'allait pas gâcher sa soirée à cause de ce débile.

– Ne t'en fais pas, cocotte, dit Donna, qui se faisait un raccord maquillage dans le miroir et rajustait sa robe bleue. Dans ce genre de bar, c'est bourré de cons. On aurait dû aller dans le centre-ville.

Leur amie Johnette était entrée dans des W.-C. Elle n'était pas très portée sur l'alcool. Elle n'avait pas encore terminé son premier vodka-orange. Elle préférait sniffer. Et l'occasion de s'isoler aux toilettes était plus que bienvenue.

– On est en 2010, non ? demanda Kate. Ce mec ne connaît que des astuces de drague qui ont cent ans ou quoi ?

– On est à Philadelphie, qu'est-ce que tu veux que je te dise. J'ai grandi ici, j'ai l'habitude.

– J'aurais dû m'inscrire dans une fac plus près de chez moi.

Donna sourit.

– Dans ce cas, tu réviserais, au lieu de boire des verres, te détendre et envoyer de gros ringards dans les cordes. Écoute, tu ne vas pas gâcher ta soirée. On est là pour faire la fête.

Les sorties du lundi soir étaient un rituel pour Kate et ses deux copines. L'année prochaine, elles ne pourraient plus s'amuser ainsi.

Kate ne put se retenir, et un grand sourire se peignit sur son joli visage.

– Maîtresses du monde !

– Ouais, putains de maîtresses du monde ! beugla Donna.

– Youpi !

– Et on pourrait reprendre un cocktail si Johnette voulait bien finir de se poudrer le nez, ajouta Donna.

Kate gloussa.

– Johnette ?

Silence.

Les deux filles échangèrent un regard. Ce n'était pas la première fois, avec Johnette. Elle se défonçait, parfois, au point de tomber dans les pommes. Et ce n'était pas la première fois non plus que c'était dans des toilettes.

– Johnette, chérie, roucoula Donna. Viens.

Kate soupira et s'approcha des W.-C.

– Franchement, c'est bon, là.

Silence.

– Hééé ? s'exclama-t-elle en poussant la porte.

Johnette était assise sur la lunette. Ses yeux morts fixaient Kate. Une corde rouge était enroulée autour de sa gorge, si serrée qu'elle s'enfonçait dans la chair.

Kate se sentit envahie par un frisson glacial. Elle recula. Le sol semblait tout mou. C'était impossible. Les lavabos étaient derrière elle. Elle tendit la main pour s'y appuyer. Se retourna vers Donna : c'était elle la plus forte du trio.

Donna n'était plus là.

– Donna ! piailla Kate. Oh, mon Dieu, Donna, je t'en prie…

C'est alors qu'elle sentit la corde s'enrouler autour de son cou. Des mains appuyèrent sur ses épaules et la forcèrent à s'agenouiller. À côté de la porte était accroché un grand miroir. Qui lui permit de se voir, et de voir celui qui était derrière elle.

Elle reprit conscience quelques secondes. Pas bien longtemps, en fait. Mais suffisamment pour comprendre ce qui se passait autour d'elle. Elle fut effrayée de s'apercevoir qu'elle était debout. Comment parvenait-elle à soutenir son propre poids ? Tous ses membres étaient engourdis, la tête lui tournait. Elle battit des paupières, tentant de chasser les larmes. Donna était debout aussi, à quelques mètres à peine. Elle avait les yeux écarquillés, ouvrait et fermait la bouche comme si elle voulait crier, mais aucun son ne sortait de sa gorge. Kate essaya de parler elle aussi. Elle voulait dire à Donna que tout irait bien, qu'elle ignorait ce qui se passait, mais qu'elle était sûre qu'elles s'en sortiraient.

C'est alors que l'homme surgit derrière Donna. Il posa une lame étincelante sous sa gorge en tenant une coupe à cocktail devant sa poitrine. Le couteau glissa, rapide comme l'éclair.

Du sang jaillit de la gorge tranchée de Donna et coula dans la coupe.

Kate parvint, Dieu sait comment, à pousser un hurlement.

– Pourquoi ? Pourquoi vous faites ça ?

L'homme la regarda en souriant.

Il passa sous le bras tendu de Donna – Mon Dieu, mais pourquoi était-elle encore debout après qu'on lui eut tranché la gorge ? – et s'avança vers Kate, le couteau toujours en main.

– Cela n'a rien à voir avec toi, lui dit-il. Mais avec ce que tu serais devenue.

Kate voulut crier, mais l'homme était trop rapide. Elle sentit la lame glacée et sanglante sur sa gorge. Et, l'instant d'après, elle ne fut plus en mesure de crier.

## 22

### Washington, D.C.

Vers 1 heure du matin, Dark parvint à trouver une chambre d'hôtel bon marché près du Capitole. Il avait voyagé léger : une chemise de rechange, un bloc-notes et son ordinateur portable. Au passage, il acheta un sandwich à la dinde dans une boutique ouverte la nuit. Cela faisait une éternité qu'il n'avait pas mangé.

Tout en entamant son sandwich, il songea à Stephanie Paulson. Il ne pouvait ignorer les parallèles. Paulson s'était lui aussi lancé à la poursuite d'un monstre. Seulement, son gibier l'avait eu le premier. Pourquoi Riggins l'avait-il envoyé seul à Chapel Hill ? Généralement, on dépêchait une équipe. Deux agents au moins. Dark était le seul capable de jouer les loups solitaires. Paulson avait-il voulu l'imiter ? Exigé de travailler en solo ?

*Arrête*, se dit Dark. *Tu n'as rien à voir avec ça. Concentre-toi sur l'affaire. Essaie de trouver le lien entre la mort de Paulson et Martin Green.*

Le premier meurtre était un supplice compliqué. Le tueur avait dû faire des repérages préalables : vérifier si le plafond soutiendrait le poids de Green, par exemple. En revanche, celui de Paulson paraissait moins étudié. Comme un coup de tête. Pas de torture. Il avait simplement été poussé dans le vide.

Mais si le tueur était effectivement le même la mort de Paulson constituait une sorte de message. Pourquoi l'avoir jeté du haut du toit de *son* immeuble ? Pourquoi ne pas l'avoir abattu, renversé en voiture ou tordu le cou ? Non, ce meurtre avait lui aussi été planifié. Le tueur avait dû attirer Paulson sur le toit. Ou le réduire à l'impuissance et l'y amener. Le ranimer. Le convaincre de se jeter de là-haut. C'était vraiment sophistiqué.

Dark se creusait la cervelle quand son mobile bourdonna. Un texto de Lisa Graysmith.

UN NOUVEAU MEURTRE. APPELEZ-MOI.

Vingt minutes plus tard, une voiture passait le prendre à son hôtel. Jamais le réceptionniste n'avait vu un client séjourner aussi peu de temps.

– Il y a un problème avec la chambre ? demanda-t-il.

Dark ne répondit pas. La chambre était très bien. C'était dans sa tête qu'il y avait un problème.

D'après Graysmith, la police de Philadelphie avait été appelée moins d'une heure plus tôt pour un triple meurtre dans un bar de West Philly, près de la Wharton School of Business. Trois femmes torturées, la gorge tranchée, dans des toilettes fermées à clé. Les corps avaient également été mis en scène.

Maintenant, avait-elle ajouté, c'était l'occasion ou jamais. Elle pouvait l'amener sur les lieux immédiatement, lui en permettre l'accès afin qu'il examine les corps, avant que les Affaires spéciales aient eu le temps de bouger. « Comment ? avait-il demandé. – Ne vous souciez pas de ça », avait-elle répondu.

Dark s'était dit que ce serait au moins l'occasion de vérifier les capacités de Graysmith.

La voiture le déposa sur un aérodrome privé où attendait un Gulfstream. L'avantage de posséder son propre avion ? On n'est pas obligé de passer par les contrôles de sécurité. L'appareil décolla à peine fut-il à bord. La seule autre passagère était une femme en tailleur, une hôtesse qui lui proposa un verre.

– Non, merci, dit-il.

L'avion volait vite, plus vite que n'y était autorisé n'importe quel vol commercial, surtout sur le territoire américain. Dark se sentait plein d'énergie, malgré toute sa journée de voyage. C'était plus fort que lui. S'il ne pourchassait pas des prédateurs, sa vie ne valait pas la peine d'être vécue.

Mais, dans ce cas, qu'en serait-il de sa fille ?

L'avion atterrit à Philadelphie vingt minutes plus tard. L'horizon urbain se dressait au loin, dans la brume. Dark resta pensif. Pourquoi était-ce la nouvelle étape du tueur ? Parce que Stephanie Paulson était originaire de Philadelphie ? Cela faisait peut-être partie d'un plan. De Green à Jeb Paulson. De Paulson à sa femme ? Qui serait le suivant ?

Quelques minutes plus tard, il montait dans une voiture. En route, le mobile de Dark bourdonna. C'était Graysmith. On avait beau être en plein milieu de la nuit, elle semblait tout à fait réveillée.

– Bon, vous êtes en route, dit-elle. Vous avez tout ce qu'il vous faut ?

– Vous m'avez promis l'accès.

– Je l'envoie sur votre mobile tout de suite. Montrez simplement l'écran au responsable de l'enquête. Il s'appelle Lankford. Il vous laissera entrer.

## 23

### Philadelphie, Pennsylvanie

En l'absence de clients et de bruit, le bar avait l'air d'un théâtre vide. La salle était garnie d'accessoires, mais il n'y avait pas d'acteurs pour les utiliser. Les lumières soulignaient les moindres défauts du lieu : les tables éraillées, la poussière sur les appliques, les taches sur les tissus. Dans un endroit comme celui-là, il fallait que la lumière soit tamisée pour qu'on ait le courage d'y dîner ou d'y boire un verre.

Les cadavres avaient été découverts une heure avant la fermeture. Alerté par une cliente, un videur s'était précipité aux toilettes des dames et les avaient trouvées verrouillées, une clé bloquant la serrure de l'intérieur. Quand il avait enfin réussi à forcer la porte et vu ce qu'il y avait à l'intérieur, il n'avait pu se retenir et avait poussé un hurlement. Les clients, affolés, avaient pris leurs jambes à leur cou, laissant sur les tables des consommations ou des plats à peine entamés. Certains avaient oublié leur veste et une femme ses talons-aiguilles. *C'est comme un décor,* se dit Dark, *dont les acteurs ont été virés en cours de tournage avec pour consigne de tout laisser en l'état.*

Le SMS de recommandation de Graysmith avait fonctionné comme par magie. Quand Dark l'avait montré à Lankford, le responsable de l'enquête l'avait rapidement conduit sur la scène du crime, où deux policiers montaient la garde.

C'était irréel. Combien de conflits de juridiction avait-il connus au cours des années ? Combien de fois avait-il lutté pour accéder à l'information, même avec sa carte des Affaires spéciales ?

Il entreprit d'examiner les lieux ruisselants de sang. Il fallait procéder dans l'ordre, même si le tas de cadavres et de cordes au milieu de la pièce attirait forcément l'attention. Dark était un spécialiste. Il inspecta les entrées possibles (deux impostes), cachettes (placard d'entretien, réservoirs des chasses d'eau) et recoins (les boiseries sous les lavabos) avant de se consacrer aux cadavres. Il y avait toujours la possibilité que le tueur soit encore sur les lieux. Aux aguets.

Il l'avait appris à ses dépens cinq ans plus tôt.

Enfin, il étudia la disposition de la scène. On aurait cru des marionnettes infernales. Les cadavres des trois jeunes femmes – Kate Hale, Johnette Richards et Donna Moore, d'après les papiers d'identité trouvés dans leurs sacs – étaient attachés aux canalisations du plafond et aux linteaux des portes des W.-C. par des cordelettes : l'une partait de leur cou, qui avait été tranché rapidement, avec brutalité. Une autre partait de leurs poignets. Et la dernière les maintenait horizontalement par la taille. Leurs mains tenaient toujours leurs verres, à moitié remplis de sang. Le reste maculait les dalles du sol, gluantes.

Le tueur ne s'était pas soucié du carnage. Il n'était pas du genre Dahlia noir, qui saignait méticuleusement ses victimes avant de les laver. Non, celui-là s'était préoccupé de sa mise en scène.

*Les coupes*, songea Dark. Les trois filles les tenaient bien droites. Il aurait été plus facile de les attacher sans se préoccuper des verres. *Ou de leur tordre simplement le cou et de filer. Que signifiaient les verres ? Pourquoi les avoir remplis du sang des victimes ? Pourquoi s'en prendre à trois filles en même temps ?*

Les tueurs faisaient des choix, et chacun avait sa signification.

Dark sortit son mobile et lança l'application photo, puis il cadra l'écran. Non, cela n'allait pas. Il recula d'un pas et se plaça derrière la victime en robe rose. À présent, c'était parfait, jusqu'à la couleur des cordelettes. Sous l'angle voulu, les filles avaient l'air encore vivantes, en train de lever leurs coupes pour fêter quelque chose.

*Trois*.

Le nombre se grava dans l'esprit de Dark, irrésistiblement. C'était la clé de cette scène, il en était sûr. *Mais pourquoi trois ?*

Il prit rapidement quelques clichés mais sans se donner trop de mal. Si Graysmith ne lui avait pas raconté d'histoires, il aurait accès à tous les rapports de la police scientifique de Philadelphie. Dark éprouvait un certain plaisir à savoir qu'il n'aurait pas à faire cet inventaire lui-même. Il aurait tout loisir de s'échiner à comprendre ce que signifiaient ces mises en scène.

Et de deviner qui était leur auteur.

Lankford l'arrêta alors qu'il ressortait.

– Agent Dark ? Nous avons autre chose.

Il le conduisit à un minuscule bureau derrière le bar principal, où se trouvait un petit moniteur vidéo en noir et blanc. Le système était basique – magnétoscope et caméra. Mais c'était toujours mieux que rien.

– Regardez ça. Je crois qu'on tient ce salaud.

Il appuya sur LECTURE. L'image montra un homme aux cheveux mi-longs qui se dirigeait vers les toilettes.

– On le voit pas ressortir. Et les filles y étaient déjà.

– On a son image plus tôt dans la soirée ?

– On vérifie, mais on dirait bien qu'il était assis dans un angle mort au bar. On va interroger tous les clients pour savoir qui était assis là et à quelle heure. Je pense qu'on aura un signalement bientôt. Je vous le ferai parvenir.

– Merci.

Lankford jeta un regard autour de lui, puis :

– Écoutez, je ne suis pas censé le demander, mais vous travaillez pour qui, en fait ? Et pourquoi vous vous intéressez à ce crime ?

– C'est une bonne question. J'aurais aimé pouvoir vous répondre.

– Je vois, acquiesça Lankford.

Dark voulut revoir la vidéo : il était en mesure de leur faciliter la tâche. Lankford n'y voyait pas de problème. Surtout avec les recommandations dont il bénéficiait.

Bien que n'ayant pas dormi depuis vingt-trois heures, Dark entreprit d'étudier la bande. Le tueur était probablement trop malin pour se montrer de face, mais il y avait des tas d'autres moyens d'identifier quelqu'un. Il la rembobina.

– On le tient.

La voix le tira de sa rêverie. Cela faisait deux heures qu'il visionnait la bande en boucle, au point d'être convaincu qu'il faisait partie de la scène. Il sentait la fumée de cigarette – interdite, mais personne ne disait rien. Il entendait la musique du juke-box. Il sentait le vieux tabouret grincer sous lui, voyait les traces des verres sur le comptoir.

Et il voyait le même type quitter son siège et gagner les toilettes des dames, encore. Et encore. Et encore.

*Depuis combien de temps tu mijotais ton coup ?*

*Tu avais tout planifié. Les cordes, la porte verrouillée, la manière rapide et méthodique avec laquelle tu les as exécutées.*

*C'était à cause du bar ou des femmes ?*

*Depuis combien de temps tu les surveillais ? Elles étaient qui, pour toi ?*

*Et pourquoi trois ? Tu avais pris une veste ? Elles ne faisaient pas attention à toi ou te regardaient de haut avec leurs petites robes moulantes ?*

*Pourquoi tu leur as fait garder leurs coupes à la main ? Tu essaies de nous dire que c'étaient des poivrotes, qu'elles l'avaient bien cherché ?*

La voix le ramena à la réalité. Cela valait mieux. Il ne pouvait pas rester éternellement ici : les Affaires spéciales allaient rappliquer d'un instant à l'autre.

– Il s'appelle Jason Beckerman. Ouvrier du bâtiment, originaire de Baltimore, dit Lankford. On a interrogé plusieurs clients. Certains avaient parlé avec lui de questions professionnelles. Quelqu'un a identifié un tatouage et un autre avait remarqué sa tenue. Ça n'a pas pris longtemps.

– Il est en détention ?

– Ouais. On l'a trouvé en train de dormir chez lui. Aucune trace des vêtements qu'il portait dans le bar. De toute façon, ils doivent être dégoulinants de sang, pas étonnant qu'il les ait balancés. Pendant que les gars du labo passent l'appartement au peigne fin, on l'interroge au commissariat. Vous voulez venir ?

– Allons-y.

# 24

Devant le bar, cinglé par un vent glacial, Johnny Knack se demandait si le tuyau était valable ou si c'était une blague.

Son informateur prétendait être de la police criminelle de Philadelphie et fan de ses articles. Mensonge numéro un, à tous les coups. Un informateur ne tuyaute que s'il a un bénéfice à en tirer. Il avait prétendu être sur le lieu d'un triple meurtre qu'il pensait lié aux massacres chroniqués par Knack. Mensonge numéro deux, probablement. L'informateur essayait de prendre un accent prolo et jouait les bavards. Les policiers de la Crime ne se considéraient ni comme les uns ni comme les autres.

Donc, soit on lui avait fourni un tuyau d'enfer, soit on se foutait de lui. Le numéro d'appel était situé quelque part dans la ville. Et, pour le moment, les détails étaient justes – le nom du bar, l'heure approximative du crime. Mais Knack avait quand même l'impression qu'on se fichait de lui.

Il avait pris l'I-95 depuis Washington et commencé à fouiner dans les parages auprès des voisins et des badauds. Au bout d'un moment, il avait recueilli suffisamment de matériel pour envoyer au Slab un article en forme d'interrogation : « Le tueur de Green frappe encore ? » Cependant, aucun flic n'avait voulu faire de déclaration. Ce n'était que déductions et sous-entendus. Il attendait donc pour balancer son texte d'avoir quelque chose de plus ou moins officiel sur quoi s'appuyer.

Et puis il lui fallait un nom, pour le type. Tous les tueurs en série avaient des noms ronflants. Dennis Rader, le tueur LTT (ligote, torture, tue). Le Sniper de Beltway. L'Étrangleur de Hillside. Souvent, le plus simple était de s'inspirer du lieu du crime. Mais ce type tuait tous azimuts. Et si c'était le même individu, il changeait carrément de méthode à chaque fois. Un mec torturé. Un autre jeté d'un toit. Puis trois filles égorgées d'un coup. Il n'aurait pas pu s'en tenir à un même mode opératoire, comme les autres ?

Peu après, Knack vit sortir du bar un type à l'air épuisé. C'était qui, ce mec mystérieux ? Jean, chemise. D'après les réactions des policiers en tenue qui le suivaient du regard, Knack comprit qu'il n'était pas de la police de Philadelphie. Knack sortit son téléphone et fit quelques clichés. Le type lui paraissait vaguement familier. En même temps, Knack avait tellement croisé de gens depuis des années qu'il avait tendance à trouver tout le monde familier.

Quand il s'installa dans un café pour peaufiner son texte, il regarda la photo sur son mobile. Peut-être que ce type était important. Un autre gars des Affaires spéciales.

Il lança un moteur de recherche d'images. Pas Google ou du même genre. Le Slab était abonné à un gros service d'infos visuelles. Knack tapa : AGENT DES AFFAIRES SPÉCIALES. Et, en un rien de temps, il se rendit compte qu'il avait croisé l'agent des Affaires spéciales le plus célèbre de tous. Steve Dark.

Cinq ans plus tôt, son épouse, Sibby, avait été enlevée, torturée et exécutée par un cinglé contorsionniste revêtu d'un préservatif intégral qui se cachait sous les lits de ses victimes, d'où il surgissait au milieu de la nuit pour s'amuser avec elles. Il s'était révélé que le type en question, que les fédéraux avaient surnommé Sqweegel, était obsédé par Dark et le narguait depuis le début.

Rumeur : Sibby Dark avait accouché d'un enfant pendant sa détention dans le repaire du monstre.

Rumeur : fou de rage, Dark avait liquidé Sqweegel, mais les Affaires spéciales avaient dissimulé le meurtre.

Rien de tout cela n'était sorti dans la presse. Ces informations circulaient sur des sites de fans de tueurs en série, le plus actif étant level26.com. Il y en avait des tonnes sur Dark, et plus encore sur Sqweegel. Comme Elvis, on le croyait encore en vie, recroquevillé dans quelque grenier, attendant de prendre une revanche sanglante. Les plus enragés des acharnés du complot pensaient que Sqweegel avait frappé à Rome en empoisonnant des dizaines de personnes et en laissant derrière lui l'un de ses costumes caractéristiques, sauf que cette fois il était noir.

Quoi qu'il en soit, la présence de Steve Dark rendait cette affaire encore plus intéressante. En particulier à cause des toutes dernières rumeurs : Dark aurait été viré des Affaires spéciales.

Knack voulait faire un tour sur la scène du crime pour comprendre ce qui se passait vraiment. Mais, avant, il lui fallait envoyer son article…

# 25

Jason Beckerman n'en démordait pas. Il répétait qu'il était rentré chez lui vers 20 heures et avait bu quelques verres pour se détendre après un long week-end de boulot. Mais il n'était allé dans aucun bar de West Philly. Il était resté chez lui et s'était endormi de bonne heure.

– J'avais le nez dans mon verre, j'admets, mais c'est pas un crime. Enfin, les mecs, je veux juste rentrer chez moi. J'ai du boulot demain. Pas de repos pour les gens comme moi. Quand on a le bol d'avoir un travail, on y va.

Non, il n'avait pas vu de filles. Bon sang, il aurait plus manqué que ça. Sa femme Rayanne l'aurait étranglé s'il s'amusait avec les petites salopes d'étudiantes.

Là, il aspirait simplement à une bonne nuit de sommeil. C'était son seul jour de congé et il devait se lever de bonne heure le lendemain. Et sa gueule de bois ne valait pas les quelques bières qu'il avait descendues la veille.

– J'ai un putain de mal au crâne.

– Vous avez vérifié ? demanda Dark, qui était dans la pièce voisine, où trois moniteurs montraient la salle d'interrogatoire sous trois angles différents.

– Un voisin l'a vu rentrer peu après 20 heures, comme il le déclare. Mais un autre jure qu'il était plutôt 21 heures.

– Et le boulot ? Il est vraiment dans le bâtiment ?

– Oui, il travaille sur un chantier du centre-ville. Il habite à Baltimore, mais il a pris une chambre il y a six mois pour travailler ici. Il était au chômage avant. Tout correspond.

– Vous pensez qu'il aurait pu faire le coup ?

– Bien sûr. Il est assez costaud. Le genre bourru. Pas un féministe. Mais il manque quelque chose.

– Le mobile.

– Exact. Rien ne le relie à ces trois filles. Pourtant, tous les témoins l'ont vu dans ce bar. L'une des victimes, Katherine Hale, est venue brièvement lui parler au comptoir et est repartie juste après. Personne n'a entendu leur conversation. Mais on ne peut pas énerver quelqu'un au point qu'il vous égorge, vous et vos copines, et vous attache dans des toilettes comme du gibier fraîchement abattu.

– Non, c'est peu probable.

Ils regardèrent encore Beckerman, qui persistait dans la même version. L'interrogateur était doué. Patient, mais exigeant pour les détails. Calme et plein de sang-froid. Beckerman avait l'air épuisé. Il demanda seulement un Coca light pour calmer sa migraine.

– Je mérite pas d'avoir mal au crâne comme ça.

– Vous pensez que c'est votre homme ? demanda Lankford à Dark.

– Mon homme ?

– Oui, celui pour qui vous êtes venu.

Mais Dark avait l'esprit ailleurs : il avait trouvé bizarres les paroles de Beckerman. Comment avait-il dit ? « J'avais le nez dans mon verre, j'admets. » Une vieille expression pour dire qu'on picolait sec. Il avait dû entendre son père la prononcer. « Dans mon verre. »

Les filles tenaient chacune un verre. Une coupe.

– Merde, murmura Dark.

– Qu'y a-t-il ?

– Il me faut un ordinateur.

Quelques minutes plus tard, il tapait « trois de coupe » dans un moteur de recherche. Une image apparut : la réplique exacte de celle qu'il avait photographiée avec son téléphone. Dark étouffa un grognement et tapa d'autres termes de recherche : « pendu » et « mat ».

Des cartes du tarot.

Le tueur mettait en scène ses meurtres comme des cartes du tarot.

## 26

**Quantico, Virginie**

Le mobile de Riggins sonna. Wycoff. Super. Manquait plus que lui.

– Vous faites exprès d'ignorer mes e-mails ? demanda sèchement le ministre de la Défense.

*Oh, ce Wycoff. Un vrai petit ange.* Riggins soupira et ouvrit ses mails dans le fouillis qui encombrait son bureau. Évidemment, Wycoff lui avait envoyé un message marqué URGENT avec trois points d'exclamation. L'e-mail contenait un lien vers le site du Slab. En gros titre :

LE CHASSEUR D'HOMMES À LA RETRAITE
REPREND DU SERVICE
POUR VENGER SON PROTÉGÉ !

Auteur : Johnny Knack. Le connard de journaliste qui l'avait appelé l'autre jour. Et, en dessous, la photo de Steve Dark, téléphone à l'oreille, en train de quitter le bar du triple meurtre de Philly ! Riggins n'en croyait pas ses yeux. Pourtant, c'était bien Dark. Avec, sur le visage, cette expression familière que Riggins avait vue des centaines de fois ; celle du chasseur d'hommes, pensif, concentré sur une seule chose : son enquête.

– Putain de merde, murmura Riggins.

– Alors dites-moi, reprit Wycoff. Que fait votre gars à Philadelphie ?

– Aucune idée. On est en démocratie, cela dit.

Wycoff ne releva pas.

– Quand Dark a démissionné, vous avez juré qu'il ne reviendrait pas. Il ne peut pas débarquer et enquêter comme ça quand ça lui chante.

– Je vais m'en occuper, mais c'est probablement de l'intox, et vous le savez.

– De l'intox ? Je la vois en ligne en ce moment même, la photo. Vous voulez me faire croire qu'il a un frère jumeau ? Qui se trouve par hasard sur la scène d'un triple crime ?

En fait, la pensée lui avait traversé l'esprit. Riggins était le seul être vivant qui connaissait les secrets de la généalogie de Dark, jusqu'aux plus enfouis.

– C'est à vous de démêler tout ça, Tom, dit Wycoff. Je veux que vous vous en occupiez personnellement.

– Comment ça, m'en occuper ? Je suis censé faire suivre Dark ?

– Dites donc, je suis gentil de vous avoir prévenu le premier. Soit vous vous en chargez, soit je mets dessus des gens qui seront ravis de le faire.

Ces paroles résonnèrent dans l'esprit de Riggins. Les sbires secrets de Wycoff : des tueurs entièrement vêtus de noir avec un goût prononcé pour les seringues. Il les avait vus plus d'une fois et il les détestait presque autant que les monstres qu'il pourchassait. Au moins, les monstres étaient clairement du côté du mal. Ces autres ordures, ces résidus d'opérations secrètes sans visage, procédaient à leurs assassinats au nom du gouvernement américain et devaient être grassement payés pour ça.

– Je lui parlerai, dit Riggins avant de raccrocher.

Pourquoi Dark fourrait-il son nez dans cette affaire ? Et comment avait-il réussi à arriver si vite à Philadelphie ? Peut-être qu'il avait un allié au sein des Affaires spéciales qui continuait de l'aider ? Ce ne serait pas la première fois.

Il soupira, se résignant à la tâche déplaisante qui l'attendait. Dark avait toujours été un putain d'entêté, même au tout début, quand il était simple policier. Il avait passé toute une année à envoyer candidature sur candidature aux Affaires spéciales, malgré les refus qu'il essuyait à chaque fois.

Un jour, il était venu en personne demander des comptes à Riggins. Riggins avait essayé de le décourager en lui disant que ce boulot le boufferait tout cru. « Partez, tombez amoureux, mariez-vous, faites des gosses. Menez une vie normale. »

Dark avait refusé ces arguments. « Je veux attraper des tueurs en série, Riggins, avait-il rétorqué. Je veux m'attaquer aux pires. C'est mon rêve. »

Un type comme Dark était incapable de se débrancher de sa mentalité de chasseur d'hommes comme on éteint la lumière. Même s'il essayait. Dès l'instant où Dark avait « démissionné », Riggins avait su que ce jour viendrait. Mais il ne pensait pas que ce serait si vite.

Il réserva lui-même son vol pour Los Angeles. Cinq ans plus tôt, il était allé là-bas pour forcer Steve Dark à sortir de sa retraite prématurée. À présent, il fallait le convaincre de raccrocher définitivement.

## 27

### Philadelphie, Pennsylvanie

Arrêtez de me casser les couilles, Knack. Vous savez très bien que je peux rien dire.

– Allons, Lee, rétorqua le journaliste. Pourquoi Steve Dark est-il venu ici ?

– Je ne sais pas de quoi vous parlez.

– Mais oui ! Comme si je ne vous avais pas vu l'escorter sur place.

– Vous avez eu une hallucination.

– Je l'ai vu marcher avec vous, Lee. Vous parler. Alors arrêtez. Pourquoi vous niez ? Dites-moi tout, sinon, je vais être obligé d'inventer.

Knack connaissait Lankford depuis qu'il avait rédigé une série d'articles sur un flic de Philadelphie qui, un soir d'ivresse, avait pris son arme de service et décidé de faire le ménage dans son quartier en descendant un voyou après l'autre. Seul problème : le flic considérait que des ados de treize ans qui chahutaient étaient des « voyous ». Un gosse abattu, deux autres blessés : un scandale médiatique s'en était suivi. Knack avait mis l'accent sur le stress dément auquel succombe n'importe quel policier. L'article lui avait valu pas mal de potes dans la police, dont Lankford, et une bonne dose d'indulgence dont il profitait encore.

Mais cela ne semblait pas suffire, cette fois. Lankford ne lâchait rien.

L'inspecteur se leva, fourra des papiers dans une chemise et se dirigea vers la porte.

– Écoutez, John, vous êtes un type bien. Je pourrai peut-être vous faire un petit topo plus tard, mais pas maintenant, O.K. ?

Knack acquiesça en faisant mine d'être vexé. Pas trop. Juste ce qu'il fallait.

Juste assez pour fouiner un peu dans le bureau de Lankford.

Si Dark était là officiellement, il devait y avoir une trace écrite, non ? Peut-être que Lankford avait laissé un document sur son bureau. Knack prépara l'appareil photo de son mobile au cas où il devrait prendre un cliché, puis il s'assit dans le fauteuil de Lankford. Si l'inspecteur revenait, il prétendrait qu'il passait un coup de fil. Qu'il captait mieux là, qu'il était fatigué de rester debout, etc.

Au bout d'une minute à fouiller les papiers, il ne trouva rien d'intéressant. Mais peut-être que sur son navigateur Internet…

Les gens n'effaçaient jamais leur historique. Knack avait dégoté trois gros scoops en jetant simplement un coup d'œil aux habitudes de navigation d'un P-DG et d'un flic. Il cliqua sur l'historique et écarquilla les yeux.

Il savait maintenant comment baptiser son tueur en série.

# 28

## Aéroport international - Philadelphie

Quand Dark regagna l'aéroport juste avant midi, il ne fut guère surpris que Graysmith l'attende déjà dans le jet. Assise dans l'un des confortables fauteuils en cuir crème, jambes croisées, une pile de dossiers et de documents sur les genoux.

– Vous avez tout ce qu'il vous faut ? demanda-t-elle.

– C'est un début.

– Que pensez-vous du suspect que la police détient, l'ouvrier du bâtiment ?

Dark s'assit de l'autre côté de l'allée à sa hauteur, renversa la tête en arrière, s'étira et ferma les yeux. Il mourait de sommeil.

– Jason Beckerman ? Pas le bon client. Le type était au mauvais endroit au mauvais moment. C'est peut-être même un leurre que le vrai tueur nous a jeté dans les bras. Les flics n'ont rien de tangible pour prolonger la garde à vue. En plus, il a l'air d'avoir un solide alibi pour la nuit du meurtre de Jeb Paulson.

– Alors c'est qui ?

– Je n'en sais rien. Je n'ai pas encore assez de matière pour travailler. Je n'ai pas vu les deux premiers lieux des crimes et je n'ai pas eu beaucoup de temps pour celui-ci.

– À mon avis, vous avez déjà une petite idée.

Il la regarda, hésita, puis :

– Le tueur pourrait s'inspirer des images des cartes du tarot.

Son regard s'alluma.

– J'étais sûre que vous trouveriez quelque chose. O.K., expliquez-moi, en commençant par Green.

Dark parut ne pas l'avoir entendue. Il sortit son ordinateur portable et lança son navigateur. Peu après, il tourna l'écran vers Graysmith.

– Le Pendu, dit-il. Martin Green.

– Bon sang, on dirait la photo du crime.

Il cliqua sur un lien. Une autre carte apparut.

– Le Mat : Jeb Paulson.

– Je ne vois pas trop.

– Revoyez un instant la scène. Imaginez-le sur le toit, près de se lancer dans l'inconnu, une rose blanche à la main…

– Il se moquerait des Affaires spéciales ? En les traitant d'imbéciles ?

– Je ne pense pas. Le peu que je sais sur les tarots est qu'ils ne doivent pas être interprétés au sens propre. Le Mat, c'est-à-dire le Fou, ne signifie pas forcément que c'est un imbécile. Faute d'un meilleur terme, cela pourrait désigner le « petit nouveau », le bleu.

– Une nouvelle recrue des Affaires spéciales. Enthousiaste, ambitieux, opiniâtre et qui en veut.

– Et les filles de ce soir étaient…

Il cliqua et lui montra l'écran où apparaissait le Trois de Coupe.

– Elles faisaient la fête. Elles s'enivraient de la vie.

– Bon sang ! Comment vous avez deviné tout ça ?

– Les filles tenant leurs verres, c'est trop forcé, trop manifeste. C'est un détail qui attire l'attention.

– Si c'est ce que cherche le tueur, pourquoi ne laisse-t-il pas une carte sur place ?

– Ce sont les victimes qui en tiennent lieu.

– Mais les victimes elles-mêmes n'ont aucune signification. Ces étudiantes en management, par exemple. Pourquoi elles ?

D'abord Green, puis Paulson, l'agent qui enquêtait sur Green. Mais quel rapport avec les étudiantes ? En quoi est-ce une progression logique ?

– Je ne sais pas. Je ne suis plus enquêteur. Je n'ai aucune idée de ce que vous voulez de moi.

Elle sourit et vint s'asseoir à côté de lui. Il leva les yeux vers elle et sentit son parfum, frais et enivrant. Ce qu'il y avait de plus animal en lui voulait la prendre dans ses bras et la posséder, puis dormir pendant des jours en ne se réveillant que pour recommencer. Il sentit qu'elle le savait.

– Vous avez vu de vos propres yeux les ressources que je suis en mesure de vous offrir, dit-elle en se penchant vers lui, chuchotant presque à son oreille.

– Mais que voulez-vous en échange ?

– Que vous capturiez les monstres.

– Les Affaires spéciales s'en chargent.

– Mais elles ne sont pas aussi douées que vous. Et pas capables de mener la tâche à son terme en leur offrant le destin qu'ils méritent.

– Et qui serait ?

– La mort.

Dark se détourna. L'avion commençait à rouler vers la piste de décollage. Des lumières défilaient derrière les hublots. Tout commençait à s'éclaircir, à présent.

Lisa Graysmith ne s'intéressait pas à la justice et aux règles établies. C'est pourquoi elle ne lui fournissait pas ses considérables ressources par les canaux habituels – y compris les Affaires spéciales. Si clandestine que soit une opération, elle doit toujours rendre des comptes. Les histoires, même secrètes, doivent être consignées.

Elle pouvait rendre à Dark les clés de son ancienne vie. Faire de nouveau de lui un chasseur d'hommes. Seulement, cette fois, il aurait carte blanche et tout pouvoir. Dark ne pouvait que dire oui.

– Et quel bénéfice en tirerez-vous ? demanda-t-il.

Elle plongea son regard dans le sien.

– Le monstre qui a torturé et tué ma sœur est assis dans une cellule climatisée et a droit à trois repas par jour. On l'habille, il a droit à des visites médicales, au dentiste. Il peut faire du sport. Penser. Rêver. Pendant ce temps, les restes déchiquetés de ma sœur se décomposent dans un cimetière. Croyez-moi, il ne se passe pas un jour sans que je songe à envoyer quelqu'un dans cette prison massacrer ce fils de pute.

– Pourquoi ne pas le faire ? Peut-être que cela vous réconforterait.

– Écoutez, je vous offre simplement la possibilité de faire ce pour quoi vous êtes doué. Vous avez trouvé Sqweegel et vous l'avez fait disparaître de la surface de la terre. Vous pouvez recommencer. Et plusieurs fois.

– Jusqu'à… ?

– Jusqu'à ce que le monde soit sans danger pour votre fille.

– Je ne peux pas éradiquer le mal.

– Peut-être pas, mais vous pouvez commencer. Un tueur après l'autre.

Dark n'était pas prêt à l'avouer franchement, mais c'était exactement ce qu'il voulait.

– Alors, que répondez-vous ? Nous faisons affaire ensemble ?

– Oui, dit-il à mi-voix en essayant de chasser le visage de sa fille de son esprit. Affaire conclue.

# PARTIE IV

# Dix d'Épée

Pour visionner le tirage de tarot personnel de Steve Dark, connectez-vous à level26.com et entrez le mot de passe : « épée ».

flashcode

web

EX LUX LUCIS ADVEHO ATRUM
X
EX ATRUM ADVEHO LUX LUCIS
EX LUX LUCIS ADVEHO ATRUM
EX ATRUM ADVEHO LUX LUCIS
EX LUX LUCIS ADVEHO ATRUM
EX ATRUM ADVEHO LUX LUCIS
DIX D'ÉPÉE

## Myrtle Beach, Caroline du Sud

Certes, le type était d'âge mûr, mais il restait des muscles sous la couche de graisse. Sa peau portait des cicatrices comme s'il avait fait la guerre, mais elle était curieusement pâle. Il était allongé à plat ventre sur la table et, bientôt, il n'aurait plus aucun secret pour elle.

Nikki adorait cela.

Elle aimait se pencher sur ses clients comme un ange sexuel gothique fondant sur eux depuis les bas-fonds du paradis, prête à réaliser leurs rêves.

C'était son petit théâtre et elle était la vedette.

Ses amis lui demandaient comment elle pouvait toucher des bonshommes aussi répugnants. Car, oui, c'était la clientèle typique de l'endroit, d'immondes blancs riches à tuer, loin de leurs épouses, qui avaient envie d'un petit frotti-frotta avec un mannequin en herbe, finition incluse. Mais les amies de Nikki ne comprenaient pas. Elle n'était pas sur le trottoir à proposer ses services pour 100 dollars. Elle maîtrisait entièrement la situation. Pendant trente minutes, ces dégueulasses flasques étaient entre ses mains. Ils n'avaient plus aucun secret pour elle. Ni dans leur corps ni dans leur esprit.

La discrétion était fortement appréciée dans une « retraite » comme celle-ci, à quelques minutes de Myrtle Beach. La direction était très claire : si quoi que ce soit filtrait à l'extérieur, vous étiez virée, sans compter qu'on vous menaçait de poursuites pénales.

Ça lui était égal. Elle aimait garder tout cela pour elle.

En échange, ses clients la récompensaient de luxueux cadeaux – colliers scintillants, parfums de luxe, alcools raffinés. Nikki adorait veiller tard devant la télévision et regarder la chaîne politique. C'était détenir un étrange pouvoir que de savoir quelle tête faisait un sénateur américain quand il lâchait la purée. Ou lesquels aimaient qu'on leur glisse un doigt ici ou là.

Et, à présent, c'était l'heure du spectacle.

Nikki se regarda une dernière fois dans le miroir. Elle adorait la manière dont le kimono moulait son corps, accentuant la courbe des seins et des hanches, à la fois plein de promesses et ne laissant presque rien voir. La révélation, cela pouvait venir plus tard. Elle adorait quand ses hommes, allongés à plat ventre, tournaient la tête pour lui lancer un regard à la dérobée. Leur réaction était sans prix.

La porte derrière elle s'ouvrit. Une femme entra dans la loge.

– Hé, vous n'avez pas le droit de venir ici.

Nikki se retourna et vit que la femme, entièrement nue, portait un masque à gaz. Ses longs cheveux noirs flottaient sur ses épaules et de grands yeux perçants la fixaient à travers les verres légèrement embués du masque. Nikki eut à peine le temps d'appréhender cette bizarre intrusion que la femme avait déjà levé une bombe aérosol et vaporisait quelque chose sur elle. Nikki sentit sur son visage une brume froide et humide.

Elle s'écroula, paralysée. Elle resta cependant consciente assez longtemps pour sentir qu'on lui enlevait son kimono de soie…

Le sénateur américain Sebastian Garner, nu sur la table, attendait les seuls instants de bonheur qui lui restaient dans sa malheureuse existence. C'était un des rares endroits où il pouvait se détendre. Il respira le parfum chaud et musqué des bougies et pensa à la fille. Elle portait toujours un kimono en soie. Celui qu'il lui avait acheté, d'ailleurs. Cela lui rappelait la guerre. Enfin, les filles qu'il avait connues là-bas.

Garner sourit en entendant la porte s'ouvrir. Il aurait aimé pouvoir arrêter le temps et demeurer éternellement dans les trente minutes qui allaient suivre. Oublier tout le reste. On promettait aux soldats musulmans un paradis rempli de lait, de figues et de vierges. L'infatigable soldat du Tout-Puissant Capitalisme ne méritait-il pas ce genre de récompense ?

La porte se referma avec un déclic. Ça commence. *Vide-toi l'esprit, imbécile*, se dit Garner. *Savoure chaque instant de cette séance*. Il avait hâte que les doigts experts de Nikki effleurent son dos, dansent sur sa colonne vertébrale épuisée et pétrissent ses muscles, le plongeant dans une hébétude bienheureuse.

– Bonjour, Nikki, ronronna-t-il.

Il entendit le froissement délicat de la soie qui glissait le long du corps de la jeune femme et tombait sur le sol. Oh, c'était le meilleur moment ! L'impatience le rendait fou. Il était entièrement nu sur la table, et elle aussi, à quelques centimètres de lui. Dans quelques secondes, ils seraient ensemble. Pas besoin de supplier, pas de minauderies à la con du genre : « Oh, j'ai mal à l'intérieur des cuisses, tu veux bien me masser un peu ? » Garner et Nikki avaient un accord depuis longtemps. Elle savait ce qu'il voulait et lui ce qu'il pouvait espérer d'elle.

Il attendit le premier contact de ses mains.

Ce fut un pincement à la base de la nuque, comme une piqûre d'insecte.

Instinctivement, Garner voulut lever la main pour chasser ce qui l'avait mordu, mais il en fut incapable. Son bras lui paraissait lourd et sans vie. Qu'est-ce que c'était que cette histoire ? Il ne pouvait plus le bouger du tout. Une pensée affolée lui traversa l'esprit : *Une attaque ! Une putain d'attaque, ici !* Comment allait-il l'expliquer ? Il essaya de bouger les jambes, les orteils... *Rien ! Non ! Pas ça !*

– Chut, murmura une voix.

*Nikki*, voulut-il prononcer, mais ses lèvres refusaient de bouger. Pas moyen de prononcer la moindre syllabe. S'il avait pu, il aurait crié : « Nikki, mais qu'est-ce que tu fais ? Tu vois bien que je ne peux plus bouger ! Tu ne comprends pas que j'ai besoin d'aide ? »

Mais il pouvait encore voir. Pas grand-chose. Du coin de l'œil, il aperçut une lueur argentée. Et une étoffe. Mais pas le kimono. Ce n'était pas Nikki qui était dans la pièce. *Un infirmier ?* S'était-il évanoui ? Qu'est-ce qui se passait ?

Des mains le touchèrent. Rugueuses. Ça, il le sentait, au moins. On essayait de l'aider. Dieu merci, car il était incapable du moindre mouvement. Il avait l'impression d'être une carcasse de viande sur un billot de boucher.

Où était Nikki ? Qui l'avait transporté ici ? Il ne pouvait même pas bouger les yeux. Tout était aveuglant, assourdissant.

Des doigts coururent le long de son dos. Le tâtant. Le sondant. Le pinçant. Finalement, ils semblèrent avoir trouvé l'endroit recherché.

– Ne bouge pas, ordonna la voix.

*Non !* voulut-il vainement crier.

Le premier coup fut brutal. Ses muscles et ses os étaient peut-être inertes, mais toutes les sensations demeuraient. Il sentit douloureusement la pointe aiguisée d'un poignard. L'acier qui s'enfonçait dans son corps. Son sang tiède qui bouillonnait et coulait le long de son dos et de ses flancs.

La créature qui se tenait près de lui semblait rire. Et elle tenait un autre poignard. Elle le lui montra, en faisant glisser souplement sa main le long de la lame jusqu'à la pointe, comme pour une démonstration.

– Prêt ?

*Non, non, NON !*

Les doigts reprirent leur examen. Comme s'ils comptaient les vertèbres.

*Je vous en prie, ne…*

Il entendit un petit rire. Il voulut se cramponner à la table, mais il en était incapable. La douleur… Elle était indescriptible. Il était réduit à l'impuissance comme un bébé. Bon Dieu, mais pourquoi sa bouche refusait de lui obéir ? Pourquoi ne pouvait-il pas crier ? Au moins, cela l'aurait un peu soulagé.

Mais c'était impossible. Sans issue. Il sentait seulement l'acier qui s'enfonçait dans sa chair.

*Non. Assez !* Il n'en pouvait plus. Garner força ses yeux à bouger. À peine. Juste quelques millimètres sur la gauche. Il voulait au moins savoir qui lui infligeait ce supplice. Ce ne pouvait pas être Nikki. Pas son petit ange. Mais une salope malfaisante qui avait perdu la tête pour éprouver du plaisir avec un truc pareil. Il parvint à battre des paupières pour chasser les larmes brûlantes, mais il ne vit pas qui le torturait ainsi.

Il aperçut une petite table sur laquelle il y avait une serviette blanche.

Et dessus reposaient huit autres poignards.

# 29

## West Hollywood, Californie

Dark déchira l'emballage plastique, ouvrit le petit étui en carton et étala les cartes de tarot sur sa table de cuisine. Il avait acheté le jeu dans une librairie de Santa Monica sur le trajet de retour de l'aéroport. Si le tueur s'inspirait du tarot, très bien : Dark allait se plonger dans ce langage. Il détestait travailler à l'aveuglette.

Le manuel qui l'accompagnait se donnait beaucoup de mal pour bien souligner que le tarot n'était « pas un moyen de deviner l'avenir ni une religion ». Ce n'était tout au plus qu'un langage symbolique.

Cependant, Dark trouvait ce choix étrange. Généralement, une carte de tarot, c'était le genre de chose que laissaient les ados après avoir vandalisé un cimetière. Pour défier les autorités ou conférer à leur méfait une aura inquiétante. On dessine un pentagramme, on sacrifie un chat, on abandonne une carte de tarot derrière soi. Des trucs de môme. Cependant, certains tueurs redoutables s'inspiraient du tarot. Il se rappelait deux grosses affaires. Le sinistre Sniper de Beltway, John Allen Muhammad, accompagné de son complice mineur, Lee Boyd Malvo, laissait des cartes de tarot sur les lieux de ses attaques. L'une d'elles était la Mort, qui portait ce message griffonné au dos :

POUR VOUS MONSIEUR LE POLICIER
CODE : APPELEZ-MOI DIEU
NE COMMUNIQUEZ PAS À LA PRESSE

La carte avait été retrouvée là où Muhammad avait abattu un garçon de treize ans qui se rendait à son école à Bowie, dans le Maryland. Les médias avaient rapidement surnommé le tireur le « Tueur Aux Cartes », mais il était rapidement devenu clair que l'esprit enfiévré de Muhammad était préoccupé par le jihad et non par la divination.

Quelques années plus tard, il y avait eu le tueur qui se faisait appeler le Pape, d'après l'un des arcanes majeurs du tarot. Il ne laissait pas de cartes en guise de signature mais s'estimait investi d'une croisade morale traquant les « pécheurs » pour les exécuter afin qu'ils soient découverts en même temps que leur péché. Les fraudeurs du fisc étaient retrouvés découpés en morceaux et entourés de documents prouvant leur délit. Les couples adultères étaient massacrés dans leur chambre d'hôtel. Les pédophiles avec des DVD et des photos de pornographie enfantine. Le Pape s'était suicidé avant d'être appréhendé. Comme de bien entendu, il avait sur la conscience toute une série de péchés personnels, notamment séquestrations, violences familiales et détournement de fonds.

Cependant, cette série de meurtres était différente.

Les victimes étaient les cartes.

Le tueur racontait une histoire.

Mais laquelle ?

Dark se servit une bière tout en étudiant les détails des cartes. En apparence, les illustrations étaient simples. Un motif central, le plus souvent évident. Mais, en y regardant de plus près, on trouvait des détails significatifs.

Le Pendu, par exemple. Le douzième arcane majeur, selon le manuel. La scène paraissait macabre, mais l'homme arborait une expression calme et détendue. Une auréole lumineuse entourait son visage innocent. On aurait pu croire que le supplicié était en paix.

*Allez, continue, parle-moi, Pendu. Je sais ce que l'on éprouve quand on se retrouve accroché comme ça. Pourquoi es-tu si calme ?*

Dark descendit au sous-sol et projeta la photo du meurtre de Martin Green sur le mur. Puis il scanna la carte du Pendu et la superposa en transparence sur celle de Martin Green. Elles correspondaient. Exactement.

De l'angle des coudes à la position de la tête, légèrement tournée sur la droite, jusqu'à l'inclinaison de la jambe gauche pliée… Tout était identique au centimètre près. Le tueur, manifestement obsédé par cette carte, en avait gravé les détails dans sa mémoire et l'avait reproduite avec le corps suspendu de Martin Green.

*L'assassin n'est donc pas un cinglé utilisant le tarot pour frapper les esprits*, se dit Dark. Il vénérait le symbolisme rituel de ces cartes. Il les respectait et les choisissait pour ses grandioses mises en scène.

Le cadavre de Jeb Paulson ne pouvait pas correspondre à la carte du Mat, évidemment. Mais durant un bref instant, le temps qu'on le force à sauter du toit, leur pose avait été identique. Peut-être que le tueur n'avait pas besoin d'autres témoins de la mise en scène. Peut-être qu'il voulait le garder pour lui-même et en savourer mentalement le souvenir.

Cependant, les trois filles du bar témoignaient de la même attention au détail que pour Martin Green. Tout ce mal donné pour les attacher et les suspendre avant de leur trancher la gorge, puis de leur faire tenir leur verre bien droit… Là encore, cela démontrait une dévotion incroyable envers le tarot.

*Mais qu'est-ce que le tueur veut dire ?*

Dark était conscient qu'il ne trouverait pas les réponses sur Wikipedia ni dans le manuel qui accompagnait le jeu.

C'est alors qu'on frappa à sa porte.

# 30

Après avoir récupéré son Glock dans sa cachette sous le plancher, il s'arrêta devant l'entrée, puis glissa prudemment le long du mur, vers la porte. Elle était munie d'un judas, mais Dark ne l'utilisait jamais. Cela permettait à celui qui était de l'autre côté de repérer votre position. Et même s'il avait choisi une porte assez épaisse pour arrêter un tir à bout portant, le judas était en verre. Une balle pouvait sans peine le traverser. Adieu, cervelle. Et tout le reste.

C'est pourquoi Dark utilisa un autre judas dissimulé sur le côté gauche de la porte. Il lui permettait d'accéder à une série de miroirs montés sur le toit du porche. Qui reflétaient un visage familier.

Tom Riggins.

Qu'est-ce qu'il foutait là ?

Dark attendit. Riggins frappa encore. Avec plus d'insistance. Il fourra le Glock dans sa ceinture et ouvrit finalement la porte.

Quelques minutes plus tard, Riggins décapsulait une bière et arpentait la maison comme s'il était chez lui. C'était ça, le truc : ne pas demander ; agir. Son Sig Sauer pendait à sa ceinture, sa chemise était déboutonnée. Le vol avait été long, après une journée encore plus longue. Le mardi matin en Virginie, le soir à West Hollywood, les tripes nouées durant toute la journée. Riggins aurait préféré pouvoir envoyer quelqu'un à sa place. N'importe qui, bon Dieu. Mais il savait qu'il était le seul à pouvoir percer Dark à jour.

– Tu sais ce que j'ai vu en route en venant de l'aéroport ? demanda-t-il.

– Non, quoi ? dit Dark, essayant de faire comme si de rien n'était.

– Des putes dans un camping-car. Je croyais que c'étaient des racontars, mais non. Ça existe. Des filles qui roulent sur Sunset en faisant la retape pour le client. Il y en a une qui a essayé de m'arrêter. Je serais bien resté, mais j'étais pressé de te voir.

– Je suis touché. Et comment tu sais que c'étaient des prostituées ?

Riggins s'immobilisa et se retourna en brandissant sa bière.

– Eh bien, soit elle avait un gros cornichon dans la bouche soit elle essayait de me faire comprendre quelque chose.

– Peut-être qu'elle te trouvait simplement à son goût.

– Tu m'as bien regardé, là ?

– On dirait que tu as maigri.

– Va te faire foutre.

Riggins n'avait pas revu Dark depuis son départ des Affaires spéciales. Ils ne s'étaient pas promis de s'appeler, se voir ou s'écrire. Ils savaient l'un comme l'autre que leur relation, si proche fût-elle, n'existait que dans le contexte professionnel.

Conséquence étrange : du coup, maintenant qu'il se trouvait devant lui, il lui semblait que c'était hier. Ils avaient repris là où ils s'étaient arrêtés, comme s'ils avaient simplement décidé de prendre un verre ensemble après une brève séparation.

Mais, tout en bavardant d'un ton léger, Riggins ne perdait pas une miette de la maison de Dark. D'après ce qu'il voyait, Dark faisait semblant de mener une existence « normale ». Des meubles en kit. Le contenu du réfrigérateur, typique du célibataire. Quelques affiches de films sur les murs – les préférés de

Dark depuis son adolescence : *Hitcher. To Live and Die in L.A. L'Inspecteur Harry.* Mais c'était pour la galerie. De la poudre aux yeux.

Et c'était ça le problème. Où était le vrai Dark, dans cette maison ? Les dossiers ? Les livres de police scientifique ? Ses journaux ? Sa bibliothèque sur les tueurs en série ? Riggins ne vit même pas un ordinateur, ce qui revenait à rencontrer le pape sans son crucifix. Incongru, quoi.

Donc, Dark cachait quelque chose. Il dissimulait ce qu'il faisait vraiment ici, à Los Angeles.

Pendant ce temps, Dark scrutait son ancien chef. Riggins était entré sans qu'il ait le temps de lui dire que le moment était mal choisi ou de lui proposer de sortir prendre un verre en ville. Mais Riggins était un bouledogue, il n'attendait pas qu'on l'invite. La bière à la main, il baladait sa grande carcasse dans toutes les pièces. Comme s'il était un vieux copain venu passer un week-end en Californie, en profitant pour visiter la nouvelle maison d'un ami, songeant peut-être à sa propre retraite et cherchant un endroit où s'installer.

Tel était le génie particulier de Tom Riggins. Il était très doué pour vous amener à le sous-estimer. Il avait l'air d'un type capable de descendre un plat d'ailes de poulet et six bières au bar du coin, le genre de pote à qui on se confie, qui vous aide dans les déménagements. Ce mélange de force et d'amitié bourrue avait désarçonné pas mal de suspects pendant toute sa carrière. Exactement comme il essayait de désarmer Dark en cet instant.

Riggins avait dû voir la photo sur le Slab. Sinon, pourquoi serait-il venu ? Mais, pour l'instant, il n'en disait rien. Dark le connaissait sufisamment : tôt ou tard, Riggins mettrait le sujet sur la table. Et ce serait soit une simple mise en garde, soit un truc plus théâtral, genre arrestation.

Après tout, Dark avait remarqué dans la rue une camionnette qui n'était pas du quartier.

– Qu'est-ce que tu fais, en ce moment ? demanda Riggins en s'appuyant au comptoir de la cuisine.

Il n'y avait pas grand-chose à manger. Non que Dark ait été un gourmet – d'après les souvenirs de Riggins, c'était Sibby, la spécialiste de la question. Mais cette cuisine avait plus des allures de décor pour une émission de télé que d'un endroit qui sert vraiment à préparer un repas.

– J'enseigne.

– Ah oui. J'ai entendu parler de ton numéro avec les petits de l'UCLA. Ça donne quoi ? Tu as des gosses de célébrités dans tes cours ? Des enfants d'acteurs ?

– Ça me plaît bien, et, à ma connaissance, non.

– Personne qui soit assez prometteur pour les Affaires spéciales ?

– Riggins, ils ont vingt ans.

– Tu as eu cet âge-là aussi. En fait, je crois bien que tu avais vingt ans quand on s'est connus, non ?

Dark vida sa bière et leva la bouteille vide, où coulait encore un peu de mousse.

– Une autre ?

– Bon, O.K., répondit Riggins, durcissant le regard. On pourrait tourner autour du pot pendant des heures, mais je suis crevé. Tu fais quoi, en ce moment, en réalité ?

Dark lui rendit son regard.

– Et si tu m'épargnais tes conneries et me disais pourquoi tu es venu à Los Angeles ? C'est pas pour boire une bière avec moi, étant donné qu'il y a deux jours tu ne voulais même pas me répondre au téléphone.

Riggins désigna le tarot étalé sur la table.

– Eh bien, pour commencer, si tu me parlais de ça ?

– Curiosité intellectuelle.

– Mais bien sûr. Tu es professeur, maintenant. J'avais oublié. (Il posa violemment sa bière sur le comptoir.) Écoute, j'ai vu les photos sur Internet. Tu étais à West Philly, sur le lieu du crime. Je suis à peu près sûr que tu es aussi allé à Falls Church. Ce que je veux savoir, c'est ce que tu magouilles. Je croyais que tu en avais marre de traquer les assassins. De la bureaucratie. Que tu voulais retrouver ta fille.

Dark ne répondit pas.

Riggins grogna.

*O.K. Très bien. Ne me dis rien. Je finirai bien par le savoir.* Et cela ne faisait aucun doute. Dehors, les techniciens de Riggins, des types prêtés par la NSA, passaient la maison au peigne fin ainsi que les résidences voisines.

# 31

Selon Riggins, le seul avantage à travailler avec une grosse légume comme Norman Wycoff, c'était de pouvoir accéder à son coffre à jouets. Et le ministre de la Défense avait des tas de joujoux étincelants à sa disposition. Par exemple, une camionnette remplie de matériel de surveillance dernier cri, celle qui était garée en face de la maison de Dark. Le matériel de la NSA était capable de capter non seulement des images et du son à travers un mur, mais aussi de scanner le disque dur de presque n'importe quel ordinateur, même derrière trente centimètres d'épaisseur de béton. Et, à si peu de distance, les techniciens pourraient mettre à nu toute la maison de Dark.

Si celui-ci cachait quelque chose, Riggins le trouverait.

Et, une fois que l'équipe confirmerait qu'il y avait bien là des choses qui n'avaient rien à y faire, Riggins pourrait arrêter Dark en toute bonne conscience. Des documents avaient été signés, des accords pris. Dark devait bien comprendre ça, non ? En plus, Riggins se sentirait franchement mieux si Dark était en lieu sûr. Peut-être qu'il avait besoin de parler à quelqu'un.

– Dis-moi comment tu as pu accéder à la scène de crime, demanda-t-il. (Dark le fixa sans répondre.) J'arrive pas à piger. Non seulement tu avais tes entrées comme par magie, mais en plus tu y étais avant mon équipe. Qui t'a tuyauté,

Dark ? Qu'est-ce qui se passe ? Parle-moi, mon vieux. Tranquillise-moi.

Dark ne répondait toujours pas.

Le mobile de Riggins bourdonna. C'était précisément ce qu'il redoutait. L'équipe avait sans doute découvert quelque chose. Dark allait-il parler ? Sinon, Riggins devait se préparer à une longue nuit. Un pro comme Dark avait plus d'un plan de secours. Une arme, probablement deux, cachées quelque part. Un Glock 22, 40 mm. Son flingue préféré. Une voiture rapide, probablement la Mustang rouge garée devant dans le sens de la pente. Le téléphone bourdonna de plus belle.

– Faut que je décroche, dit Riggins en prenant l'appareil dans sa poche.

– Pas de problème, répondit Dark.

Mais ce n'était pas l'équipe de surveillance. C'était un SMS de Constance.

RAPPELEZ-MOI. NOUS EN AVONS UN AUTRE.

# 32

Dark fut surpris quand Riggins se redressa, glissa son mobile dans sa poche, vida le reste de sa bière et annonça qu'il devait partir. Était-ce une ruse ? Riggins essayait-il de l'attirer jusqu'à l'entrée pour qu'une équipe puisse lui sauter dessus, le menotter et le cagouler ? Ce n'était pas son style, mais, après tout, les circonstances n'étaient pas habituelles. Ils étaient tous les deux en territoire inconnu.

– Il faut que je file, mais c'est pas fini, dit Riggins. J'attends toujours tes explications.

Dark hocha la tête tout en scrutant les abords de la maison, à l'affut d'éventuelles menaces. Des bruits – un crissement de semelles sur le sol. N'importe quel indice. Il se savait capable d'échapper à Riggins et de filer par-derrière. Mais il y avait peut-être une équipe postée là-bas aussi, si Riggins avait été consciencieux.

– Merci d'être passé, dit-il.

– Merci de m'obliger à me faire du souci pour toi.

– Tu sais, il y a une solution très simple : ne pas t'en faire.

– Sibby aurait voulu ça, selon toi ? demanda Riggins en désignant la pièce.

– Je ne sais pas, Riggins. Elle n'est plus là pour me le dire. Salue l'équipe de ta camionnette pour moi. Il y a des gens que je connais, là-dedans ?

Riggins colla sa bouteille vide dans la main de Dark et partit.

Riggins rejoignit les techniciens dans la camionnette. Ils étaient penchés devant le matériel d'espionnage le plus sophistiqué qui soit. Riggins avait l'impression d'être Gene Hackmann dans *Conversation secrète*, c'est-à-dire un professionnel aguerri sur le point de se faire rouler. Le chef des techniciens, un certain Todd, ôta ses écouteurs et secoua la tête.

– Rien.

– Vous avez rien trouvé ?

– D'après ce que je constate, il est parfaitement clean. Pas d'ordinateur nulle part. Pas de caméras de surveillance. Pas de téléphone mobile. Il n'a même pas de télé. Juste une ligne fixe, et on l'a enregistrée. On croirait qu'il vit dans les années quatre-vingt.

Pour Riggins, ça n'avait aucun sens. Dark était un obsédé de la sécurité, même avant le cauchemar Sqweegel. Pourquoi habiterait-il une maison sans la moindre sécurité visible ? Essayait-il d'appâter un monstre ? Non, Dark dissimulait manifestement quelque chose. Peut-être qu'il n'habitait pas ici. Que c'était une simple coquille et qu'il gardait ses secrets ailleurs.

– À-t-il une autre propriété en Californie ? demanda-t-il.

– On a vérifié. Rien d'autre qu'une ancienne adresse à Malibu au nom de sa femme. Et la villa de sa famille adoptive, mais il l'a vendue il y a longtemps.

Riggins réfléchit.

– Attendez. Sur la photo du Slab, il utilise un téléphone mobile.

– Eh bien, il n'y a aucun signe d'activité cellulaire ici. C'est ce qu'il y a de plus facile à repérer, même s'il a enlevé la batterie et jeté l'appareil dans un seau de flotte. On le repérerait. Peut-être que c'était un téléphone anonyme prépayé et qu'il s'en est débarrassé.

– Merde.

Riggins n'avait plus de temps devant lui. Constance lui avait réservé un vol pour Myrtle Beach. Il y avait eu un autre meurtre rituel, et, cette fois, la cible n'était pas une bande d'étudiantes. C'était un foutu sénateur américain poignardé dans un salon de massage de luxe quelque part près de la plage. Pendant qu'il perdait son temps sur la côte ouest, le tueur sautillait allègrement le long de la façade atlantique.

Wycoff serait furieux qu'il revienne bredouille au sujet de Dark, mais les priorités étaient les priorités. Le tueur d'abord. Dark pouvait attendre.

## 33

Une fois certain que la camionnette de Riggins était bien partie, Dark redescendit dans son repaire souterrain pour continuer à étudier la scène du crime. Peu après, Graysmith arriva.

– Il y a en a eu un autre, annonça-t-elle.

Avant de rejoindre Dark à Philadelphie, elle avait fait apporter des améliorations au système de sécurité de la maison qu'elle avait qualifié de « joujou ».

– J'ai tout fait renforcer, avait-elle expliqué. Maintenant, ce sera comme si toute la maison était recouverte d'une chape de plomb. Personne ne pourra savoir ce que vous faites, qui vous appelez, quels sites vous consultez. Rien. Même moi, je ne pourrai pas le savoir.

Dark en doutait un peu. Graysmith ne semblait pas être le genre de femme en qui on peut avoir confiance, mais apparemment ses améliorations lui avaient sauvé la mise, car Riggins était arrivé avec toute une équipe, ce qui faisait beaucoup de monde rien que pour boire une bière.

Mais il décida de s'en soucier plus tard.

– Parlez-moi du meurtre, dit-il.

– Le sénateur Sebastian Garner. Conservateur, tendance ligne dure. On l'a beaucoup vu dans les médias l'an dernier défendre Wall Street, surtout à l'époque où ses électeurs exigeaient que les financiers soient punis. Héros du Vietnam. Père de famille. Croyant. On l'a découvert dans un salon de massage et plus si affinités à Myrtle Beach. Nu, transpercé par dix poignards.

Des poignards. Dark se rappela aussitôt la carte du tarot appelée Dix d'Épée. Elle représentait dix lames plantées dans le dos d'un homme allongé.

– Sa présence là-bas était-elle connue ?

– Non. Selon les médias, il assistait à une réunion dans la région. Je suis sûre que ses assistants se creusent la cervelle en ce moment pour inventer à Garner des douleurs dans le dos qui justifient sa présence dans un salon de massage. Mais ça ne tiendra pas. Les faits sont les faits. On va s'en donner à cœur joie, avec cette affaire.

– Qu'est-ce qu'on sait sur les poignards ?

– L'un des premiers témoins a déclaré qu'ils ressemblaient au modèle qu'on trouve dans une boutique d'objets occultes du bord de mer : décorés de motifs compliqués. Je devrais recevoir bientôt des images, mais soyez sûr que ce ne sont pas des couteaux de cuisine.

Dark fit une rapide recherche sur Google.

– Regardez ça, dit-il.

À l'écran apparaissait une image du Dix d'Épée. Au premier plan, un homme est étendu, inerte, sur une plage, vêtu d'un gilet et d'une chemise, une cape ou une toge rouge couvrant le bas de son corps. Sous l'homme s'étale une petite flaque de sang de la même couleur que la cape. Dans son dos sont plantées dix épées, la première dans la tête, les autres suivant plus ou moins la colonne vertébrale. Il a la tête tournée vers le ciel noir.

Dark ferma la fenêtre, s'appuya sur la table et se massa les tempes.

– Je suppose qu'il va falloir que je prenne un avion, dit-il.

– Non. Laissez Riggins et votre petite Brielle s'occuper de tout. La victime n'est pas une pute égorgée dans une ruelle. C'est un sénateur. Du coup, ils vont tout passer au peigne fin, limite maniaques. J'ai les téléphones de Brielle et Riggins sur écoute. Sans compter mes sources aux Affaires spéciales. Quoi qu'ils découvrent, on l'apprendra.

Cette assurance troubla Dark. Comme s'il trahissait ses amis. Mais il balaya cette pensée. Riggins était venu chez lui sans qu'il l'invite, après tout.

– On fait quoi, alors ? demanda-t-il. On attend que ce type tire la prochaine carte ?

– Non. Vous allez faire ce pour quoi vous êtes doué. Réunir les indices pour former un récit. Nous avons quatre cartes, à présent, et six victimes, le tout en cinq jours. Le tueur a choisi ces cartes pour une raison. Infiltrez son esprit. C'est votre spécialité.

– Non, dit Dark. Je ne travaille pas au hasard. Et, là, l'intelligence ne peut rien. Ce dingue peut très bien lancer un dé et tuer selon les chiffres qu'il obtient. J'aurai beau me donner du mal, je ne pourrai pas deviner.

Il se sentit brusquement claustrophobe en se demanda qui il avait laissé entrer chez lui. Où avait-il eu la tête ? Lisa pouvait avoir installé n'importe quoi ici, un autre système de surveillance, des caméras… Il décida de passer le reste de la nuit à inspecter son sous-sol. Peut-être qu'il devrait même déménager. Prendre simplement l'essentiel… Non. Rien du tout. Il ne méritait rien, pour avoir été aussi bête.

– Hé, lança Graysmith. Asseyez-vous, respirez un bon coup. On dirait que vous avez vu un fantôme.

– J'ai juste besoin de réfléchir.

– Permettez-moi de vous mettre à l'aise.

– Comment ça ?

Il leva les yeux vers elle. Elle ne laissait paraître aucune émotion. Elle ne se passa pas la main dans les cheveux, ne fit pas une petite moue et n'ondula pas des hanches. Mais Dark savait très bien ce qu'elle lui proposait, sans rougir, comme si elle lui offrait un café.

– Vous devriez partir, répondit-il.

# 34

**Washington, D.C.**

*Incroyable comme un concept aussi simple – une carte de tarot, par exemple, peut vous ouvrir les portes du royaume des médias.*

FAITES LA CONNAISSANCE DU TUEUR AUX CARTES

*Il a déjà massacré six victimes.*
*Serez-vous la suivante ?*

Knack était bien conscient que cette histoire de tarot était un don du ciel. Avec un surnom aussi médiatique que Tueur Aux Cartes, ses articles allaient enfin recevoir l'attention qu'ils méritaient. Même les lecteurs qui ne faisaient pas la différence entre une boule de cristal et un ballon de basket savaient ce qu'était le tarot. Tout ce truc était fait sur mesure pour les masses.

Même le nom du tueur pouvait être réduit à une marque idéale pour le marketing : TAC.

Knack était aux anges. Ses initiales faisaient penser au tic-tac d'une horloge décomptant les heures jusqu'au meurtre suivant.

Et, quelques heures après avoir baptisé ce dingue « TAC », Knack était sur le plateau d'un studio mobile de Washington, et un technicien lui passait un micro HF sous sa chemise pendant qu'il attendait qu'Alan Lloyd – le célèbre présentateur – lui pose des questions en duplex satellite. La célébrité arrivait à toute vitesse.

Le cirque avait déjà commencé sans lui. Toutes les grandes chaînes passaient en boucle des experts ès tarots et des correspondants téléphoniques imbéciles qui proposaient chacun leur interprétation et prédisaient les prochaines actions du tueur. Knack entendit même des bookmakers de Las Vegas proposant de parier sur la prochaine carte qui sortirait. Les meurtres avaient saisi l'imagination du public et tout le monde voulait participer. Certains étaient terrifiés à la simple idée qu'un dément choisisse ses victimes au hasard. D'autres attendaient impatiemment le prochain meurtre.

Et toute cette folie avait commencé avec les articles du Slab. Mieux encore : Knack avait déjà son personnage principal en la personne de Steve Dark, le légendaire chasseur d'hommes. C'était la pièce manquante. S'il parvenait à le contacter, à obtenir sa coopération, personne ne pourrait lui arriver à la cheville.

– Vous êtes prêt ? demanda une jolie assistante.

– Oui, répondit Knack en essayant de se calmer.

Il avait réussi. C'est lui qui avait écrit le premier article.

– Vous êtes à l'antenne dans trois secondes…

Maintenant que Knack y pensait, ce n'était pas simplement un article. C'était un foutu bouquin qu'il allait écrire. De quoi lancer une carrière.

– Deux…

*Dieu te bénisse, TAC, où que tu sois.*

– Un…

Alan Lloyd arborait une expression soucieuse.

– John, beaucoup de télespectateurs redoutent que ce TAC apparaisse tout d'un coup à leur porte. Est-ce envisageable ? Les gens doivent-ils avoir peur ?

Knack devait bien jouer son coup. Il ne fallait pas passer pour un alarmiste, mais il ne fallait pas non plus tuer la poule aux œufs d'or. Maintenir les gens dans un léger malaise, c'était l'objectif. S'ils étaient angoissés, ils regarderaient les infos et liraient tout ce qu'ils trouveraient pour se réconforter. Chaque nouvelle victime était un soulagement parce que... eh bien, parce que ce n'était pas à vous que le tueur s'en était pris.

– Alan, c'est une excellente question, répondit-il. Ce qui inquiète les autorités, c'est de ne pas comprendre le schéma d'action du tueur. Il pourrait littéralement frapper n'importe qui, à tout moment.

*Merde*, songea-t-il. *J'ai exagéré. Et puis j'ai utilisé le mot « inquiéter »*. Zut. Il se mit à transpirer.

Mais Alan Lloyd était ravi.

– Que doit-on faire, alors ? Rester chez soi et éviter tout contact avec l'extérieur ? Cela paraît un peu déraisonnable, vous ne trouvez pas ?

– Bien sûr que non. On a plus de chances de gagner à la loterie que de se retrouver dans les griffes du TAC. Mais il ne faut pas perdre de vue que ce tueur est extrêmement audacieux. Il a tué un agent du FBI... Songez-y un instant. Du FBI. Dès son deuxième exploit. Enfin, le deuxième à notre connaissance.

Lloyd acquiesça gravement, puis il ouvrit le débat aux appels des téléspectateurs. La première était une Linda de Westwood, en Californie.

– Oui, Linda, vous êtes à l'antenne.

– Je voudrais savoir si M. Knack estime que le Tueur Aux Cartes est pire que le Fils de Sam ou le Zodiaque.

– Il est trop tôt pour le dire, Linda, répondit Knack. Cependant, en comparaison, le Zodiaque était un peu lâche : il s'en prenait à des couples dans des lieux retirés et se cachait derrière des lettres. TAC n'a pas peur de s'en prendre directement à l'ennemi.

Knack frémit en prononçant ces mots. Il venait de qualifier les autorités d'« ennemi ». C'était un choix de mot malheureux.

– Scott, d'Austin. On vous écoute.

– Pourquoi ce dingue se sert de cartes de tarot ? Il essaie de se donner un genre ?

Knack secoua la tête.

– Scott, c'est bien pire. Je ne suis pas un expert, évidemment, mais, d'après ce que j'ai constaté sur les lieux des crimes, TAC essaie de reproduire les scènes des cartes. Dans quel but ? Nous n'en avons aucune idée. Et je ne crois pas que nous le saurons, malheureusement, jusqu'à la carte suivante.

– Drew, de Champaign-Urbana, dans l'Illinois. Avez-vous une question à poser à M. Knack ?

– Oui, murmura une voix timide. Vous dites qu'il ne faut pas avoir peur, mais ce qui me fait le plus peur, c'est qu'il frappe apparemment au hasard. Je pourrais être la prochaine victime ?

– C'est une bonne question, répondit Knack. J'aimerais pouvoir vous dire ce que TAC pense, mais personne ne le peut. Pas même le FBI.

# 35

## West Hollywood, Californie

Graysmith partie, Dark sortit lui aussi. Il n'emporta que ses clés et son portefeuille. Il hésita un instant en considérant son mobile, puis il le jeta sur le comptoir de la cuisine. Il ne voulait recevoir d'appel de personne. Du coup, il n'entendrait pas le bonne nuit quotidien de Sibby – une fois de plus. Sibby comprendrait. C'était une petite fille solide, comme lui-même à son âge. Et puis il se rattraperait. En lui rendant une visite surprise demain, peut-être. Il suffirait de monter à Santa Barbara et de passer quelques heures à jouer avec elle. Cela faisait si longtemps qu'il ne l'avait pas fait.

Mais, pour le moment, il avait besoin de rouler seul.

Il monta dans sa Mustang et fonça sur Wilshire, passa le long des boutiques et restaurants de Santa Monica, jusqu'à la statue Art déco blanche d'Eugene Morahan représentant la sainte patronne de la ville, entourée d'arbres rabougris et d'une pelouse en forme de cœur. Sur un coup de tête, il vira vers l'océan et longea la jetée. Mauvaise idée. Trop de souvenirs.

Il hésita à continuer au sud jusqu'à la frontière et Ensenada. S'acheter une bouteille d'alcool pas chère, s'asseoir sur la plage et oublier.

C'est alors qu'il la vit remonter le long des maisons de Nielsen Way.

C'était impossible…

Sa démarche n'avait pas changé. La coiffure non plus. Il reconnaissait la courbe de son dos.

Dark pila, et la Mustang fit presque un tête-à-queue. Il sauta de la voiture, la perdant de vue un instant. Où était-elle passée ? À l'autre bout de la rue ? Il courut dans cette direction en guettant les longs cheveux noirs de sa défunte épouse.

Non. Ce n'était pas Sibby. La raison reprit le dessus. Elle était morte depuis cinq ans, et, même si son souvenir restait vif dans sa mémoire, il savait qu'elle reposait au cimetière de Hollywood. Leur fille dans les bras, il avait regardé le cercueil s'enfoncer dans la fosse. Ç'avait été comme si on avait aussi enseveli son cœur.

Mais cette femme lui ressemblait tellement. Il ne put se retenir. Il fallait qu'il la voie, ne serait-ce que pour se raisonner.

Dark courut sur le trottoir. L'air frais de l'océan cinglait sa nuque, glaçant la sueur qui s'était mise à ruisseler. Cette femme, qui n'était pas Sibby, ne pouvait pas avoir disparu aussi vite. Il n'y avait nulle part où aller ni se cacher. Et pourquoi se serait-elle cachée ? Décontenancé, Dark se retrouva devant l'église Saint Clement, un modeste édifice à l'écart de la rue principale. Les portes étaient encore ouvertes : la dernière messe du dimanche venait de se terminer.

Peut-être que cette femme y était entrée.

Un jeune prêtre était encore à l'intérieur, en train de ramasser les livres de messe et les prospectus sur les bancs. Dark jeta un regard autour de lui, du modeste autel et de la croix en bois jusqu'aux petits confessionnaux. Il n'y avait personne d'autre.

– Que puis-je pour vous ? demanda le prêtre.

Dark allait demander si une femme aux cheveux noirs n'était pas entrée, mais il se rendit compte qu'il passerait pour un fou. Surtout si le prêtre lui demandait si la femme était son épouse ou une parente.

*Non, mon père, une inconnue. Mais, comme elle m'a rappelé ma défunte épouse, je l'ai poursuivie dans les rues de Santa Monica, histoire de m'assurer que ce n'était pas elle.*

– Excusez-moi, dit Dark. Je cherchais juste un moment de calme. Je peux ? Ou bien vous fermez ?

– Faites donc, dit aimablement le prêtre en souriant.

Dark se glissa sur le premier banc venu, baissa le prie-Dieu du bout de sa chaussure et s'agenouilla. Cette église lui rappelait ses parents adoptifs. « Tant que tu pries Dieu, tout se passera bien », lui avait expliqué son père adoptif. Bien sûr, c'était avant qu'il se retrouve devant les cadavres de toute la famille. Dark savait que son père avait dû prier durant ses derniers instants, les mains liées dans le dos, réduit à l'impuissance. Mais pas pour lui-même. Pour tous les siens. Dark y compris.

Il joignit les mains et baissa la tête. Il commença à réciter le Notre-Père, mais il n'arrivait plus à se souvenir des mots exacts. C'était ridicule. Il les avait tellement entendus dans son enfance. Mais, là, il ne se rappelait que des bribes.

*Notre Père…*

*… Que Votre volonté soit faite…*

*… Délivrez-nous…*

Quand on s'absente d'une ville pendant une période suffisamment longue, le cerveau en classe la topographie dans ses tréfonds. Était-ce pareil pour les prières ? Si on cessait de prononcer les mots, le cerveau les rangeait-il quelque part ? Dark ne se rappelait plus la dernière fois qu'il avait prié. Il se souvenait d'avoir juré maintes fois quand il était ivre. Peut-être que Dieu l'avait puni en effaçant les mots de son esprit.

Cela suffisait. Il se leva.

– Vous allez bien, mon fils ? demanda le prêtre, interloqué.

*Non, mon père. Dieu m'a partiellement effacé la mémoire. Peut-être que c'est Son idée de la miséricorde.*

– Oui, mon père, dit Dark en quittant l'église.

# 36

## Santa Monica, Californie

Dark ignorait combien de temps il avait erré dans les rues de Santa Monica. Il se trouvait à présent quelque part près de Venice Beach. Skaters et promeneurs fourmillaient autour de lui. Parfois, il avait la déplaisante sensation qu'on l'épiait, mais il mit cela sur le compte de la paranoïa. D'abord, une femme qu'il avait prise pour son épouse défunte. Ensuite, des agents inconnus observaient ses moindres mouvements. Après tout, peut-être qu'il était suivi. Graysmith devait le faire surveiller depuis le début.

Le vent se mit à souffler. Les cimes des palmiers s'agitaient bruyamment. Dark termina sa cigarette et jeta le mégot dans le sable. Sibby lui aurait hurlé dessus en le voyant faire. Elle lui aurait aussi reproché d'avoir garé la voiture sur un stationnement interdit. Mais pourquoi s'inquiéter ? Si Graysmith pouvait le faire accéder à n'importe quelle scène de crime, elle devait pouvoir faire sauter une contravention et récupérer la Mustang à la fourrière.

Peut-être que s'il continuait à chercher il retrouverait le sosie de Sibby. Sinon, il savait qu'il resterait éveillé toute la nuit à se poser des questions. À se demander comment on peut ressembler autant à Sibby et ne pas être Sibby. Peut-être que c'était là aussi l'œuvre de Dieu.

Un sans-abri obèse qui empestait le désinfectant et le vomi vint lui demander de l'argent. Dark glissa la main dans sa poche et se rendit compte que dans sa précipitation il avait laissé son portefeuille dans la voiture. Il sortit un billet de 10 et cinq de 1, lui donna le gros billet et garda le reste. Le clochard le remercia, à moitié abasourdi de sa bonne fortune, puis s'éloigna.

Dark songea qu'il valait mieux vérifier si sa voiture était toujours là. S'il devait retourner à West Hollywood en stop, ce serait long.

C'est alors qu'il la vit : la boutique de la tireuse de tarot. Dark leva les yeux vers l'enseigne qui annonçait : PSYCHIC DELIC et ne put s'empêcher de sourire. De toute évidence, il s'y prenait de travers. S'il voulait attraper le Tueur Aux Cartes, il fallait qu'il se fasse tirer le tarot, n'est-ce pas ?

Il se rappelait cette boutique. Sibby avait voulu l'y entraîner une fois, juste pour rire. Mais Dark avait décliné.

« Viens, on va se marrer.

– Non, non, pas pour moi.

– S'il te plaît…

– Je ne crois pas à ces conneries. Non. »

Mais, à présent, Dark regardait l'enseigne et se demandait… S'il était entré avec Sibby cinq ans plus tôt ? Aurait-il pu connaître les horreurs qui l'attendaient ? Aurait-il pu changer sa destinée pour… combien ? 5 dollars ?

Non, c'était grotesque. Dark savait qu'il devait rentrer chez lui. Il s'en voulait déjà d'avoir manqué l'appel du soir de sa fille. Il fallait rentrer, préparer le cours du lendemain, essayer de remettre sa vie sur les rails. Ah, pour savoir ce qu'il fallait faire, il était doué.

Mais, bien sûr, il ne le faisait pas toujours.

La cartomancienne était assise devant une table ronde. Elle était plus jeune qu'il ne l'aurait pensé. Pas de grain de beauté ni de tatouage. Pas de rides ni de poils au menton. La quarantaine, majestueuse, l'air pénétrée. Elle avait la peau mate, des yeux bruns, vifs et aimables. Elle jonglait d'une seule main avec quatre billes de verre qu'elle faisait tourner entre ses doigts.

Dark allait la saluer quand elle prit la parole.

– Steve Dark, dit-elle.

– Comment connaissez-vous mon nom, madame ?

– Je vous ai vu dans les journaux. Vous l'avez attrapé ? TAC. Le Tueur Aux Cartes ?

– Effectivement, vous lisez les journaux.

– Mon travail exige que je me tienne au courant. Je m'appelle Hilda. Asseyez-vous, proposa-t-elle en désignant une chaise.

Dark s'assit tandis qu'elle battait les cartes de ses doigts agiles. Pendant ce temps, il balaya du regard la boutique, qui était étonnamment vaste. Il y avait des lampadaires, des bougies allumées. Un comptoir avec une vitrine, où l'on pouvait acheter des bijoux et des objets occultes, de l'encens et des remèdes à base de plantes. Des statuettes de Bouddha et de Jésus. Une scène peinte d'*Alice au pays des merveilles*. À peine franchissait-on le seuil de la boutique de Mme Hilda qu'on abandonnait le soleil et l'animation de Venice Beach. On se retrouvait dans un lieu magique et hors du temps où tout pouvait arriver. En tout cas, c'était sans doute le but de la décoration.

– C'est que des conneries, on est bien d'accord ? demanda-t-il.

– Pas plus que le monde moderne, répondit-elle, sans se laisser démonter.

Elle était douée, il fallait l'avouer. Dark se dit qu'elle était bien obligée de l'être, pour gagner sa vie avec une boutique comme celle-là en plein Venice Beach, avec des touristes qui hésitaient entre la bonne aventure et un tatouage temporaire au henné qu'ils pourraient montrer à leurs collègues une fois rentrés à Indianapolis.

Hilda poussa les cartes vers lui.

– Coupez le jeu comme vous voulez.

Dark souleva une poignée de cartes, les déposa à côté, puis recommença, plusieurs fois.

– Vous êtes-vous déjà fait tirer les cartes ? demanda-t-elle.

– Non. J'ai failli, une fois. Chez vous. Mais ça ne s'est pas fait.

– Peut-être que vous n'étiez pas prêt.

Il ne répondit pas. Il songeait à Sibby. À ses magnifiques yeux, éblouis par le soleil. « Viens, on va se marrer. »

– Je vous explique comment on procède, dit-elle. Je tire dix cartes, face découverte. Je ne suis pas une diseuse de bonne aventure, je lis les cartes. Elles ne sont pas là pour offrir des prédictions ou de fausses promesses. Mais seulement pour vous guider. Vous éclaircir les idées. Vous pouvez en tirer ce que vous voulez. Donc…

Elle prit une petite pile de cartes et les posa contre sa poitrine.

– Que voulez-vous savoir ?

Dark soupira, puis décida de s'épargner ce cinéma. Il n'était pas obligé de céder à tout ce mysticisme. Ce n'était pas différent d'un policier qui parle à un informateur.

– J'ai besoin de savoir comment ça fonctionne. Si j'arrive à mieux comprendre votre univers, peut-être que je le pincerai.

# 37

Hilda sourit de nouveau, mais faiblement, mal à l'aise.

– Je ne sais pas si je peux vous aider, mais je vous propose de commencer par un tirage personnel. On verra où ça nous mène.

C'était la dernière chose que souhaitait Dark. Un tirage personnel. Toute sa carrière était un mélange malsain de professionnel et de personnel et il avait perdu tout ce qui comptait pour lui. Mais, avant qu'il ait eu le temps de protester, elle étala les cartes en les disposant en croix.

Le Pendu.

Le Mat.

Le Trois de Coupe.

Dark fixa la table, le souffle coupé. Comme s'il n'y avait plus d'air dans la pièce. Même les flammes des bougies semblèrent trembloter de terreur.

Elle remarqua le visage livide de Dark et s'interrompit.

– Quelque chose ne va pas ?

Trois des scènes du crime, et dans leur ordre exact. Soit c'était un coup monté, soit cette femme lisait vraiment soigneusement les journaux et se fichait de lui. La probabilité que ces cartes précises sortent dans l'ordre était…

– Les cartes correspondent aux meurtres, pour l'instant, murmura-t-il en levant les yeux vers Hilda. Qu'est-ce que vous avez fait ? Truqué le jeu ?

Elle se radossa. Elle ne souriait plus.

– Je ne suis pas une magicienne, monsieur Dark. Vous avez coupé le jeu. Je me suis contentée de mélanger les cartes. Maintenant, c'est le destin qui raconte l'histoire.

Elle termina la croix avec trois autres cartes.

Le Dix d'Épée.

Le Dix de Bâton.

Le Cinq de Denier.

Puis elle en disposa quatre autres verticalement.

La Roue de fortune.

Le Diable.

La Maison-Dieu.

La Mort.

Dark les nota mentalement. Dix, Cinq, Épée, Bâton, Denier. C'était facile. Tout comme la dernière séquence : Roue, Diable, Maison-Dieu, Mort. Il concocta rapidement une association de mots pour bien les graver dans son esprit : Si tu fais tourner la Roue contre le Diable, tu finiras dans la Maison-Dieu où tu trouveras la Mort.

C'était au tour de Hilda d'arborer une expression perplexe.

– Quelque chose ne va pas ? demanda Dark.

– Regardez la croix : six arcanes majeurs et un de chaque couleur mineure. Depuis le temps que je tire les cartes, c'est la première fois que je vois ça.

– Et qu'est-ce que ça signifie ?

Elle marqua une pause, puis :

– Que vous étiez destiné à venir ici.

# 38

La consultation dura jusqu'à l'aube. Comme promis, Hilda lui fit une lecture personnelle en prenant soin d'expliquer le sens de chaque carte avant de continuer. Mais cela prit toute la nuit parce que chaque carte semblait déclencher un souvenir caractéristique. Au fur et à mesure, Dark admit qu'il ne s'agissait pas d'un petit tour de passe-passe. Ces dix cartes étaient liées à sa vie d'une manière tout à fait réelle et profonde. Ce fut comme une séance d'hypnose plutôt qu'un tirage de cartes. Au début, il voulut les prendre à la légère en plaisantant sur leur signification. « Ah, ça veut dire ça ? » Mais Hilda ne cillait pas, prenait son temps et posait des questions simples qui ouvrirent les vannes. « À quel moment clé de votre vie avez-vous été le Mat ? Quand vous êtes arrivé aux Affaires spéciales, comment était-ce ? Joyeux ? Êtes-vous disposé à parler de votre pire souvenir ? »

C'est alors qu'elle expliqua les cartes qui correspondaient aux quatre premiers meurtres.

Le Pendu, commença-t-elle, représentait la légende d'Odin, le dieu qui s'était sacrifié pour acquérir la connaissance avant de la partager avec l'humanité. Sa souffrance avait été endurée pour le bien de tous. Ainsi, Martin Green – membre d'un groupe de réflexion de haut niveau – avait acquis un certain savoir. Il fallait présumer qu'il était mort aussi pour le bien de tous.

Le Mat, qu'on appelait aussi le Fou, se lançait dans une expédition, ses possessions matérielles dans un baluchon, le soleil de la connaissance brillant sur lui, la rose blanche de la spontanéité dans la main. Mais le chien qui l'accompagne est la voix de la raison qui lui conseille la prudence. Sinon, il risque de tomber dans un précipice – ou de son propre toit, dans le cas de la nouvelle recrue des Affaires spéciales qu'était Jeb Paulson. Que lui avait dit la voix de la raison ? Le tueur avait-il tenté de le mettre à l'écart de cette enquête ? Paulson avait-il payé le prix fort pour avoir refusé d'en tenir compte ?

Le Trois de Coupe, lié aux meurtres des étudiantes de West Philly, prenait aussi tout son sens. La carte symbolisait fête, exubérance, amitié, un lien vers un objectif commun. Cependant, expliqua Hilda, quand les cartes étaient tête en bas, leur sens était inversé et la fête devenait l'introversion et l'isolement.

Enfin, le Dix d'Épée représentait la futilité de l'esprit, son incapacité à sauver l'individu. Un homme comme le sénateur Garner prospérait grâce à son intellect en concluant des accords et en influant sur le destin d'un pays. Mais, au final, son esprit avait failli, car ses besoins les plus bas l'avaient poignardé dans le dos. Les plaisirs de la chair annihilaient la logique de l'esprit.

La séquence des cartes correspondait précisément à celle des meurtres. Victimes et méthode d'exécution n'étaient pas choisies au hasard. Elles étaient parfaitement adaptées. Il y avait un schéma directeur, une histoire qui se déroulait.

Mais qu'est-ce qui les reliait tous ? Et comment cela allait-il finir ?

Et, de plus, en quoi la vie de Dark était-elle liée à cette série de meurtres ? Était-ce le destin qui l'avait amené à croiser le chemin de ces meurtres ?

Ou quelque chose de plus profond ?

Afin de réfléchir, Dark se recueillit devant la sépulture de Sibby. Même si elle ne se trouvait qu'à quelques kilomètres, il ne s'y était pas rendu depuis très longtemps. Sibby avait la capacité surnaturelle de l'arracher à ses obsessions et de lui permettre de voir les choses plus clairement. Son épouse apaisait son âme comme personne. Et, depuis que Sibby était morte, sa tombe lui rappelait douloureusement combien il était perdu sans elle.

Mais c'était différent, à présent. Dark alluma une cigarette et songea aux révélations de la nuit. À tout ce que Hilda avait mis au jour en lui, à tout ce qu'il avait été forcé d'affronter. Il sourit tristement.

– Tu le savais depuis le début, murmura-t-il. (L'herbe ondoya autour de la pierre tombale.) Je sais, je sais… Je n'ai pas voulu entrer. Tu me suppliais d'essayer, et je me suis conduit en crétin borné. Pour ça, je suis doué, hein ?

Sibby ne prit pas la peine de répondre.

Mais c'était vrai. Dark aurait dû l'écouter des années plus tôt et la suivre dans cette boutique. Peut-être aurait-il pu faire le point sur sa vie bien plus tôt. Et s'épargner beaucoup de souffrances.

Il jeta sa cigarette et s'accroupit pour effleurer le haut de la pierre tombale, qui était tiède sous les rayons du soleil.

– Pardonne-moi, chuchota-t-il.

Sibby n'avait jamais aimé le métier qu'il exerçait. Elle était angoissée par la présence de tous ces livres sur les tueurs en série dans son appartement et ne voulait pas l'en entendre parler. Mais elle savait aussi que c'était le domaine où il excellait.

Dark contempla le nom gravé dans le marbre.

Dans ce cas, c'était tout ce dont il avait besoin : savoir qu'il pouvait attraper ce tueur sans se perdre lui-même en route.

# 39

## Myrtle Beach, Caroline du Sud

Étant donné qu'à ce stade de l'enquête Riggins ne dormait pratiquement plus, la dernière chose qu'il avait envie de voir, c'étaient les fesses pâles et flasques d'un sénateur mort. Surtout celles de Garner. Riggins ne l'aimait déjà pas beaucoup de son vivant, alors c'était difficile d'éprouver de la sympathie pour ce type, maintenant qu'il avait été découvert massacré dans un spa haut de gamme. On aurait cru un roulé au poulet qui serait resté un peu trop longtemps dans la vitrine du traiteur.

Pourtant, c'était précisément ce que Constance lui demandait de faire : regarder les fesses de près.

– Baissez-vous, vous verrez mieux, dit-elle.

– Vous ne pouvez pas juste me le décrire ? Ce boulot m'a déjà laissé assez de traumatismes pour deux vies.

– Baissez-vous donc et arrêtez de pleurnicher.

Riggins s'exécuta. Ils avaient réussi à faire sortir quelques minutes la police locale, ce qui était une bonne chose. Ils allaient pouvoir faire leurs petites blagues habituelles en tête-à-tête. Car ces petites blagues leur permettaient de ne pas se laisser envahir par l'émotion et de garder la tête froide. Constance lui désigna les poignards, en commençant par la tête, tout le long de la colonne vertébrale, le dernier étant fiché dans la cuisse. Les neuf premiers avaient été enfoncés jusqu'à la garde. Le dixième était, en plus, piqué dans une carte : le Dix d'Épée. *Au cas où on n'aurait pas été fichu de comprendre l'allusion*, songea Riggins.

– Regardez la lame, dit Constance d'un ton admiratif.

Au-dessus de la carte tachée de sang, on voyait deux centimètres d'acier orné d'un motif élaboré.

– C'est pas un modèle courant, constata-t-il.

– Ni qu'on peut acheter dans aucune boutique d'objets occultes. Voyez le travail et le détail des ornementations.

Évidemment, Constance avait raison. Les motifs étaient aussi compliqués et détaillés que les tatouages d'un yakusa. De toute évidence, le tueur n'avait pas pris ses armes dans le tiroir de la cuisine. Celles-là étaient peu courantes, et c'était tant mieux, car ils pourraient remonter leur piste. Vous voulez tuer quelqu'un sans vous faire prendre ? Allez au supermarché. Ne vous servez pas de couteaux rares ni de drogues rares comme le fait celui-ci. Le problème, c'est que le tueur avait l'air de se foutre éperdument d'être repérable. Il – ou elle – avait déjà tué six personnes en cinq jours dans quatre villes différentes. Si on leur donnait le délai nécessaire, oui, ils découvriraient où ces poignards avaient été fabriqués. Mais, entre-temps, ce dingue pourrait liquider une dizaine de personnes. Ou plus. Tout indiquait qu'il montait en puissance. Trois étudiantes dans un bar, c'était une chose ; mais s'en prendre à un sénateur qui bénéficie d'une escorte armée et payée par le contribuable, là, c'était une autre paire de manches.

Riggins se redressa.

– Qui l'a découvert ?

– Nikki. De son vrai nom Louella Boxer. Elle dit qu'elle est entrée dans l'autre pièce pour se préparer à leur séance, « entrer dans son rôle », selon ses termes. Et quelqu'un est arrivé.

– Elle a pu donner un signalement ?

– Si on veut. Elle prétend que c'était une femme entièrement nue à partir du cou. Peau mate, silhouette sportive.

– Et au-dessus du cou ?

– Un masque à gaz. Elle ne se rappelle rien d'autre. Quand elle a repris connaissance, elle est entrée en hurlant dans la pièce et a trouvé le sénateur comme ça.

– Vous savez, ça m'excitait bien, jusqu'à cette histoire de masque à gaz. Nikki est restée dans les pommes combien de temps ?

– Elle n'en a aucune idée.

– Le tueur s'est encore servi de son petit produit anesthésiant, marmonna Riggins. Il en a eu tout un stock en soldes ou quoi ? Il faut demander à Banner de faire des analyses pour savoir où on trouve ce produit de l'armée retrouvé dans le sang de Paulson. Essayer de remonter la piste.

– Vous voulez dire la « tueuse ».

– Masque à gaz et nichons à l'air, oui. Et moi qui trouvais que le coup du préservatif intégral, c'était déjà trop.

# PARTIE V

## Dix de Bâton

**Pour visionner le tirage de tarot personnel de Steve Dark, connectez-vous à level26.com et entrez le mot de passe : « bâton ».**

flashcode

web

EX LUX LUCIS ADVEHO ATRUM
EX ATRUM ADVEHO LUX LUCIS
EX LUX LUCIS ADVEHO ATRUM · EX ATRUM ADVEHO LUX LUCIS
EX LUX LUCIS ADVEHO ATRUM · EX ATRUM ADVEHO LUX LUCIS
X
DIX DE BÂTON

Retranscription du vol 1015, avion privé en provenance de l'aéroport international de Denver à destination de l'aéroport international de Floride sud-ouest.

*PILOTE : Ici le commandant Ryder. Mesdames et messieurs, je suis désolé, mais nous sommes confrontés à des difficultés météo alors que nous approchons de notre destination. Si j'avais une baguette magique, je les ferais disparaître, mais je n'y peux rien. Veuillez retourner à vos sièges.*

*Et, pendant que vous y êtes, attachez vos ceintures.*

*Et profitez-en pour réfléchir à votre vie. Aux personnes à qui vous avez causé du tort. Aux politiques que vous avez soutenues. Aux plans que vous avez échafaudés.*

*Aux actions qui vous ont amenés ici, en cet instant, pour connaître votre destin…*

La confusion se répandit chez les passagers.

– Mais qu'est-ce qu'il raconte ?

– C'est censé être de l'humour ?

– J'ai bien entendu « destin » ?

Quelques minutes plus tôt, la vie était sacrément belle pour les dix passagers du vol 1015. Ils se rendaient à un séminaire d'entreprise près de Fort Myers. L'intitulé officiel disait : « Réflexion sur l'avenir de l'entreprise et réintégration des valeurs fondamentales de Westmire Investments ». Sur le papier, cela faisait bien, non ? Moins officiel : sexe, beuveries, cocaïne, massages, cocaïne, et si possible partouze, selon la quantité et la qualité de cocaïne disponible.

Tiffany Adams étant déjà allée à l'un de ces « séminaires », elle savait que cela pouvait être tout l'un ou tout l'autre. Parfois, les nouveaux voulaient se concentrer un peu trop sur le boulot, ce qui gâchait tout pour les anciens comme elle. Heureusement, sur ce vol, les anciens étaient en majorité : elle, Ian Malone, Honora Mouton, Warren McGee, Shauyi Shen, Corey Young. Il n'y avait que quatre nouveaux : Maryellen Douglas, Emily Dzundza, Christos Lopez et Luke Rand. Les chances étaient de leur côté. Et elle aimait bien la façon dont la matinée avait commencé. Il était 7 heures du matin, bon sang, et tout ces petits jeunes paraissaient prometteurs.

Emily Dzundza, avec son opulente poitrine et sa bouche à tailler des pipes, en était déjà à son deuxième bourbon, et c'était la plus réservée du lot. Maryellen Douglas était quelque part avec Warren, et Christos Lopez avait décidé de battre son record, déjà bien lancé dans sa précédente entreprise, où il avait dépensé 135 000 dollars en quelques heures en notes d'alcool. Brave petit.

Mais, quand le pilote se mit à leur parler de ceintures à attacher, Tiffany paniqua. Le ciel était d'un bleu limpide, sans la moindre turbulence au-dessus des plaines brunes. C'était une blague ? Non. Les pilotes ne blaguent pas. Surtout depuis le 11 septembre.

Soudain, l'horizon bascula violemment et l'avion commença à piquer. Les verres se renversèrent. Ses collègues se mirent à crier. Cela n'avait aucun sens. Sur un vol commercial, déjà, on ne fait pas d'acrobaties, alors encore moins sur un jet privé.

Mais certains pilotes faisaient les cons exprès. Peut-être que celui-là n'aimait pas les riches. Pas question que Tiffany reste à sa place et le laisse se foutre d'eux. Elle allait se lever, frapper à la porte du cockpit et lui dire d'arrêter ses conneries.

Sauf que, là, elle se sentait tout étourdie. Probablement à cause de la brusque dépressurisation. Foutu pilote. Elle avait envie de lui casser les dents, mais en même temps de rester encore un peu sur son siège, le temps de s'éclaircir l'esprit.

Une secousse la réveilla. Tout comme le vent sur son visage.

Du vent ? À l'intérieur d'un avion ?

Tiffany se sentait étourdie et nauséeuse. Et tous les autres paraissaient comateux sur leurs sièges en cuir. C'était une histoire de fou. Ils étaient tous ivres ? Elle déboucla sa ceinture, se leva péniblement, les jambes tremblantes, et marcha vers l'avant de l'avion. Devant elle, des lumières scintillaient et tourbillonnaient au-dessus des sièges vides et de la porte du cockpit. Le vent était plus fort, comme si le pilote avait mis la climatisation à fond. Quelques minutes plus tard, elle comprit d'où venaient les lumières et le vent.

La porte de l'avion était ouverte.

*Oh, putain…*

Elle se cramponna à un dossier et se dévissa le cou pour regarder à l'extérieur. Des cimes d'arbres défilèrent en sifflant, beaucoup trop proches pour être vraies. Cet avion ne pouvait pas voler si bas !

*Et de plus en plus bas, même.*

Elle déglutit et se propulsa vers la porte du cockpit. *Ne regarde pas dehors*, se répéta-t-elle. *N'y pense même pas. Va demander au pilote ce qu'il fout.*

Elle tambourina à la porte. Elle avait bien l'intention d'entrer, réglementation ou pas.

À sa grande surprise, la porte s'ouvrit.

Les quelques secondes suivantes passèrent dans un brouillard. Elle entra dans le cockpit et vit un tourbillon de vert et de brun dans le pare-brise, le tableau de commandes qui clignotait, les sièges vides des pilotes qui se balançaient légèrement, le casque accroché au manche à balai. Et une carte à jouer coincée sur un interrupteur.

Elle allait hurler quand l'avion s'écrasa contre un arbre et que son corps fut projeté de plein fouet sur le tableau de bord.

Il regarda le crash depuis le sol, à quelques kilomètres de là. Toute cette planification méticuleuse avait payé. Il éprouvait encore l'exaltation du saut en parachute, l'atterrissage pile-poil à l'endroit où il avait dissimulé le quad dans les broussailles. Quelques instants plus tard, l'avion s'était écrasé, comme prévu. La boule de feu qui s'éleva au-dessus des collines était magnifique.

# 40

**West Hollywood, Californie**

Quand Dark rentra chez lui, il sut qu'il y avait quelqu'un au sous-sol.

Probablement Graysmith. Mais Dark ne voulait prendre aucun risque. Il récupéra son Glock 22 dans sa cachette et le passa dans sa ceinture.

Après avoir pressé l'interrupteur qui ouvrait la trappe, il braqua l'arme dans l'ouverture.

– Lisa ?

L'arme au poing, il descendit les marches. Après tout – esprit clair ou pas –, la paranoïa était toujours sa meilleure amie. Graysmith était probablement en bas en train de travailler. Mais elle pouvait aussi le faire tenir en joue par un complice quelconque. Ou tenir l'arme elle-même. Il se rendit compte qu'en « sécurisant » sa maison il y avait fait entrer le pire danger qui soit : un membre des services d'espionnage américains.

Elle leva les yeux de l'ordinateur posé sur la table d'autopsie. Pas d'arme.

– Vous n'arrêtez pas de vouloir me flinguer, dit-elle. À mon avis, c'est freudien.

Dark baissa son arme, mais il ne la rengaina pas. Pas tout de suite.

– Où étiez-vous ? demanda Lisa.

– Sorti.

– Pas à Venice Beach, par hasard ? (Il ne répondit pas.) Hé, je me fais simplement du souci pour vous. Mon but est de vous protéger. En plus, ce n'est pas trop difficile de pister un type en Mustang au milieu de la nuit. J'ai encore quelques amis dans la police.

Dark réfléchit. Graysmith savait qu'il était allé à Venice Beach, mais elle n'avait pas évoqué Hilda ni la boutique. Peut-être qu'elle avait placé un dispositif GPS sur ses vêtements ou dans sa voiture. Cela pouvait être n'importe quoi, en fait, et, faute de pouvoir se déshabiller et se récurer sous la douche, il l'aurait sur lui aussi longtemps qu'elle le voudrait. Très bien. Elle pouvait le faire suivre ou surveiller. Mais il avait bien l'intention de garder pour lui sa visite chez Hilda et ce tirage de cartes si troublant.

– Venez voir, dit-elle en désignant l'écran de son ordinateur. (Il s'approcha et s'aperçut qu'elle ne portait simplement qu'un T-shirt.) Dites-moi ce que vous en pensez.

– Du fait que je vous retrouve chaque soir chez moi sans que je vous y aie invitée ?

– Des quatre premières cartes, répondit-elle sans relever. Où est-ce qu'on va ? Quel va être le prochain geste du tueur ?

Dark s'approcha plus près et sentit l'odeur de shampoing qui émanait de ses cheveux. Elle venait de prendre une douche. Chez lui ? L'écran montrait une carte des États-Unis où figuraient les cibles du tueur : Green à Chapel Hill. Paulson à Falls Church. Les cartes et les meurtres avaient chacun leur signification. Mais qu'est-ce qui les reliait ?

Chapel.

Church. Une chapelle et une église. Y avait-il une connexion religieuse ? Leur tueur se moquait-il de la religion ?

Mais il y avait les trois étudiantes en management à Philadelphie. La ville de l'amour fraternel. Des Quakers. Mouvement fondé par des gens qui fuyaient la persécution religieuse. Encore le même thème. Puis le sénateur à Myrtle Beach, en Caroline du Sud. Aucun lien religieux évident, sauf si on considérait comme un péché de se faire masser intimement dans une station balnéaire.

*Oublie la religion pour le moment. Réfléchis aux lieux.*

– Alors… Qu'en pensez-vous ? demanda Graysmith.

Elle se tourna vers lui, plongeant son regard dans le sien. Elle ouvrit légèrement la bouche. Dark ignora la tentation. Il fallait qu'il se concentre sur sa tâche.

Les emplacements étaient tous accessibles en voiture depuis un certain point. Il ne semblait pas y avoir de quartier général particulier. La piste montait dans le Nord, puis elle retournait dans le Sud. Pourquoi ? Pas par commodité. Ce serait compliqué de rouler ou de voler jusqu'à Myrtle Beach quelques heures après avoir tué les trois filles dans le bar.

– Je ne crois pas que nous ayons affaire à un seul tueur, dit Dark. C'est une équipe organisée.

– Continuez.

– D'évidence, tout est planifié. Côté surveillance et mise en scène, en tout cas. Un tueur isolé espacerait ses crimes dans le temps. Pour se donner toute latitude d'opérer. Mais ce n'est pas le cas ici. Peut-être qu'un tueur s'est occupé de Green à Chapel Hill et que le suivant était prêt à frapper à Falls Church. Pendant ce temps, le premier – ou un troisième – se préparait à Philadelphie. Et ainsi de suite. Les meurtres sont très rapprochés, sauf le deuxième. Paulson. C'était un grain de sable dans leur plan. Ils ont dû s'adapter.

– Et, à présent, ils laissent des cartes sur les lieux. Selon le rapport des Affaires spéciales, on a trouvé une carte du Dix d'Épée sur le dixième poignard planté dans la cuisse de Garner. C'est un énorme pied de nez de tuer un sénateur et de laisser une carte.

– C'est aussi une grande nouveauté. Il est rare que les tueurs en série changent de signature. Ils ont leurs schémas personnels auxquels ils se tiennent. Il n'y avait pas de cartes dans les trois premiers meurtres. Les scènes de crime incarnent les cartes. Alors pourquoi se montrer si grossier et laisser une carte ? Qu'est-ce qui a changé ?

Lisa ne répondit pas et se mordilla un doigt. Puis elle tapa une URL et tourna l'écran vers Dark.

– L'intérêt des médias, proposa-t-elle. Ce type du Slab, Johnny Knack, a rendu l'affaire publique après les trois filles à Philadelphie. Il a donné au tueur – ou aux tueurs, pour le coup – un surnom : TAC. Mignon, non ?

– Donc, ils apprécient qu'on s'intéresse à eux. Peut-être que c'est ce qu'ils cherchaient depuis le début. Peut-être qu'ils ne s'adressent pas aux autorités. Qu'ils envoient un message au monde entier.

– Et ce serait quoi, ce message ? Qu'est-ce qu'ils cherchent à nous dire ?

Dark ne répondit pas. Il repensait aux cartes et à Hilda, qui l'avait contraint à regarder son passé en face. Le message l'avait touché en plein cœur. Mais ce message pouvait-il s'appliquer à quelqu'un d'autre ?

Elle posa la main sur son visage.

– Ce n'est rien, Steve. Détendez-vous. Je vous l'ai déjà dit, je suis là pour vous soutenir. Vous donner tout ce dont vous avez besoin.

Peut-être que s'il n'était pas resté dehors toute la nuit, si Hilda ne lui avait pas tiré les cartes et n'avait pas soulagé son cœur, peut-être qu'il se serait détourné. Mais il resta immobile quand elle se colla contre lui.

– Moi aussi, je souffre, lui chuchota-t-elle à l'oreille.

# 41

Il n'y eut ni prélude, ni préliminaires, ni échange de paroles. Dark lui ôta rapidement son T-shirt avant d'explorer son corps. Graysmith lui arracha ses vêtements en remarquant la légère odeur d'encens qui s'en exhalait. « Alors tu étais où, à Venice Beach ? » voulut-elle demander. Mais Dark plaqua sa bouche sur la sienne. Elle riposta en le plaquant contre la table d'autopsie et en lui ôtant son pantalon.

– Je sais tout de toi, Dark, dit-elle. Je sais ce qui t'apaise. Et ce qui t'excite. Brenda Condor m'a fait des rapports détaillés.

– Ne prononce pas ce nom, la coupa Dark, gagné par la colère.

– Pardon.

Oh, Brenda Condor l'avait ensorcelé avec son corps. Il était si vulnérable, après la mort de Sibby, qu'il avait besoin d'un contact physique. Si Sibby était sa drogue, Dark était un junkie et Condor avait exploité cela quand elle le surveillait pour le compte de Wycoff. Elle lui avait même dit : « Je suis ce que tu veux. Ta psy. Ta petite copine. Ton fantasme d'épouse. Ta partenaire. Ta salope. Ce que tu voudras, du moment que tu restes concentré sur le job. » Après ce fiasco, Dark s'était promis de ne plus recommencer. Quand il avait besoin de sexe, il s'adressait à des professionnelles anonymes – pas à quelqu'un de proche ou qui pouvait le devenir.

Comme Graysmith.

Mais, cette fois, c'était différent. Lisa n'essayait pas de gagner sa confiance grâce au sexe. C'était Dark qui essayait de la percer à jour. Elle dissimulait tout sous une façade arrogante et confiante, un mélange de peine et de séduction qui semblait entièrement factice, trop étudié pour être vrai. Il voulait la réduire à ce qu'elle était vraiment et voir ce qui allait en sortir.

Du moins, c'est ce qu'il s'était promis.

Alors qu'ils étaient allongés sur le sol en ciment, ruisselants de sueur, Dark s'était rappelé la dernière fois qu'il s'était laissé aller ainsi, oubliant toute inhibition. La dernière fois qu'il avait laissé de côté toute raison et cédé à son côté animal.

C'était la nuit où il avait tué Sqweegel.

– Je sais ce que tu fais, murmura un peu plus tard Graysmith.

– Ah ?

– Tu veux mieux me cerner, pas vrai ? Tu sais, ce sont des gens comme moi qui ont inventé le truc. (Dark ne répondit pas.) Ce n'est pas une critique. Crois-moi. C'est bienvenu. Mon boulot n'est que jeu de pouvoir, tromperies et méfiance, et je n'entre pas dans le détail. Tu n'imagines pas à quel point certains peuvent être machiavéliques ou rancuniers. Alors toute occasion de s'en libérer et de réduire les relations humaines à ce qu'elles ont de plus primaire, basique, brutal, eh bien, je la saisis. Quelles qu'aient été tes intentions. (Son silence la fit rire.) Oui, tu viens d'avoir droit à ma version personnelle des conversations sur l'oreiller. Ce que je ressens d'habitude, la nuit, à peu près vers cette heure-là ? Des terreurs nocturnes. C'est le moment où la partie primitive du cerveau nous dit que nous devons avoir peur, parce qu'il y a des prédateurs qui nous guettent dehors.

– Ou dedans, juste à côté de toi.

– Pas faux.

À un moment, il se détendit suffisamment pour s'assoupir un peu. Il était encore conscient de ce qui l'entourait, du corps nu de Graysmith à côté du sien, de son odeur, de son souffle. Mais il avait pu déconnecter le reste de son cerveau.

Un bip retentit. Graysmith se redressa brusquement, récupéra son téléphone et alla à l'ordinateur.

# 42

Dark regarda l'écran par-dessus son épaule.

10 MORTS DANS LE CRASH D'UN AVION PRIVÉ

Le site : les Appalaches. Il songea aussitôt à Hilda, qui retournait la cinquième carte : le Dix de Bâton. Dix victimes. Graysmith lut le premier rapport – celui qui était envoyé aux Affaires spéciales.

– C'est le Tueur Aux Cartes, dit-elle. Ou l'un d'eux, si ta théorie d'une équipe est juste. Selon une transmission captée par des contrôleurs aériens, il était à bord et narguait ses victimes. Il leur a dit exactement ce qui allait leur arriver et ce qu'ils éprouveraient en mourant.

– Il était avec eux ?

– D'après le rapport, oui. Dans le cockpit. Soit c'était lui le pilote, soit il avait neutralisé le pilote officiel.

– Et l'avion s'est écrasé.

– Le rapport précise que l'avion fumait. Pourquoi ?

– C'était quel type d'appareil ? s'enquit Dark.

– Un Pilatus PC-12, monomoteur.

– On ne peut pas s'éjecter d'un avion comme ça, dit Dark. À moins de vouloir se suicider, le tueur devait avoir un moyen de s'échapper. De sauter en parachute. (Il songea un instant aux scénarios possibles.) Tu peux me faire accéder au lieu de l'accident ? Avant que les Affaires spéciales arrivent ?

Par voie aérienne, Los Angeles était au moins à quatre heures des Appalaches. En comparaison, le lieu de l'accident était juste à côté des Affaires spéciales, dans le même État. Mais Dark vit Graysmith réfléchir rapidement : qui, à sa connaissance, pouvait l'aider ? Comment pouvait-elle joindre cette personne en moins d'une minute ? Que devrait-elle donner en échange ?

– Ne prends pas de douche, ne te brosse même pas les dents, trancha-t-elle. Habille-toi et fonce à LAX. Le temps que tu y sois, j'aurai tout arrangé.

– Accès total, comme à Philadelphie ?

– Évidemment.

– Je peux récupérer une arme sur place ?

– Je vais voir ce que je peux faire. File, ordonna-t-elle.

Dark hésita sur la conduite à tenir. Voulait-elle qu'il l'embrasse ? Avec Sibby, c'était facile, il n'avait pas besoin de réfléchir. Ils lisaient dans leurs pensées. Avec Graysmith… *mais écoute-toi, tu l'appelles par son nom de famille. Son prénom, c'est Lisa. Lisa. Quand tu fais l'amour à une femme, tu peux quand même l'appeler par son prénom !*

Elle le regarda et l'écarta d'un coup de coude.

– Je reste ici, dit-elle. Promis. File. Vite.

# 43

## Myrtle Beach, Californie

Riggins et Constance étaient en train d'acheter des sandwiches sur le chemin de l'aéroport pour prendre l'avion de 10 heures quand leurs téléphones sonnèrent. Deux assistants différents des Affaires spéciales leur annonçaient la sinistre nouvelle : un avion privé s'était écrasé dans les Appalaches. Dix morts. Pilote disparu. Mais le plus dérangeant : cela semblait être l'œuvre du Tueur Aux Cartes.

Après avoir échangé un regard, tous deux comprirent qu'ils avaient entendu la même chose.

– Cet enfoiré est de plus en plus pressé, murmura Riggins.

– Je vais appeler l'aéroport tout de suite, annonça Constance. Nous allons nous approcher le plus possible du site du crash. Le fait que le pilote ait disparu veut tout dire. Il a probablement sauté en vol.

– Ouais, mais il peut être n'importe où, à présent.

– Certes, mais il a peut-être laissé des indices dans le cockpit… Oui, agent spécial Brielle. Nous devons décoller immédiatement.

Riggins fourra les mains dans ses poches. Il n'y avait rien dedans. Pas même une pièce à tripoter. Rien à faire hormis attendre. Attendre que ce salaud de sadique continue, Dieu sait où. Autant oublier l'aéroport et consulter la première voyante venue. Il devait y en avoir à Myrtle Beach, car c'était dans ce genre de paradis pour touristes qu'on trouvait les meilleurs pigeons. Oui, il n'avait qu'à entrer, sortir un billet de 20 et demander un tirage de cartes d'urgence. *Non, pas les tarots, madame. Sortez-moi la boule de cristal. Montrez-moi tout comme si j'étais Dorothy dans* Le Magicien d'Oz. *Sinon, vous avez une planche de ouija ? Ce serait bien de consulter quelques-uns de mes anciens équipiers avec, s'ils sont pas trop occupés outre-tombe.* En même temps, étant donné la façon dont il avait traité certains, Riggins ne s'attendait pas à les voir coopérer.

Le côté occulte de l'affaire l'agaçait. Les gens qui se cachaient derrière le mysticisme n'étaient rien de plus que des escrocs, selon Riggins. Tous ces stratagèmes et cette poudre aux yeux ne visaient qu'à dissimuler la vérité : c'étaient des voleurs qui voulaient vous prendre quelque chose.

La seule différence, c'est que, là, ce voleur voulait vous prendre votre vie.

Quand ils furent installés dans l'avion, Constance se tourna vers Riggins. Lorsqu'il était de cette humeur, le bonhomme était franchement inabordable. Ronchon, c'était habituel. Mais là, Riggins semblait avoir carrément perdu l'esprit. Et il était comme cela depuis… eh bien, en fait, depuis le départ de Steve.

Quoi qu'il en dise, Constance pensait que Riggins ne lui faisait pas confiance de la même façon. Riggins avait déniché Dark quand il n'était qu'un obscur policier de New York, et il l'avait introduit aux Affaires spéciales, où ils avaient travaillé en étroite collaboration pendant presque vingt ans. Que partageait-elle avec Riggins, en fait ? Deux mois de collaboration ? Elle savait qu'il ne la considérerait jamais comme une égale. Pour lui, elle resterait toujours une assistante qui avait eu une promotion, et rien de plus.

Cependant, elle s'efforçait de donner la priorité aux affaires, comme Steve le lui avait appris. Il fallait mettre de côté les questions personnelles, la politique, les intrigues de bureau, pour se concentrer sur le travail. Arrêter les monstres était tout ce qui comptait.

C'est pourquoi elle se tourna vers lui et lui demanda :

– Et Steve ?

Riggins ne réagit pas. Il continuait de fixer à travers le hublot la piste d'envol détrempée.

– Riggins, je suis sérieuse. On pourrait l'appeler en renfort.

– Dark ? rétorqua-t-il, le regard flamboyant de colère. Pas question. Il a fait son choix.

– Vous pouvez tout de même le contacter.

– Wycoff est déjà furax qu'il se soit rendu sur les scènes des crimes. Et vous voudriez que je le rappelle maintenant ?

– Allons, enfreindre les règles, ça ne vous a jamais gêné. Steve demande pratiquement à ce qu'on l'appelle. Pourquoi ne pas l'utiliser comme consultant ? Officieusement. On fait ça tout le temps.

– Pas avec Dark.

Ce qui exaspérait le plus Riggins, c'est que Constance avait raison.

Une partie de lui mourait d'envie de faire appel à Dark. Après tout, il s'intéressait déjà à l'affaire : Riggins avait vu le jeu de tarot chez lui, bien avant que Knack en ait parlé.

Et Riggins savait aussi que Constance ne renonçait jamais. Elle laisserait peut-être tomber ce sujet pour un moment. Mais elle trouverait un moyen de lui en reparler et de le harceler jusqu'à lui arracher un oui. Mais Riggins ne pouvait pas dire la vérité à Constance, n'est-ce pas ?

Que le Steve Dark qu'elle idolâtrait avait un lien génétique avec le pire tueur en série qu'ils aient jamais croisé.

Ce n'était pas une rumeur, ni même une hypothèse. Riggins avait prélevé lui-même l'ADN sous les ongles du cadavre de

Sibby. Elle s'était débattue pour défendre sa vie et celle de son enfant. Elle avait déchiré le costume en latex du monstre et avait enfoncé ses ongles dans sa chair. Et c'est ainsi qu'il avait récupéré l'ADN de Sqweegel sur son coton-tige.

Au départ, c'était pour écarter une affreuse possibilité : que le bébé de Sibby ait été engendré par ce pervers.

Mais Riggins avait découvert quelque chose de bien plus horrible.

Il avait procédé lui-même à l'analyse dans le labo. Si le monstre avait de la famille dont l'ADN figurait dans leur base de données, il le découvrirait. Le résultat était arrivé : sept des treize allèles correspondaient. À Steve Dark.

Riggins adorait toujours Dark comme un fils. Mais il savait de quelle violence l'homme était capable. Il l'avait vu une fois. Pourquoi avait-il quitté les Affaires spéciales ?

Parce qu'il savait que, tôt ou tard, Riggins découvrirait la vérité ?

# 44

Un hurlement de femme le réveilla en sursaut.

Johnny Knack se redressa brusquement et vit quelque chose trembler sous une pile de paperasse. Le cri, c'était la sonnerie signalant les e-mails sur son portable. Après le meurtre de Philadelphie, il avait choisi le hurlement de Janet Leigh dans *Psychose*. Oui, bien sûr, c'était puéril. Mais cela lui rappelait ce qui était en jeu.

Il s'était endormi sans s'en rendre compte. Il avait passé une bonne partie de la nuit à travailler au synopsis d'un livre. Le timing était essentiel. Les meurtres continuaient, c'était acquis. Le Tueur Aux Cartes n'en était qu'à son petit échauffement. Combien de cartes y avait-il dans le tarot ? Quel qu'il soit, le type avait de la réserve.

Knack voulait donc être prêt. Publier un livre, c'était différent, de nos jours. Dans le temps, on pouvait retarder la publication d'un *De sang-froid* ou d'un *Helter Skelter*, et les lecteurs avaient le bon goût d'attendre. C'était fini. Maintenant, ils voulaient lire le livre alors que les cadavres étaient encore chauds et que la distribution des rôles du téléfilm était achevée. L'édition avait fini par s'y faire et était passée maître dans l'art de produire du livre instantané, surtout qu'à présent le papier et la colle à reliure n'étaient même plus nécessaires. Un ami de Knack avait pondu un livre électronique de deux cents pages sur le week-end sexe et alcool d'une star adolescente à Aspen. Il avait atteint les cent trente mille téléchargements et décroché une option pour un scénario, et tout ça pour un week-end de boulot. *Désolé, monsieur Truman Capote : vous êtes dépassé !*

Knack était déterminé à faire mieux encore. Il voulait publier son livre tout de suite. Quatre cartes, six cadavres : c'était plus que suffisant. Il suffisait d'emballer le tout avec des détails bien sanglants, de saupoudrer de spéculations ici et là, d'ajouter des explications sur les cartes et hop, on tenait un bouquin. Et la suite se déroulait en direct.

L'e-mail provenait donc peut-être d'un des éditeurs de livres électroniques à qui il avait envoyé la veille un synopsis alléchant. Là, ce serait génial !

Il saisit son téléphone d'une main, ses bonbons à la menthe de l'autre. Il goba un bonbon et ouvrit son mail. Non, ce n'était pas un éditeur. L'expéditeur se présentait comme… TAC.

– Putain…

Knack l'ouvrit. Évidemment, ce devait être un cinglé qui se fichait de lui. Forcément.

Le message disait : J'APPRÉCIE VOTRE TRAVAIL. PAS LA PEINE D'ALLER DANS LES APPALACHES. C'EST UNE IMPASSE. VOUS VOULEZ ÊTRE LE PREMIER ? ALLEZ À WILMINGTON. ENVOYEZ UN MESSAGE VIDE POUR EN SAVOIR PLUS.

Les Appalaches ? Ça n'avait aucun sens. Pas plus que Wilmington. Mais c'est ce qui le fit flipper. Ce n'était pas une blague, sinon, le plaisantin avait un goût pour l'incompréhensible. Mieux valait consulter le Web en cherchant un éventuel meurtre dans les Appalaches et voir ce que cela donnait.

Knack n'eut pas à se donner beaucoup de mal. À peine eut-il allumé son portable que sur sa page d'accueil – le Slab, évidemment – figurait déjà la nouvelle.

APPALANCHES : 10 MORTS

DES CADRES DE WESTMIRE EN ROUTE POUR UN « SÉMINAIRE » SYBARITE TROUVENT LA MORT DANS UN ÉTRANGE ACCIDENT D'AVION

Knack parcourut l'article, l'estomac désagréablement noué. Si un autre journaliste était sur cette foutue histoire de tarot, il allait y avoir des représailles. Non. Aucune mention de cartes ni d'allusion occulte. On disait simplement que le pilote avait disparu, plaisantant sur le fait qu'il avait sans doute dû se tirer en route parce qu'il ne supportait plus de trimballer ses passagers arrogants et cocaïnés. Peut-être qu'il n'y avait aucun lien avec TAC.

Mais dans le cas contraire ? Et qu'est-ce que c'était que cette histoire de Wilmington ?

Knack prit son téléphone et répondit par un message vide.

# 45

## Au-dessus des Appalaches

Dark était assis confortablement dans un Gulfstream G650 modifié, l'avion d'affaires le plus rapide au monde. Il entendit le pilote se vanter d'avoir personnellement frôlé Mach 1 durant quelques essais, alors que la limite officielle de vitesse était Mach 0,925. Et, alors que cet appareil de 60 millions de dollars pouvait accueillir une douzaine de passagers habitués aux voyages de luxe, Dark était seul. Dieu sait comment Graysmith avait organisé les choses en si peu de temps. En fait, il préférait ne pas le savoir. C'était déjà assez étrange de se dire qu'il fonçait sur le site d'un crash aérien.

Mach 1 ou 2, jamais il n'arriverait assez vite. Riggins allait arriver avant lui. Évidemment, son ancien chef devrait négocier par les voies officielles et toutes les agences qui allaient rappliquer sur le site. Mais, si Graysmith était capable de lui faciliter la vie comme elle venait de le faire avec cet avion incroyablement rapide, il pourrait peut-être inspecter le site sans encombre.

Les photos et les rapports, c'était très bien, mais ce n'était pas suffisant. Peut-être tenait-il l'occasion unique de retrouver la piste du tueur.

Alors que le Gulfstream atterrissait à l'aéroport régional de Roanoke, Dark repensa au Dix de Bâton.

La cinquième carte de son tirage personnel.

Et, cette fois encore, la carte qu'avait tirée le tueur. Ou les tueurs.

La carte représentait un homme portant dix bâtons réunis en fagot. Hilda lui avait expliqué qu'elle représentait un fardeau exigeant un effort surhumain. Le village visible à l'arrière-plan signifiait que la tâche était presque accomplie et qu'il était interdit de faire une pause et de se reposer, que la charge devait être transportée.

Selon elle, l'homme était le symbole de l'oppression. La volonté d'un homme seul, à bout de forces. Quelqu'un lui avait imposé ce fardeau.

Le tueur se considérait-il comme cet homme, transportant ces dix âmes vers l'au-delà ? Auquel cas, il devait se concentrer uniquement sur sa tâche, à l'exclusion de toute autre. Sa vie était simple et ses objectifs clairs. Il ne vivait que pour accomplir une unique mission : tuer.

Alors qu'une camionnette blanche le transportait vers le site du crash, Dark eut la certitude que le tueur n'était pas parmi les victimes.

Peut-être avait-il sauté de l'avion. Dans ce cas, il avait dû attendre la dernière minute pour pouvoir assister au crash.

Comme promis, Graysmith lui avait également trouvé une arme. À leur arrivée sur les lieux, le chauffeur lui tendit sans un mot une valisette contenant un Glock 22 et trois chargeurs de calibre 40. L'arme favorite de Dark.

La recommandation envoyée sur son mobile lui permit de passer le cordon de sécurité et de se mêler aux enquêteurs déjà sur place. Dark vit des gens des Affaires spéciales, comme prévu. Il reconnut les véhicules et les plaques.

Il devait rester sur le périmètre. Ce qui lui allait très bien. À cette distance, l'avion avait l'air intact, comme s'il avait atterri au lieu de se crasher. Le terrain alentour était assez plat pour cela.

Une fois que Riggins eut vu l'épave, il jugea qu'il lui faudrait un whisky. Ou trois. Mais il dut se contenter d'une clope. L'unité d'enquêteurs de l'aviation civile s'affola en le voyant sortir son briquet. Riggins les calma d'un geste, s'éloigna pour allumer sa cigarette et aspira longuement la fumée en espérant qu'elle couvrirait l'odeur de chair brûlée.

Il songea au tueur. Ce type avait réussi à sauter en parachute de l'avion… Et aucun des passagers n'avait bronché ? Ils étaient restés assis pendant que le dingue filait ?

Non, ça n'avait aucun sens. Il avait forcément utilisé là encore sa drogue de l'armée comme avec les autres. Une fois ses victimes inconscientes, il avait pu prendre son temps pour quitter l'appareil.

Riggins contempla les alentours et songea qu'il trouverait peut-être des empreintes un peu plus loin. Non. Impossible de parcourir une telle distance à pied. Il avait dû utiliser un véhicule. Une voiture. Une moto, peut-être. C'étaient des traces de pneus qu'il fallait chercher.

C'est alors qu'il aperçut au loin une silhouette maigre vêtue d'un blouson.

À une centaine de mètres du site, Dark vit les premières taches de sang dans l'herbe couverte de rosée.

*C'est toi ?* se demanda Dark. *Tu te serais blessé en portant ton fardeau ?*

Il sortit un kit d'analyse de sa poche et préleva quelques échantillons. Peut-être que le tueur avait enfin commis une erreur et laissé un peu de sa personne derrière lui.

Riggins crut qu'il avait des hallucinations.

Cela ne pouvait pas être…

*Dark ?*

# 46

Riggins s'élança sur le sol humide. On cria son nom. Constance, sans doute. Il s'en fichait. Dark était là, sur le site.

Mais comment avait-il fait ? La dernière fois qu'il l'avait vu, il était encore à Los Angeles. À moins d'avoir acquis des dons d'ubiquité, il ne pouvait pas être arrivé ici aussi vite. Bon sang, l'avion s'était écrasé seulement cinq ou six heures plus tôt. Il n'y avait qu'une explication : Dark savait que cela allait arriver et était venu sur place avant. Peut-être même qu'il avait tout manigancé…

Riggins refusa cette éventualité insensée et préféra se concentrer sur le plus important : mettre Dark en détention. L'enfermer dans une cellule en béton le temps d'éclaircir la situation. Son seul regret était de ne pas l'avoir arrêté plus tôt à L.A.

À peine Dark eut-il vu quelqu'un courir vers lui qu'il comprit que ce ne pouvait être que Riggins. Il n'aurait pas envoyé quelqu'un à sa place, pas pour une affaire comme celle-là. Il avait beau avoir fait l'aller-retour d'un bout à l'autre du pays, son ex-chef exigerait d'être là en personne, d'étudier les indices, de ramasser les cartouches, de rechercher les empreintes et d'accompagner les cadavres jusqu'à la morgue improvisée non loin. Riggins était un acharné. À cet égard, c'était toujours un modèle pour lui.

Dark enferma rapidement son dernier échantillon dans un tube, fourra son matériel dans sa poche et sortit son mobile. Il appela Graysmith tout en se dirigeant vers un bosquet à une dizaine de mètres. Le meurtrier avait probablement dû prendre le même chemin pour s'éloigner de l'avion et se dissimuler.

– Graysmith, il faut que je foute le camp. Où est le chauffeur ?

Il avait beau courir vite, Riggins payait le prix d'années de bière, d'une mauvaise alimentation et de tabagie. La silhouette disparut sous les arbres tandis que Riggins s'arrêtait pour reprendre son souffle, plié en deux. Au bord de la nausée, franchement. Le type était plus jeune et plus rapide.

*Le type. Mais oui. Tu n'as qu'à le dire, enfin. Tu sais bien que c'était Dark, non ?*

Riggins devait à présent prendre une décision difficile. Soit donner l'alerte et envoyer une équipe d'hommes et de chiens vers ces arbres pour le traquer et le menotter. Soit ne rien faire en sachant qu'il laissait peut-être filer un tueur.

Il repensa au jour où Dark avait quitté les Affaires spéciales la première fois, peu après le massacre de sa famille adoptive. Ils étaient tous les deux dans le parking.

« Je suis au bord du gouffre, lui avait dit Dark. Sur la corde raide. Si je ne pars pas maintenant, je vais tomber du mauvais côté et c'est moi qu'il faudra traquer la nuit. »

Riggins avait acquiescé, disant qu'il comprenait. Mais, de toute évidence, il n'avait pas compris. Car, à présent, les paroles prophétiques de Dark semblaient s'être réalisées…

Il s'interrompit. Était-il vraiment convaincu de ça ?

Si Dark était un tueur, serait-il venu sur le site ? Pourquoi ne pas les avoir épiés depuis le couvert des arbres ?

Riggins s'apprêtait à prendre son mobile à sa ceinture quand le destin prit la décision pour lui : le téléphone sonna.

# 47

## Washington, D.C.

Johnny Knack adorait la liasse de billets qu'il avait dans la poche. Mais, au final, le journalisme demeurait tout de même une question de relations.

S'il avait la possibilité de négocier ses infos, il conclurait le deal pour son bouquin. Personne d'autre ne pouvait avoir un accès exclusif aux dossiers des Affaires spéciales. Tom Riggins ne risquait pas d'accepter son offre, mais même la plus infime coopération pouvait ensuite devenir un argument de poids selon la manière dont il le présenterait.

– Le tueur m'a envoyé un message, dit Knack.

– Knack, répondit Riggins, foutez-moi la paix.

– Vous êtes sur le site du crash, là, non ? (Silence. Knack sut qu'il venait de marquer un point.) Vous êtes là-bas parce que c'est le Tueur Aux Cartes, sauf que personne ne sait que c'est lui. Pour le reste du monde, c'est juste un malheureux groupe de riches qui a péri dans un accident. Mais moi, je connais la vérité. Et comment j'aurais pu, si le tueur me l'avait pas dit ?

– Je ne confirme rien.

– Pas besoin, agent Riggins. Je ne vous demande rien. Je vous appelle pour vous donner quelque chose. Parce que le tueur m'a dit où il comptait frapper la prochaine fois.

– Où ?

– Je me ferai un plaisir de vous le dire, à condition que vous me promettiez une seule chose.

– Putain, j'en étais sûr !

– Rien de crucial, je vous assure. Promettez-moi seulement de ne pas raccrocher. Si vous voulez, vous pouvez garder le silence pendant que je vous expose ce que je sais. Si je me plante, grognez. Si je fais mouche, éternuez. Les trucs habituels.

Il tendit l'oreille. Le silence l'encouragea. Riggins le croyait. Il réfléchissait à sa proposition…

– Vous êtes où, là ? demanda Riggins.

– Chez moi.

– À Manhattan, c'est ça ? Dans le même appart' que vous louez depuis trois ans ? Alors écoutez, ducon. Dans cinq minutes, deux fédéraux vont entrer et saisir votre portable, vos notes, nos dossiers, vos calbuts, et tout mettre dans des sachets plastique…

– Wilmington, Delaware.

Eh bien, Knack l'avait lâché. Ce n'était pas le premier pari qu'il perdait.

– C'est quoi ?

– L'endroit où le tueur m'a dit qu'il allait frapper.

– « Il », vous dites ?

– Oui, enfin, j'en sais rien. Il ou elle. J'ai reçu un texto ce matin.

– Je veux des copies de tout, ordonna Riggins. Et qu'un technicien vienne examiner votre portable.

– Tout ce que vous voudrez, mon pote.

– On n'est pas des potes.

Knack raccrocha. *Sale con de Riggins*.

Ça n'avait pas d'importance. On était dans un pays libre. Et Knack avait envie de faire un petit tour dans le Delaware, à Wilmington.

# PARTIE VI

# Cinq de Denier

Pour visionner le tirage de tarot personnel de Steve Dark, connectez-vous à level26.com et entrez le mot de passe : « denier ».

flashcode

web

EX LUX LUCIS ADVEHO ATRUM
EX ATRUM ADVEHO LUX LUCIS
EX LUX LUCIS ADVEHO ATRUM
EX ATRUM ADVEHO LUX LUCIS
EX LUX LUCIS ADVEHO ATRUM
EX ATRUM ADVEHO LUX LUCIS
V
CINQ DE DENIER

## Wilmington, Delaware

Trop ou trop peu. Telle était la vie d'Evelyn Barnes.

Comme ce soir : un service de pédiatrie plein à craquer et trois de ses infirmières en arrêt maladie. Si elle pouvait, elle les aurait toutes virées. Ce n'était pas la première fois. Mais il y avait une grosse pénurie d'infirmières, et, si elle remplaçait ces trois-là, elle se retrouverait avec des nouvelles encore moins bien formées et qui se croiraient tout permis, en plus. C'était ça le vrai problème : la génération montante, les vingt ans et quelques. Gâtées par leurs parents, des gosses à qui on ne donnait que des bonnes notes et des cadeaux, quels que soient leurs résultats, et à qui on fourrait dans le crâne l'idée saugrenue qu'elles devaient toucher un salaire énorme pour un boulot qu'elles savaient à peine faire. Et, pis encore, elles préféraient passer six mois ou un an au chômage dans l'espoir qu'on leur propose un job encore mieux payé. Et pourquoi se priver ? Papa et maman continueraient de les entretenir.

Barnes était bien placée pour le savoir : sa propre fille était infirmière. Et elle ne travaillait pas depuis un an.

En attendant, le manque de sommeil se faisait sentir. Elle avait toujours été jolie – blonde, menue, et bien pourvue question courbes, on lui payait toujours des verres. Encore mieux quand elle avouait qu'elle était infirmière (comme si la blouse ne l'avait pas déjà trahie). En pédiatrie, en plus ? Encore mieux. Le fantasme de l'infirmière marchait apparemment toujours sur les mecs.

Mais cela faisait longtemps qu'on ne lui avait pas payé un verre. Dans les bars (si elle y était allée), les hommes lui suggéreraient de prendre des vacances ou des vitamines. Ses cheveux blonds, elle n'en jouait plus, elle les tirait en arrière et les nouait pour qu'ils ne lui pendouillent pas dans les yeux. Ses yeux étaient bouffis, son visage épuisé. Mais qu'était-elle donc devenue ?

Trop ou trop peu. Toujours la même histoire.

De l'autre côté de la rue se trouvait une petite bodega fréquentée par le personnel de l'hôpital. Barnes posa l'argent sur le comptoir et le vendeur lui donna un paquet de sa marque de cigarettes préférée. Ce vice lui coûtait de plus en plus cher et allait à l'encontre du conseil qu'elle donnait à tous les jeunes qu'elle croisait – « Et tu ne commenceras jamais à fumer, n'est-ce pas, Josh ? » –, mais elle s'en fichait. Tout le monde avait besoin d'une soupape. Elle alluma une cigarette et leva les yeux vers l'hôpital. L'établissement qui lui avait pris plus de vingt ans de sa vie.

Oh, elle ne le regrettait pas. Elle avait soigné des tas de gosses, tenu la main de bien des parents angoissés. Elle n'aurait échangé cela pour rien au monde. Mais elle aurait bien aimé être libérée de ce stress, ne serait-ce qu'un moment.

Un vent mordant la cingla. Le ciel était d'un gris de plomb qui sentait la neige. Bizarre, pour un mois d'octobre. Elle aurait dû prendre un blouson.

La cigarette fut terminée trop vite à son goût. Il fallait y retourner. Elle écrasa le mégot par terre d'un coup de talon. *Ne fume pas, Josh, et ne jette jamais rien par terre,* songea-t-elle. C'est alors qu'on l'empoigna par-derrière.

Un bras robuste passa autour de son cou et la fit suffoquer. *Bon sang*, se dit-elle. *Un junkie ?* Plus elle se débattait, plus elle était en colère. Bon Dieu, mais ce quartier devenait dingue. Attaquer une infirmière devant un hôpital pour enfants !

Elle entendit alors une voix chuchoter calmement à son oreille, étouffée, comme provenant de derrière un masque.

– Chut… Quel effet cela fait d'être réduit à l'impuissance ? De voir ta vie se dérober, malgré tous tes efforts pour t'y cramponner ?

Ce n'était pas un junkie. Le bras ne tremblait pas, elle ne sentait pas la puanteur de la crasse. C'était quelqu'un de costaud.

Elle se débattit de plus belle, et sa coiffe tomba par terre. Elle voulut pousser un cri, mais elle reprit son souffle, sa vue se brouilla puis ce fut le noir. Plus rien.

Non. Ce n'était pas fini.

Evelyn était sur un lit dur. Des draps raides. Était-ce terminé ? Était-elle hospitalisée ? Non, impossible. On ne l'aurait pas mise dans un lit d'enfant. Pourquoi faisait-il aussi sombre ? Et si froid ? Elle tendit la main qui se heurta aussitôt à une surface dure.

Qu'est-ce qui se passait ? Elle tâtonna pour tenter de deviner où elle se trouvait. La paroi glacée était juste au-dessus d'elle, à quelques centimètres. Puis elle se rendit compte qu'il y en avait une autre de chaque côté. Et sous elle ce n'était pas un lit, il n'y avait pas de matelas. C'était la même matière glacée et dure.

Elle comprit brusquement où elle se trouvait et pourquoi il faisait si froid.

Elle était enfermée dans le tiroir d'une chambre froide, à la morgue.

Evelyn Barnes hurla et tambourina contre les parois à coups de pied et de poing, tentant de faire le plus de bruit possible, espérant que quelqu'un l'entende avant qu'elle meure de froid. Elle voulait garder son calme, mais c'était impossible. Qui l'aurait pu ? *Oh, mon Dieu, faites-moi sortir d'ici, je vous promets que je ferai tout ce que vous voudrez, je ne veux pas mourir comme ça, oh, mon Dieu, qui va s'occuper de ma fille, mon Dieu, laissez-moi sortir de cette saloperie de casier !*

Mais personne ne pouvait entendre ses cris. Il était tard et la morgue, comme le reste de l'hôpital, manquait cruellement de personnel.

## 48

### Wilmington, Delaware

Constance refusait d'imaginer cette horreur : se retrouver enfermée dans un casier et mourir de froid dans une morgue.

Pourtant, c'était exactement ce qu'avait fait le Tueur Aux cartes : il avait enlevé une infirmière nommée Evelyn Barnes juste devant son hôpital. L'avait droguée. Placée dans le tiroir et enfermée dans l'étroit casier, en sachant très bien qu'à cette heure, dans cette petite morgue située au sous-sol de l'hôpital, personne n'entendrait ses cris désespérés.

Et Constance ne doutait pas que Barnes avait crié, hurlé, tambouriné dans sa prison d'acier. Ses mains, ses coudes et ses genoux étaient couverts de contusions. Elle avait lutté jusqu'au dernier instant, en ayant pleinement conscience de son sort.

Non, Constance ne pouvait pas l'imaginer.

Pourquoi punir si cruellement quelqu'un ? Qu'avait fait Evelyn Barnes ?

Ou bien ce meurtre était-il, comme les autres, un épouvantable produit du hasard ?

Riggins avait envoyé Constance seule à Wilmington. Au début, elle avait cru qu'il la punissait. Puis il avait expliqué que Knack avait bénéficié d'un tuyau et qu'il voulait que son « meilleur agent » soit prêt à intervenir s'il se passait quoi que ce soit. Cela l'avait réconfortée. Ce petit compliment avait fait des merveilles.

Il ne faisait aucun doute que c'était encore l'œuvre du Tueur Aux Cartes, à peine un jour après le crash. Il avait déposé une carte du Cinq de Denier sous le dos de l'infirmière. Question logistique, c'était faisable : entre le lieu du crash et Wilmington, il y avait six heures de route à peu près.

Constance songea à la carte laissée par le tueur : elle représentait deux malades, une femme et un enfant, marchant dans la neige. Ils étaient couverts de bandages et trop peu vêtus pour le temps qu'il faisait. C'étaient des pauvres. L'enfant se soutenait sur des béquilles. La femme serrait son châle contre elle, tournant le dos à l'enfant, l'ignorant, lui et ses souffrances. Derrière eux se dressait un vitrail où cinq écus jaunes ornés de pentacles formaient un motif en forme de sapin.

La femme était donc censée représenter l'infirmière, Evelyn Barnes. Dans ce cas, qui était l'enfant ? On n'avait signalé aucune disparition d'enfant de l'hôpital. Dieu merci.

Comme pour Martin Green, il y avait eu un supplice. Ce n'était pas le cas pour tous les autres meurtres. Paulson avait trouvé rapidement la mort. Comme les trois étudiantes. Leurs corps étaient mis en scène mais n'avaient pas été torturés. Dans le cas du sénateur, poignardé à dix reprises, c'était clairement un supplice. Les passagers de l'avion, cependant, avaient été frappés d'inconscience, asphyxiés et brûlés. Méthodique et impersonnel.

Constance supposa que dans certains des meurtres le tueur avait un enjeu personnel.

Certains étaient des exemples, des objets : Paulson, les étudiantes, les passagers.

Mais le tueur avait une raison personnelle de haïr Green, le sénateur Garner et cette infirmière.

Dans ce cas, quel était le point commun entre un expert financier, un politicien et une infirmière exerçant dans un hôpital pour enfants ?

# 49

## West Hollywood, Californie

Dark rentra en Californie. Enfin, il disposait d'un indice matériel. À présent, l'exploiter n'était plus qu'une question de temps.

Au cours des années, il avait récupéré du matériel des labos des Affaires spéciales – incubateurs, centrifugeuses – et construit un thermocycleur et un séquenceur avec des pièces commandées par correspondance. C'était très loin de ce que les laboratoires de police scientifique avaient à leur disposition, mais cela lui apporterait ce qu'il cherchait. Il n'y avait pas de processus judiciaire ni de protocole bureaucratique à respecter. L'ADN était juste une pièce supplémentaire du puzzle.

Après avoir isolé les échantillons, il isola l'ADN des débris et le chargea dans le séquenceur. Pendant qu'il attendait que l'analyse soit terminée, il songea aux meurtres exécutés apparemment au hasard.

C'était cela, la clé : quatre-vingt-dix-neuf pour cent des assassins ne choisissaient pas leurs victimes au hasard. Il y avait toujours une raison.

Films et romans policiers vous montrent toujours des assassins qui vous laissent le choix entre la vie et la mort en tirant à pile ou face. Mais ce n'était pas ainsi dans la réalité. Quand quelqu'un se donne tout ce mal pour tuer, il faut qu'il ait une bonne raison. Et un plan.

Pas question de laisser la décision à un foutu jeu de cartes.

Pas vrai ?

Mais Dark ne pouvait balayer l'idée que des forces plus puissantes étaient à l'œuvre. Admettons que le tueur se soit réveillé un matin en se disant : *O.K., je vais me tirer les cartes et ensuite je vais tuer plusieurs personnes d'après ce tirage. Je vais trouver des gens qui correspondent aux cartes et semer la panique…*

Même si c'était le cas, le tueur était tout de même forcé d'opérer une sélection. De tous les hommes au monde qu'il pouvait pendre, pourquoi avoir choisi précisément Martin Green en Caroline du Nord ?

Et il était clair qu'il avait choisi Jeb Paulson parce que celui-ci s'était insinué dans son univers.

Si Jeb n'avait pas enquêté, si Riggins y était allé à sa place, que se serait-il passé ? Le tueur aurait-il supprimé Riggins ? Non, ce n'aurait pas été possible, car Tom Riggins était bien des choses, mais sûrement pas un « Mat », un imprudent au sens des cartes du tarot. Il n'était pas né d'hier. On n'aurait pu trouver plus endurci.

Là encore, il y avait une sélection. Ce n'était pas une carte tirée au hasard.

Mais, dans ce cas, comment expliquer les filles du bar ? Un hasard, sans aucun lien avec Green en dehors de leur discipline d'étude : les affaires. Exactement comme les victimes du crash aérien : des cadres dans une institution financière. Et comme le sénateur, spécialisé dans la réglementation bancaire. C'était un peu tiré par les cheveux, mais pas tant que ça. On pouvait lier les victimes entre elles, à l'exception de Paulson.

Le séquenceur émit un bip. Le résultat était arrivé.

C'était le sang d'un animal.

Aucun lien avec le tueur.

# 50

Dans son sous-sol, Dark fixait le plafond pensivement. Il tentait de réunir les minuscules pièces du puzzle qu'il avait en tête. Tout comme avec Sqweegel, les indices matériels n'étaient d'aucune utilité.

Un bip signala l'arrivée d'un e-mail sur son portable. Graysmith lui faisait suivre un rapport. Il y avait eu un autre meurtre du TAC, juste le lendemain du crash aérien. Une infirmière du nom d'Evelyn Barnes, à Wilmington, dans le Delaware. Dark ouvrit le fichier et devina au bout de quelques phrases qu'il lisait un rapport de Constance Brielle. Le style était précis, sec et intelligent. S'il avait dû copier sur quelqu'un à l'école, c'est elle qu'il aurait choisie.

Constance avait rapidement identifié la carte référencée : le Cinq de Denier. Là encore, le ou les tueurs n'avaient pas fait dans la finesse. La carte avait été laissée dans le tiroir de la morgue sous le corps d'Evelyn Barnes.

Cette carte aussi figurait dans le tirage prétendument « personnel » de Dark. Que lui avait appris Hilda à ce sujet ?

Le Cinq de Denier représentait des difficultés et une mauvaise santé. Comme la période difficile qui avait suivi le massacre de ses parents adoptifs et son premier départ des Affaires spéciales. « Tu avais raison, avait-il dit à Riggins. Ça me tient trop à cœur. » Était-ce pour cela que l'infirmière,

Evelyn Barnes, avait reçu ce châtiment ? Son travail lui tenait-il trop à cœur ? Ou bien, comme la femme de la carte, refusait-elle de prêter attention aux souffrances qui l'entouraient ?

*Arrête*, se dit Dark. *Concentre-toi sur l'affaire. Pense au tueur. Pas à ta propre vie. Tu es déjà passé par là.*

Mais tout le forçait à revenir aux cartes.

Comment était-ce possible ?

Peut-être que la vie n'était pas ce qu'il croyait. Peut-être qu'elle était prédéterminée et que nous n'avions que l'illusion du libre arbitre. Peut-être que la croix du tirage fournissait un aperçu des coulisses du mécanisme, de la manière dont fonctionnait vraiment l'univers.

Mais, dans ce cas, qu'étions-nous, hormis des pions impuissants ? De minuscules insectes piégés sous un verre, tentant vainement de gravir ses parois glissantes. Bientôt, l'air manquera. Nous mourrons tous. Nous avons l'illusion d'un monde immense au-delà du verre, et nous rendons notre dernier soupir en pensant que nous serons capables de trouver comment échapper à notre piège. Mais personne n'y parvient.

Jusqu'ici, personne en ce monde n'avait réussi.

Dark composa un numéro sur son mobile. *Allez, Hilda décroche. S'il te plaît.* Mais il tomba sur le répondeur.

« Vous êtes bien au numéro de Mme Hilda chez Psychic Delic. Je ne suis pas en mesure de prendre votre appel pour le moment… »

Au bip, Dark laissa un message.

« Hilda, vous n'imaginez pas à quel point vous m'avez aidé. Mais j'ai d'autres questions et j'ai vraiment besoin de vous voir. Demain matin si vous pouvez, à 9 heures. J'espère que vous serez là. »

# 51

## Quartier général des Affaires spéciales, Quantico, Virginie

Dites-moi que vous êtes sur le point de procéder à une arrestation tonna Norman Wycoff.

Riggins le fixa froidement.

– Nous avons mis toutes les ressources disponibles sur l'affaire. Mais j'ai six scènes de crime avec dix-sept victimes dans six juridictions différentes. Si vous voulez me donner plus de moyens, je serai ravi.

Le ministre de la Défense avait débarqué dans son bureau, ne se satisfaisant plus d'appeler ou d'envoyer des e-mails aux titres criblés de points d'exclamation en rouge. À la télévision, l'homme affichait son allure de défenseur passionné de l'Amérique. On considérait ses manières de bouledogue comme faisant partie de son charme. Ce genre de chose commençait à lasser et les Américains en avaient assez d'entendre parler de redditions spectaculaires et d'interrogatoires musclés avec chiens, cagoules et gégène. Wycoff s'échinait à se défendre, sans cesser de diriger ses services. Parfois, il se défoulait sur ceux qui étaient à portée de main.

– Vous comprenez que la Sécurité intérieure désire traiter cela comme un attentat terroriste ? demanda-t-il.

– Tant mieux, qu'ils s'en occupent, alors.

– Vous ne vengez pas les vôtres, Tom ? ricana Wycoff. Ce n'est pas votre genre. Je pense que vous avez perdu votre mordant.

– Comme si j'en avais quoi que ce soit à foutre de ce que vous pensez.

Wycoff vira à l'écarlate. D'après son expression, il cherchait comment répliquer. Même au-dessous de la ceinture.

– Peut-être que Steve Dark était le seul membre des Affaires spéciales qui connaissait son boulot, cracha-t-il finalement.

Riggins frémit malgré lui et s'en voulut.

Pas à cause de son orgueil blessé. Non, c'était parce que Steve Dark occupait en ce moment son esprit. Dark était l'équivalent du pistolet qu'un père de famille de banlieue garde dans le tiroir de sa table de chevet. Le truc qu'on jure ses grands dieux de ne pas avoir en sa possession. De ne pas imaginer utiliser même en cas d'intrusion. On raconte à ses amis démocrates qu'on préférerait le balancer à la flotte. Mais on n'arrive pas à s'en débarrasser. En fait, on est soulagé de l'avoir à portée de main. Du coup, depuis le départ de Steve Dark des Affaires spéciales, Riggins n'avait pas connu une seule bonne nuit de sommeil.

Wycoff plissa les paupières.

– Il s'occupe de cette affaire pour une autre agence ? demanda-t-il.

– Non.

– Alors pourquoi il fouine sur les scènes de crimes ? Je croyais qu'il préférait pérorer devant des gosses de riches de l'UCLA.

– Oui, il enseigne, maintenant, mais il a aussi été chasseur d'hommes pendant vingt ans. On ne se débarrasse pas aussi facilement de telles habitudes. Il m'a dit que c'était par pure curiosité. Je lui ai dit d'aller se faire voir et je crois qu'il obéira. Mais, à ma connaissance, on est en démocratie. Vous voulez l'empêcher de prendre l'avion ?

Wycoff ne releva pas. Il s'apprêtait à sortir, mais il s'arrêta sur le seuil pour lancer sa dernière flèche.

– Je veux des résultats. Et que Dark ne s'en mêle pas, sinon, je m'occuperai moi-même de lui.

L'endroit était un des préférés de Banner – un restaurant aux abords de D.C. qui servait des pancakes farfelus. Fourrés aux bonbons. Au piment jalapeno. Et aussi ceux qu'il avait choisis ce matin-là : fourrés de petits morceaux de pancake durcis. Constance – qui avait un métabolisme de marathonienne – commanda trois œufs au plat, trois saucisses, deux toasts beurrés et trois petits verres de jus de légumes. Riggins se contenta d'un café noir et d'un toast. Il avait l'estomac chagriné. Mieux valait éviter les excès pour tenir la matinée.

– Vous devriez vraiment goûter, proposa Banner. C'est comme un pancake infini.

– J'ai besoin de votre aide, répondit Riggins. Officieusement.

– Je me disais bien qu'une invitation au petit déjeuner, c'était trop beau pour être vrai, observa Constance.

– Hé, qui a dit que je payais l'addition ?

– De quoi s'agit-il, alors ? s'enquit-elle.

– De Dark.

– Steve Dark ? demanda Banner, la bouche pleine. Je croyais qu'il était genre… parti.

– Il l'est, mais je pense qu'il n'arrive pas à oublier le métier. Les meurtres du Tueur Aux Cartes le captivent. Le seul problème, c'est que Wycoff n'est pas content qu'il s'en mêle. Alors, pour le bien de notre ami, il faut le convaincre de rester à l'écart.

– Il habite à Los Angeles ? demanda Banner. On sait comment le trouver, non ?

Riggins ne releva pas.

– Constance, vous vous rappelez les petits amis spéciaux de Wycoff, n'est-ce pas ?

Il aurait eu beau boire, Riggins ne les aurait pas oubliés, même au bout de cinq ans. Pour Wycoff, ils étaient probablement plus précieux que ses jardiniers ou ses femmes de ménage. Mais, pour Riggins, c'était le cauchemar incarné. Cinq ans plus tôt, Wycoff avait menacé Riggins de le faire tuer s'il ne lui rendait pas un « petit service ». Il avait souligné sa menace en lui envoyant un commando de bonshommes portant des cagoules en soie noire et des seringues. Wycoff les appelait l'Unité noire. Ces types tuaient n'importe qui sur commande.

– Oui, je me rappelle, dit-elle. Charmants, ces garçons.

– Eh bien, je ne veux pas que Steve les croise. Et cela risque d'arriver si nous ne l'arrêtons pas nous-mêmes.

– D'accord. Que faisons-nous, alors ?

– Trouvez-moi Steve. Mettez-le en détention protectrice jusqu'à la fin de cette histoire de tarot, et Wycoff oubliera son existence. Et arrêtez le Tueur Aux Cartes.

Riggins se garda bien d'ajouter : « Et le ciel fasse que Dark et TAC ne soient pas la même personne. »

– Vous voulez qu'on traque le meilleur chasseur d'hommes au monde ? demanda Banner, fourchette en l'air.

– C'est un peu ça l'idée, oui.

# 52

## Venice, Californie

Les rues de Venice Beach étaient inhabituellement silencieuses : un orage matinal se préparait au large. Dark retrouva la boutique sans problème. De nouveau, des pensées paranoïaques l'assaillirent. Il aurait dû demander à Graysmith de se renseigner sur Hilda. Instinctivement, il sentait qu'il pouvait faire confiance à la tireuse de cartes, mais son instinct était parfois trompeur. Il espérait ne pas se jeter dans un piège.

Malgré tout, il entra. Seulement, cette fois, une inconnue attendait devant la table ronde. Des cheveux noirs, des yeux enfoncés dans les orbites, une silhouette menue.

– Je viens voir Hilda, dit Dark.

– Hiiilda, répéta la femme d'un air pensif avec un accent étranger. Excusez-moi, mais je ne vois pas de qui vous voulez parler.

– La femme qui tient cette boutique, précisa Dark. Je l'ai vue ici il y a quelques jours, elle m'a tiré les cartes.

– Qui êtes-vous ?

– Steve Dark.

L'expression de l'inconnue changea, et elle abandonna aussitôt son accent.

– Désolée. Vous aviez l'air d'un flic. Hilda m'a appelée l'autre jour. Elle n'a pas dit pourquoi, elle m'a juste demandé de tenir la boutique pendant quelques jours.

– Elle a laissé un numéro où la joindre ? C'est très important pour moi.

– Non. Mais je peux peut-être vous aider. Je suis très douée pour les cartes. C'est Hilda elle-même qui m'a tout enseigné.

Elle le prit par la main, le tira carrément vers la chaise, le fit asseoir et commença à battre les cartes. La boutique paraissait différente sans la présence de Hilda. Les bougies avaient l'air d'accessoires. La vitrine ? Pleine de cochonneries pour touristes. Brusquement, Dark eut l'impression d'être au milieu d'une imposture. *5 dollars, et tu connaîtras l'avenir. Et, après, tu pourras aller boire un verre en songeant à ce qui t'attend.*

– Comment vous appelez-vous ? demanda Dark.

– Abdulia. Vous voulez que je vous tire les cartes ? Je vous l'ai dit, je suis très douée.

– Non, je n'en ai pas besoin. Une fois m'a suffi. J'ai juste besoin de réponses.

– Alors restez assis.

Cette femme n'était pas Hilda. Elle n'avait aucune idée de ce dont il parlait.

Mais elle le surprit en annonçant :

– Vous luttez contre le destin.

– Oui, on peut dire ça.

– Je ne sais pas ce que Hilda vous a dit, continua-t-elle, mais laissez-moi vous donner un conseil. Gratuit. Beaucoup d'hommes ont voulu lutter contre leur destin et le changer. Mais c'est de la folie. Le destin est plus puissant qu'on ne peut l'imaginer. Vous ne pouvez dévier de la voie qui a été tracée pour vous.

– Alors on fait quoi ?

– On s'efforce de l'accepter. C'est la seule manière de trouver la paix, mon ami. La seule.

## 53

Dark démarra la Mustang, plus troublé que jamais. La tranquillité d'esprit que Hilda lui avait apportée avait volé en éclats. Où était-elle ? Pourquoi avait-elle soudain décampé de Venice Beach ? Il appela Graysmith.

– J'ai besoin que tu me retrouves quelqu'un. Elle s'appelle Hilda.

– Hilda comment ?

– Aucune idée.

– Tu as un numéro de téléphone ou de Sécurité sociale ?

– Juste une adresse professionnelle. Elle tient une boutique à Venice Beach. Je pense qu'elle en est propriétaire. Psychic Delic. Si tu peux vérifier le contrat de propriété, tu trouveras peut-être un nom, ensuite…

– Je t'en prie, soupira Lisa, ne me dis pas que tu es allé consulter une tireuse de tarot pour cette affaire. Parce qu'on peut faire nettement mieux, figure-toi. Je peux te mettre en rapport avec les meilleurs experts universitaires sur le sujet. Des gens qui étudient l'occulte depuis le début de leur carrière…

– C'est très bien, mais je préfère travailler avec des gens normaux.

– Qui est-ce ? Qu'est-ce qu'elle t'a dit ?

– Aide-moi juste à la retrouver. Fais-moi confiance, c'est important.

Graysmith soupira à nouveau, mais elle accepta ce qu'il lui demandait : trouver une bonne femme nommée Hilda qui pouvait être n'importe où en Californie.

– Hilda, Psychic Delic. Rien d'autre ?

– Non, c'est tout.

Elle ne raccrocha pas immédiatement. Dark ne savait pas quoi ajouter, et apparemment elle non plus. Finalement, le mobile cessa de capter. Dark jeta l'appareil sur le siège passager et appuya sur l'accélérateur. Graysmith allait trouver Hilda. En un rien de temps. Et tant mieux. Parce qu'il avait l'impression qu'elle était la seule personne à entrevoir le fin mot de l'histoire. Graysmith avait peut-être les meilleurs experts à portée de main, mais Hilda, elle, savait.

Il songea aux cartes qu'elle avait déposées sur la table. Dans toutes les affaires sur lesquelles il avait travaillé, jamais rien n'était apparu avec autant de simplicité et de clarté. Hansel et Gretel sont morts : voici les miettes de pain.

Évidemment, il ne se contentait pas de miettes.

Il connaissait la prochaine carte.

La Roue de fortune.

*Pense comme les tueurs. On t'a donné la carte et tu l'as interprétée. Exactement comme l'a dit Abdulia : Accepte l'avenir. Donc, comment les tueurs interpréteraient-ils la carte ?*

La Roue de fortune, avait expliqué Hilda, était l'un des arcanes majeurs les plus ambigus. La carte du destin, du moment crucial qui peut pencher d'un côté ou de l'autre à tout moment. Comme quand Dark avait rencontré Sibby, par hasard, dans un magasin d'alcools de Santa Monica. La Roue de fortune, avait dit Hilda, avait joué un rôle à ce moment. Cette rencontre due au hasard avait changé leur vie à tous les deux, et pour toujours.

Cela signifiait-il qu'essayer de deviner le prochain geste du tueur était aussi futile que le prochain numéro à la roulette ?

Non.

Les tueurs suivaient une sorte de schéma. Ce n'était pas le hasard. Les cartes avaient un sens pour eux.

Dark repensa à la carte sur l'ordinateur de Graysmith où elle avait marqué les lieux des meurtres. Il n'y avait aucun motif géographique discernable, aucun endroit central à partir duquel les tueurs opéraient. Dark tenta de les visualiser, disposant les tarots sur une carte géante des États-Unis et…

Et, là, la lumière lui vint. Enfoirés !

Pourquoi ne l'avait-il pas compris ?

# PARTIE VII

# La Roue de fortune

Pour visionner le tirage de tarot personnel de Steve Dark, connectez-vous à level26.com et entrez le mot de passe : « fortune ».

flashcode

web

EX LUX LUCIS ADVEHO ATRUM
EX ATRUM ADVEHO LUX LUCIS
EX LUX LUCIS ADVEHO ATRUM · EX ATRUM ADVEHO LUX LUCIS
EX LUX LUCIS ADVEHO ATRUM · EX ATRUM ADVEHO LUX LUCIS
X
T
A
R
O
ROUE DE FORTUNE

## Las Vegas, Nevada

Kobiashi voulait le service d'étage tout de suite. Il lâchait assez de fric ici pour qu'on lui apporte immédiatement des serviettes propres, un magnum de Cristal et, enfin, des DVD pornos. Cela faisait déjà cinq minutes, deux de plus que prévu. Il ne tenait plus en place. Quand on dépasse les soixante-dix ans, chaque instant compte. Il allait reprendre le téléphone quand on frappa timidement à la porte.

Tant mieux. Il allait pouvoir s'en prendre à quelqu'un.

Mais, quand il ouvrit la porte, une femme lui plaqua un revolver sur la tempe.

– Vous êtes un joueur, n'est-ce pas ? demanda-t-elle.

– Quoi ? s'étrangla Kobiashi.

– Je vous ai demandé si vous étiez un joueur. Oui ou non ?

Kobiashi comprit aussitôt. Il avait été imprudent. On l'avait remarqué. C'était un cambriolage. Oh, mon Dieu, on allait tout lui voler.

– Ne faites pas ça, bafouilla-t-il. Je ne dirai rien. Je peux être très généreux.

– Chut. Vous êtes un joueur, n'est-ce pas ?

– Je suis un homme d'affaires…

– Qui vient à Las Vegas au moins une demi-douzaine de fois l'an, acheva la femme.

– S'il vous plaît.

– Reconnais-tu ce type d'arme ?

– Non, non. S'il vous plaît.

– C'est un Smith & Wesson calibre 44. Une arme américaine. Nous sommes à Vegas, on ne peut pas faire plus américain. Alors je me suis dit que j'allais prendre une arme typiquement américaine.

– Je vous en prie, sortez, laissez-moi. Vous pouvez prendre mon portefeuille. Il est plein.

– Non, non, monsieur Kobiashi. Vous ne comprenez pas. C'est la direction qui m'envoie. Je suis venue vous permettre de jouer la partie où l'enjeu est le plus élevé. Vous aimez prendre des risques, non ? C'est pour cela que vous attirez tous ces spectateurs. Ils adorent les joueurs qui misent gros.

– S'il vous plaît...

Elle le contourna, lui effleurant les épaules du bout des doigts, glissant entre les omoplates, l'arme toujours à la main.

– Vous avez entendu parler de la roulette russe, n'est-ce pas ?

– Non...

– Haruki. Ne mentez pas.

– Oui. Je connais.

– Déshabillez-vous.

– Quoi ?

Elle fronça les sourcils. Pointa l'arme sur son front. La fit glisser jusque sur son œil droit. Kobiashi frémit. Il n'avait rien vécu d'aussi effrayant. Il sut qu'il associerait pour toujours l'odeur du métal graissé à la mort. Enfin, s'il s'en sortait vivant.

– O.K., O.K., j'enlève mon pantalon. Je l'enlève !

Pendant ce temps, la femme continuait de parler et de faire glisser le canon de l'arme sur son visage.

– Saviez-vous qu'il existait une version japonaise de la roulette russe ? Je sais, c'est fou, mais c'est vrai. Les lycéens y jouent. Sauf que ce n'est pas avec des balles, mais du sexe. Ils se réunissent et couchent ensemble, sans mettre de préservatif ni prendre de pilule. Ils n'arrêtent que lorsque chaque garçon a sauté chaque fille et vice versa. Chaque bite dans chaque trou.

– S'il vous plaît...

– Seulement, continua-t-elle, certaines filles s'en sortent sans encombre. Elles ont leurs règles, elles n'ovulent pas, peu importe. À part les morpions qu'elles peuvent récolter, elles n'ont aucun problème. Mais d'autres... celles dont le cycle tombe au bon moment... Eh bien, elles peuvent tomber enceintes. Boum. Perdu. Mais ces gosses ne sont pas idiots. Ils ont tout prévu, en fait. Ils ont tous payé une mise, 5 000 yens, par exemple, qu'ils appellent l'assurance. Si l'une des filles tombe enceinte, ils utilisent cet argent pour lui payer son avortement. Vous imaginez ? Et ça se passe dans votre pays, Haruki.

L'homme était entièrement nu, maintenant.

– Oui, j'en conviens, c'est horrible.

– Jouer à des jeux idiots avec une vie innocente, totalement innocente... Mon Dieu, c'est...

– Horrible. S'il vous plaît...

– Non, ce n'est pas horrible. Vous savez ce que c'est, Haruki ? C'est de la triche. Ce n'est pas comme ça qu'on joue à la roulette russe. On joue pour de bon. On peut miser tout l'argent du monde, ça n'a pas d'importance. Le vrai pari, c'est quand on met sa vie en jeu. Vous comprenez ?

– Oui, je comprends.

– Vous êtes sûr ?

– Oui, oui !

– Très bien, dit la femme. Alors, jouons.

Elle poussa le vieillard nu dans un fauteuil puis s'assit à quelques centimètres de lui. Ensuite, elle ouvrit le revolver et lui montra que le barillet était vide. La colère envahit Kobiashi. Il s'était laissé menacer avec un revolver vide ?

Mais, avant qu'il ait pu s'indigner, elle sortit de la poche de sa tenue de femme de chambre une balle qu'elle glissa dans le barillet avant de le faire tourner et de braquer le canon sur le front de Kobiashi.

– Une seule balle. Cinq chances de vivre. Tu es prêt ?

– Non ! Ne faites pas ça !

Mais Kobiashi, étant joueur, mesura ses chances. Elles étaient en sa faveur. Il pouvait frapper cette folle en pleine figure, et, même si elle réussissait à appuyer sur la détente, il y avait des chances que la culasse soit vide.

Était-il prêt à prendre le risque ?

Elle ne lui donna pas le choix.

Elle appuya sur la détente et…

Clic.

Rien.

Le front de Kobiashi se couvrit de sueur. Il poussa un soupir et éprouva la sensation la plus agréable au monde. Mais, de nouveau, la fille avait ouvert le barillet et ajoutait une balle.

– Tu es un veinard, dit-elle en le faisant tourner. Alors on va mettre la barre plus haut.

Elle posa le canon sur son front. Kobiashi se figea de terreur. Deux sur six. Une chance sur trois de mourir. Les probabilités n'étaient plus si bonnes avec un tel enjeu – sa vie, en l'occurrence.

Elle appuya de nouveau. Clic.

Cette fois, il n'éprouva aucun soulagement, mais seulement un mélange de fureur et de terreur, et l'impression que sa vie lui glissait entre les doigts et qu'il ne pouvait rien faire, hormis la regarder ajouter une autre balle dans le barillet, le faire tourner et le refermer.

– Maintenant, le jeu devient intéressant, dit-elle. Tu aimes bien prendre des risques, n'est-ce pas ? Tu aimes frôler le danger. Mais peu importe ce que tu mises… Tu as tellement d'argent.

Clic.

– Arrêtez, bon sang ! s'écria Kobiashi. Pourquoi vous me faites subir ça ?

– Ce n'est pas toi, mon cher Kobiashi, répondit-elle en ajoutant une troisième balle. Tu n'es qu'un exemple. Ça pourrait être n'importe qui. Tu as juste attiré notre attention.

Le canon du revolver fut de nouveau posé sur son front en sueur.

– Il y a quatre balles, à présent. Les chances sont du côté de la banque, pour ainsi dire. Comment te sens-tu, monsieur Kobiashi ?

– Je vous en prie, je vous en prie, ne…

Clic.

L'adrénaline le submergeait, à présent. Il la vit à peine charger une cinquième balle dans le barillet, le faire tourner, et entendit vaguement le déclic révoltant de la fermeture. Il sentit à peine l'acier glacé se poser sur son front.

Mais il aperçut le cylindre et le compartiment vide à l'extérieur, loin de la culasse. Pas besoin de savoir compter pour comprendre ce que cela signifiait.

Il n'y aurait pas de déclic.

Haruki Kobiashi sut qu'il allait mourir d'un instant à l'autre. Et, pour le coup, il n'entendit même pas la…

## 54

### Las Vegas, Nevada

Dark leva les yeux vers les tours du plus vieil hôtel de Vegas. Elles tentaient de resplendir dans le ciel nocturne, mais elles n'étaient pas de taille à côté de leurs cousines flamboyantes, rutilantes et scintillantes. Dark savait que dans le temps – à l'époque de Howard Hughes, entre Robert Kennedy et le Watergate – ce grandiose casino d'inspiration égyptienne était une façade pour la CIA. Quel meilleur moyen pour faire parvenir des fonds à diverses opérations dans le monde entier qu'un casino ? C'était un tourbillon continuel de touristes ivres, de sexe, de machines à sous, de drogues, et rien d'autre à perte de vue que le sable et les montagnes.

Beaucoup de gens pensaient que Vegas était un mirage scintillant devenu réalité, à grands coups de dollars, grâce à l'esprit d'entreprise des Américains.

Mais Dark connaissait la vérité. C'était juste un endroit affreusement commode pour un nombre incalculable de tractations plus ou moins obscures, autant à l'époque qu'aujourd'hui.

C'est pourquoi Graysmith avait pu très facilement lui laisser le champ libre. Ses collègues avaient la mainmise sur le Strip : ce n'était pas compliqué d'en ouvrir les portes.

L'intuition de Dark était fondée. La carte de la Roue de fortune était posée pile-poil au milieu du Sud-Ouest américain. Quoi de plus évident que Las Vegas ? Une demi-heure plus tôt, il avait annoncé à Graysmith, au téléphone :

– Je prends un vol pour Vegas. Je crois que c'est là que le Tueur Aux Cartes va frapper son prochain coup.

– Comment tu le sais ?

– Il travaille géographiquement. Comme s'il posait les tarots sur une carte des États-Unis. Il a déjà dessiné la croix sur la côte est. Maintenant, il va agir à l'Ouest.

– C'est douteux, au mieux. Même si tu as vu juste, chaque voyant a sa manière de tirer les cartes. Comment peux-tu affirmer qu'il va poser ses cartes au Nevada ? Peut-être qu'il va frapper en Europe pendant que nous arpentons le désert.

– La prochaine carte sera la Roue de fortune.

– Et comment tu le sais ?

Dark se tut. Cela paraissait ridicule, même à ses yeux. *Parce qu'une tireuse de cartes de Venice Beach à 5 dollars me l'a dit.*

– Fais-moi confiance.

– Dans mon métier, « fais-moi confiance », ça signifie « je vais te baiser ».

– Vérifie les derniers meurtres en date. Je suis presque sûr que ce sera dans un casino ou à proximité. Les grands. Là où vont les baleines.

– Je te rappelle.

Quelques minutes plus tard, Graysmith le rappelait, presque ravie :

– Rien. Nous avons des prostituées battues, une cargaison d'ivrognes et des tas de dealers de meth qui se sont tiré dessus, mais rien qui corresponde au profil de TAC.

– Alors il n'a pas encore frappé. Continue de te renseigner.

Tandis que le petit jet filait au-dessus du désert de Mojave, Dark contemplait l'image de la Roue de fortune qu'il avait chargée dans son mobile. Pour le moment, les scènes de crimes comportaient des références aux dessins. Parfois évidents, parfois subtils, mais significatifs. L'image de cette carte était l'une des plus étranges du jeu : des nuages gris tourbillonnaient autour d'une roue orange marquée de symboles cryptiques. Des bêtes ailées et une silhouette d'ange tenaient de gros livres. Un serpent qui tirait une langue bifide se tordait à côté de la roue. Un être à tête de chacal – Anubis, gardien du monde des ombres – semblait glisser sous la roue ou se faire écraser par elle. Au sommet, un sphinx armé dominait la scène, se confondant presque avec le ciel.

Durant la descente de l'avion, Dark interpréta le tout. Quand Graysmith le rappela, il ne lui laissa pas le temps d'ouvrir la bouche.

– Il est arrivé quelque chose à l'Egyptian, n'est-ce pas ?

– Comment tu l'as su ? répondit-elle après un silence stupéfait.

La Criminelle de Vegas était arrivée sur les lieux quelques minutes avant Dark. L'équipe enfilait des gants et sortait son matériel quand il entra dans la chambre. Immédiatement, le chef lui ordonna de foutre le camp. Dark lui montra la recommandation envoyée par Graysmith sur son téléphone. Cela ne fit qu'énerver encore plus le flic, un vieux dégarni qui avait l'air de vouloir en découdre. Mais ses collègues le tirèrent à l'écart.

– Pas la peine, Muntz, murmura l'un d'eux.

Les types de Vegas avaient l'habitude des problèmes de juridiction, et ce n'était qu'un exemple de plus. Dark se rendit compte que se les aliéner serait une erreur. Le crime avait été commis à peine une demi-heure plus tôt : le tueur devait être encore en ville. La police de Vegas serait plus un allié qu'un handicap, dans ces circonstances.

– Écoutez, dit-il. Je ne suis pas là pour vous empêcher de travailler. Pouvez-vous me dire ce que vous savez ?

– Quoi ? Faudrait que je fasse tout le boulot pour vous ? répliqua Muntz.

– Je ne suis pas ici officiellement.

– Vous dites toujours ça. Mais laissez-moi vous poser une question : comment vous avez pu arriver aussi vite ? On a reçu l’appel il y a quelques minutes seulement.

*Parce que,* songea Dark, *j’écoute enfin ce que m’a dit Hilda.*

## 55

La victime s'appelait Haruki Kobiashi, arrivé la veille pour passer six nuits à Vegas. L'homme était un gros joueur japonais très connu – une baleine, dans le jargon de Vegas – qui faisait beaucoup de cinéma à la table de roulette. Quand il gagnait, il éclatait en rugissements que la foule reprenait en chœur. Des jolies filles venaient caresser son crâne chauve pour se porter chance. Quand il perdait – c'est-à-dire souvent –, c'était la tragédie, et il exigeait immédiatement de se consoler avec des bouteilles de Cristal à 800 dollars qu'il partageait avec l'assistance. Ses profits et pertes étaient un vrai spectacle.

De telles pertes et d'aussi énormes additions au bar auraient ruiné n'importe qui. Mais Kobiashi pesait 6,1 milliards de yens et ne cessait de s'enrichir grâce à son empire de grands magasins de vêtements bon marché. Kobiashi, évidemment, s'habillait chez les meilleurs couturiers et ne portait jamais deux fois le même vêtement. Selon sa philosophie, rapportée dans *Forbes* et *Fast Company*, les biens matériels et la monnaie étaient éphémères et on ne devait pas les posséder trop longtemps. Il faisait tout son possible pour soutenir l'économie mondiale.

Jusqu'à ce soir.

L'économie allait boiter, maintenant qu'il n'était plus.

Kobiashi gisait sur le sol de sa suite, nu comme un ver. Il avait reçu une balle en plein visage à bout portant. Un Smith & Wesson calibre 44 et deux dés ensanglantés avaient été retrouvés à côté de lui sur le bureau. Cinq balles en tout. Quatre étaient encore dans le barillet. La cinquième était logée dans son crâne.

# 56

## Dix mille mètres au-dessus du Nevada

Quand ils avaient décidé de surveiller Dark de près, Constance avait eu l'idée de suivre l'argent. Les transactions de cartes de crédit, locations de voitures, etc. Si Dark dépensait 1 centime, ils sauraient où et quand. Elle surveillait également par satellite sa maison et sa voiture.

Pendant ce temps, Josh Banner épluchait la base de données des caméras de surveillance de la circulation de West Hollywood et de LAX, après avoir saisi le modèle et la plaque d'immatriculation de Dark. En quelques minutes, ils eurent une foule de résultats positifs révélant que Dark avait remonté la 405 jusqu'à un parking, où il avait acheté par carte de crédit un vol de dernière minute pour Vegas.

Leur avion était lui-même en train de descendre sur Las Vegas.

– Bizarre destination pour Dark, non ? demanda Constance.

– Oui, c'est pas vraiment un joueur, dit Riggins. Il levait les yeux au ciel quand je pariais aux courses.

– Alors pourquoi ici ? Il est sur une piste ?

– Aucune idée.

Mais Riggins était pensif : *Parce que Dark est de mèche avec le tueur – une folle à gros nichons fétichiste des masques à gaz. Alors évidemment qu'il sait où elle va frapper son prochain coup.* Son seul regret était de ne pas avoir mis Dark sous surveillance dès le début. Si ç'avait été n'importe qui d'autre, si Riggins avait fait son foutu boulot et traité Dark comme un suspect, peut-être qu'il aurait pu arrêter tous ces massacres bien plus tôt.

– Dites donc, dit Banner en pianotant sur son smartphone, je crois que je sais pourquoi il est là.

## 57

V*egas aime t'avoir à l'œil*, songeait Dark.

On dit toujours que ce qui se passe à Vegas reste à Vegas… C'est exactement ça : ça reste à Vegas, et ils sont parfaitement au courant.

Chaque mise, chaque assiette prise sur la pile au buffet de l'hôtel, chaque verre servi ou juste entamé : tout est filmé, noté, répertorié. On sait combien de temps vous passez dans le casino. Combien de temps vous restez dans votre chambre. On le sait, parce que votre carte d'accès enregistre tout.

Les deux seules personnes à être entrées dans la suite qu'occupait M. Kobiashi au dernier étage durant les dernières vingt-quatre heures étaient M. Kobiashi et un groom, Dean Bosh. En tant que client privilégié de l'Egyptian, on lui préparait sa suite exactement à son goût. Des seaux de glace pilée, un assortiment de vodkas aromatisées et une quantité invraisemblable de fruits secs décortiqués. Selon l'hôtel, Bosh avait pénétré trois fois dans la suite. D'abord, une heure avant la venue de Kobiashi. Ensuite, à son arrivée. Et, enfin, quinze minutes avant son meurtre.

– Amenez-moi ce Bosh, ordonna Muntz. Immédiatement.

Il ne fallut pas longtemps pour le retrouver, ligoté et désorienté, dans un placard d'entretien du dernier étage, entre flacons de shampoing, bouteilles, rouleaux de papier toilette et serviettes. Bosh ne se rappelait ni qui, ni où il était, ni même le jour de la semaine. Du coup, il ignorait totalement qui lui avait pris sa carte d'accès. Il se répandit en excuses et se mit à sangloter. En tout cas, la drogue qu'on lui avait administrée faisait toujours effet.

Dark accompagna Muntz dans les locaux blindés de la sécurité de l'hôtel, situés à un sixième étage fantôme. L'Egyptian avait des caméras bien visibles pour la galerie, que les clients repéraient très bien. Les images arrivaient au bureau central de sécurité au rez-de-chaussée. Ces vidéos ne serviraient à rien : le tueur avait pris toutes les précautions pour ne jamais être filmé. Pourquoi se trahir maintenant ?

Cependant, il y avait un deuxième réseau de caméras plus complexe – vestige de l'époque glorieuse de la CIA – qui avait été équipé d'un matériel numérique dernier cri. Ce réseau de caméras miniaturisées couvrait toutes les zones publiques, ainsi que certaines chambres. La suite de Kobiashi n'en faisait pas partie, car les baleines jouissaient de certains privilèges, tels que la préservation de leur intimité. Mais les abords de la suite, eux, étaient couverts.

– Celle-là, dit Dark au technicien qui s'occupait du réseau. Sortez-la-nous.

L'image montrait une silhouette mince aux cheveux noirs portant la tenue de l'hôtel. Était-ce un homme ou une femme ? Difficile à dire, sous cet angle. L'individu prenait toutes les précautions possibles pour ne pas montrer son visage aux caméras, ce qui l'obligeait à prendre une position peu naturelle.

– Vous pouvez zoomer ?

– Pas beaucoup, dit le technicien. Les caméras étant miniaturisées, c'est au prix de la résolution.

– O.K. Continuez.

Juste avant que la mystérieuse silhouette arrive à la porte, elle tournait la tête face à la caméra. L'image était floue, mais ses traits étaient indiscutablement ceux d'une femme.

Dark s'approcha et tenta de distinguer quelque chose. Il trouvait ce visage vaguement familier. Au premier abord, une voix paranoïaque lui souffla « Lisa Graysmith », mais ce n'était pas elle. Il essaya de le comparer mentalement à d'autres femmes de sa connaissance – Constance Brielle, Brenda Condor… O.K., là, il délirait. Avec un peu de bonne volonté, il allait reconnaître Sibby, pendant qu'il y était.

– Sortez-moi un tirage de l'image avec la plus haute résolution possible, demanda-t-il. Je peux la faire analyser.

– Nous aussi, dit Muntz. Nos gars sont très bons pour ça, vous savez.

– Je n'en doute pas. Mais je dispose de jouets d'un autre calibre.

# 58

Dans le temps, quand Johnny Knack venait à Vegas, c'était presque toujours pour un article de promo. Interviewer une célébrité insipide dans sa suite, au bord d'une piscine javellisée, dans les velours d'un bar d'hôtel à l'éclairage tamisé ou quelque autre lieu tout aussi cliché. Franchement, Knack détestait Vegas. Il y avait d'autres villes qui étaient des putes, mais elles avaient une certaine dignité discrète. Vegas vous taillait quasiment une pipe à peine vous étiez arrivé et vous accompagnait chez un spécialiste des MST quand vous repartiez. Littérairement, on ne pouvait pas tirer grand-chose de Vegas. Même le grand Hunter S. Thompson avait été obligé d'inventer des conneries.

Mais plus maintenant. Vegas n'était plus une pute vulgaire. À présent, elle planquait un rasoir dans sa pochette Gucci.

Le mobile de Knack bourdonna. Un autre SMS.

ALLEZ EN ÉGYPTE

Les textos avaient commencé dès le matin. Des messages ultracourts, obscurs au premier abord. Jusqu'à ce qu'il s'adapte à leur logique délirante. Il fallait lire entre les lignes.

POUR TROUVER LA LUMIÈRE, TROUVEZ D'ABORD L'OBSCURITÉ

CEUX QUI PRÉTENDENT RÉCONFORTER PEUVENT VOUS FAIRE SOUFFRIR LE PLUS

Et ainsi de suite. Knack avait l'impression d'avoir affaire à un dingue. Lumière et obscurité ? Réconfort et souffrance ? Mais qu'est-ce que ça signifiait ? Un junkie qui lui débitait des âneries trouvées dans une pochette surprise ? C'est alors que la « source » anonyme aborda le meurtre de l'infirmière, fournissant des détails qui se révélèrent exacts une fois vérifiés à grands coups de billets de 100 auprès de la police de Wilmington. Soit c'était le tueur en personne, soit c'était quelqu'un au courant de ses moindres faits et gestes. Brusquement, la source lui ordonna d'aller à Vegas. Et, maintenant qu'il y était, on le menait par le bout du nez. ALLEZ EN ÉGYPTE. Qu'est-ce que c'était encore ?

Un coup d'œil à une affiche lui donna la réponse. L'Egyptian. L'hôtel-casino. Évidemment.

Après avoir sauté dans un taxi et glissé 100 dollars au chauffeur pour qu'il le conduise là-bas le plus vite possible, Knack vit qu'il était déjà trop tard. La police de Vegas grouillait partout, tous gyrophares en action. Que faire, maintenant ? Son mystérieux correspondant s'attendait-il qu'il joue les agents secrets et s'infiltre dans l'hôtel ?

Il envoya rapidement :

SUIS EN ÉGYPTE

Et il attendit. Le numéro de son mystérieux correspondant portait le préfixe 559, c'est-à-dire Fresno, en Californie. En conséquence, il ne devait pas être en ce moment en train de se cacher dans les parages, un fusil à lunette braqué sur lui. Eh oui, Knack avait vu *Dragon rouge*. Quand on commence à fréquenter un psychopathe, on finit parfois collé dans un fauteuil roulant avec de fausses dents.

Non, Fresno, cela pouvait vouloir dire qu'il avait affaire à une source tout à fait honnête et pas au tueur. Qui cela pouvait-il être, cependant ? Un parent plein de sollicitude, un ami ? Quelqu'un qui espérait tirer, au final, un bénéfice de tout cela ? Cela n'avait aucune importance du moment que l'information était exacte. Son mobile vibra. La réponse.

DE L'OBSCURITÉ JAILLIRA BIENTÔT LA LUMIÈRE

Génial. Et une énigme de plus. Encore des histoires de clair-obscur… C'est alors qu'il comprit. L'obscurité. Bon sang, mais il était lent à comprendre, des fois. Il répondit :

OBSCURITÉ = STEVE DARK ?

Une nouvelle vision venait de se présenter à lui. Pourquoi ne l'avait-il pas captée plus tôt ? Steve Dark n'enquêtait pas sur le Tueur Aux Cartes ! C'était le suspect numéro un.

# 59

Graysmith ouvrit la portière du van.

– Tu n'exiges pas grand-chose, hein ?

– Tu as proposé, dit Dark en montant.

– Tu n'imagines pas tout ce que j'ai encaissé depuis une semaine.

– On est à Vegas, non ?

Dark savait que sa requête n'était pas aberrante. Si la ville n'avait pas oublié son passé CIA, il ne serait pas trop difficile d'utiliser la dernière version en date de FaceTek dans une agence du coin. FaceTek était un logiciel de reconnaissance faciale utilisé en biométrie pour vous identifier avec le contour du visage, la forme des iris, la largeur de la bouche et des narines, même si vous tentiez de dissimuler votre identité. La plupart des gens ignorent qu'ils peuvent être identifiés avec la forme de leur oreille aussi facilement qu'avec une empreinte digitale. Les Affaires spéciales avaient reçu la dernière version de FaceTek peu de temps avant la démission de Dark. Cette version, déjà impressionnante, était capable de reconstituer l'image claire d'un visage à partir d'un imbroglio de pixels. Il espérait que Graysmith y aurait accès, voire à mieux encore.

Dark lui tendit la carte flash contenant les extraits des vidéos de surveillance. Graysmith la brancha puis lança le programme. Elle hésita un moment, comme si elle avait oublié où elle était et ce qu'elle faisait.

– Laisse-moi faire, dit Dark.

– Je ne me sers pas souvent de ce genre de logiciel, admit-elle en se levant.

– Tu as des gens pour ça, n'est-ce pas ?

Dark prit sa place. De nouveau, la paranoïa le gagna : *Elle a hésité parce que c'est elle sur l'image. Elle va te laisser le découvrir, puis elle te tirera une balle dans les reins pendant que tu regarderas ailleurs.*

Il ouvrit la vidéo et avança jusqu'à l'image où la femme mystérieuse regardait la caméra. Aussitôt, le logiciel effectua son analyse. Dans le temps, un dessinateur doué pouvait reconstituer un visage humain à partir d'un crâne exhumé. Aujourd'hui, il suffisait de quelques minutes à un ordinateur, et on n'avait même pas besoin du crâne.

Bientôt, la réponse apparut.

Une correspondance avait été trouvée dans la base de données nationale.

Le nom était Abdulia Maestro.

# 60

La fréquence de la police ne parlait que de Kobiashi et de cartes de tarot. Un autre meurtre, juste après le précédent. Mais rien de tarabiscoté dans celui-là. Un joueur japonais retrouvé nu, une balle dans le crâne. *Merde*, se dit Riggins. *Pour Vegas, c'était vraiment du pipi de chat.*

Cependant… Il était possible qu'il y ait un lien avec Steve Dark.

Alors qu'ils fonçaient vers l'Egyptian, Riggins appela la police de Vegas. Il était très copain avec le responsable de l'équipe de nuit de la Crime locale, qui lui passa aussitôt l'inspecteur chargé de l'enquête. Oui, Dark était sur la scène du crime. D'ailleurs, il venait de partir avec une copie de la vidéo de surveillance, disant qu'il avait le matériel pour l'exploiter. « Comment, vous n'êtes pas au courant ? Ce n'est pas vous qui l'avez envoyé ? »

Riggins ne pouvait ignorer l'évidence, désormais. Dark avait été repéré dans les parages d'au moins quatre des sept crimes : l'immeuble de Paulson, le bar de Philadelphie, le crash dans les Appalaches et, à présent, Vegas. À chaque fois, il s'était immiscé parmi les enquêteurs.

Et voilà qu'il partait avec des preuves en main, et Dieu sait ce qu'il allait en faire. Dark essayait-il de couvrir ses traces ? Ou, pire, conservait-il de petits trophées de chacun de ses crimes ?

L'idée ne plaisait pas du tout à Riggins, car il y avait de grosses chances que Dark ne soit pas seulement impliqué dans ces meurtres, mais qu'il en soit le cerveau.

Dark avait du sang de tueur dans les veines, et jusque dans son ADN.

Une fois que l'idée se fut insinuée dans l'esprit de Riggins et qu'il eut passé en revue les différents crimes, les événements de la dernière semaine lui apparurent avec une inquiétante clarté. Le supplice et le meurtre de Martin Green ? Assez facile pour Dark, d'autant qu'il connaissait les méthodes d'un monstre comme Sqweegel. Le meurtre de Paulson ? Encore plus facile. Paulson l'idolâtrait. Il lui aurait fait confiance aussitôt. Les trois étudiantes du bar ? Dark était assez bel homme pour les attirer dans les toilettes, assez malin pour droguer leurs boissons et assez robuste pour les attacher. Le sénateur ? Du gâteau, avec des couteaux que Dark avait pu commander ou faire fabriquer des années plus tôt. Le crash ? Là, c'était plus compliqué. Dark n'était pas pilote, mais il était soudain apparu sur le site, comme surgi de nulle part, comme s'il y avait été parachuté. L'infirmière de Wilmington ? Simple, et il avait eu assez de temps pour retourner à Santa Barbara, descendre à Burbank et reprendre un avion pour Vegas. Dark avait quasiment vécu dans des avions pendant les cinq ans qui avaient suivi l'affaire Sqweegel. Pour lui, prendre l'avion était aussi ordinaire que le bus pour la majorité des gens.

Là où Riggins restait perplexe, c'était le mobile.

Pourquoi Dark agissait-il ainsi ?

À un certain niveau, Riggins comprenait. Dark avait vécu deux fois un cauchemar. Deux familles massacrées pratiquement sous ses yeux. N'importe qui aurait pété un câble. Et Dark, avec son patrimoine génétique…

Alors pourquoi ?

Pourquoi attendre cinq ans pour se lancer dans cette débauche sanglante ? Avait-il simplement joué le jeu en arrêtant des criminels de petite envergure pendant qu'il échafaudait son chef-d'œuvre en attendant le moment propice ?

Toutes les bières qu'ils avaient bues ensemble, tous les repas qu'ils avaient partagés, et les conversations sur la vie, Dieu, le destin et tout le reste…

*Oh, et puis merde.*

Les raisons, il les trouverait plus tard.

La mission du moment, c'était de capturer Dark.

Que quelqu'un d'autre se charge de le psychanalyser, de l'étudier, de le sonder, de l'examiner, de tout ce qu'on voudra. La seule chose que Riggins devait faire, c'était d'enfermer Dark pour qu'il ne nuise plus à personne. Il le fallait bien, de toute façon.

# 61

Dark se redressa vivement, comme si l'image sur l'écran avait pu le prendre à la gorge et l'étrangler.

C'était Abdulia. L'autre tireuse de cartes. 5 dollars pour connaître votre avenir. « On ne peut pas échapper à son destin. Il est plus fort que vous. »

– Je la connais, dit-il sans émotion.

– La tueuse ? s'étonna Graysmith. Qui est-ce ?

– Elle s'appelle Abdulia. Elle était dans la boutique de Venice Beach, mais je parie qu'elle a filé depuis.

– La saloperie. Elle devait te suivre, tout comme Paulson. Après tout, ton nom était dans toute la presse.

– Bon sang, murmura Dark, en se rendant compte qu'elle disait vrai.

Il avait dit à Abdulia où il était quand il avait appelé Hilda la veille et lui avait laissé un message. Il avait même précisé l'heure exacte. Dark sentit son estomac se nouer. En entrant sur un coup de tête dans la boutique de Hilda, il avait placé la pauvre femme dans la ligne de mire d'une psychopathe. Depuis combien de temps Abdulia surveillait-elle Dark ? Depuis sa visite dans les Appalaches ? Depuis Philadelphie ? Washington ? Apparemment, elle l'avait surveillé, tout comme Jeb Paulson. Elle l'avait reconnu sur l'une des scènes de crimes. Puis elle l'avait suivi jusqu'à Los Angeles…

Mais comment ? Comment pouvait-elle le pister tout en continuant à perpétrer sa série de meurtres ?

Graysmith se mit à taper frénétiquement sur son clavier, vérifiant le nom « Abdulia Maestro » dans toutes les bases de données secrètes. En effet, en quelques minutes, Lisa obtint tous les détails sur la femme : date de naissance, numéro de Sécurité sociale, études, vaccins, casier judiciaire, situation fiscale, dossiers médicaux et dentaires. Tout. Sauf le plus important : le mobile.

– Ça y est, annonça-t-elle. J'ai trouvé un lien.

Dark se ressaisit.

– Quoi donc ?

– Abdulia Maestro et l'infirmière, Evelyn Barnes. Elles se connaissent. Barnes s'est occupée de l'enfant malade de Maestro. Un garçon atteint d'un cancer des os au stade terminal. Il est mort l'année dernière.

– À Wilmington ?

– Oui, à l'hôpital pour enfants.

– Si Abdulia estimait que Barnes était responsable de la mort de l'enfant, nous tenons notre mobile.

– Mais qu'en est-il des cartes précédentes ? demanda Graysmith. Pourquoi Martin Green ? Pourquoi Paulson ? Pourquoi les filles du bar ? Ça ne tient pas debout.

– Le reste nous dépasse. Tous ces gens qu'elle a tués, elle avait une raison de le faire.

Dark se rappela ses paroles dans la boutique de Hilda. Abdulia lui avait dit qu'elle acceptait son destin.

Puis il se rappela sa première théorie selon laquelle le tueur faisait partie d'une équipe. Abdulia ne pouvait faire tout cela toute seule. Il y avait trop de distance à parcourir.

– Elle est mariée ? demanda-t-il.

Graysmith continua ses recherches. Effectivement, Abdulia avait un conjoint : Roger Maestro. Elle téléchargea son dossier militaire et son casier judiciaire de mineur. Tout provenait de Baltimore, où il avait vécu ses premières années. Un petit dur révolté. Ouvrier du bâtiment. Elle résuma le tout pour Dark :

Roger avait épousé Abdulia sept ans auparavant. Leur fils unique était né l'année suivante.

– Je vais rechercher tous les gens liés à la mort de l'enfant – médecins, infirmières, assistantes sociales, etc.

– Tu as bien dit qu'il travaillait dans le bâtiment, à Baltimore ?

– Oui.

À la mention de Baltimore, un déclic se fit dans l'esprit de Dark. Il se rappela son voyage à Philadelphie.

– Roger Maestro a-t-il déjà travaillé sur un chantier avec un certain Jason Beckerman ?

– Le suspect de Philly, acheva Graysmith. Bon sang ! Laisse-moi consulter les archives du syndicat… Oui, dit-elle après un instant. Durant presque toute l'année dernière.

*C'est cela*, songea Dark. Roger Maestro avait tué ces filles dans le bar en se faisant passer pour Jason Beckerman. Les deux hommes devaient avoir la même carrure ; Maestro avait dû le choisir parmi tous ses autres collègues. Avant de partir au bar, il s'était arrêté chez Jason Beckerman (vers 21 heures, exactement comme l'avait déclaré le deuxième témoin), l'avait drogué, avait pris ses vêtements et était parti. Beckerman était resté inconscient jusqu'au lendemain matin. À ce moment-là, la police était venue frapper à sa porte, mais Roger Maestro avait décampé depuis longtemps.

Ils avaient les noms des tueurs. Et même la carte suivante : le Diable.

L'image représentait deux amants, nus, de lourdes chaînes autour du cou, tous les deux attachés à un piédestal sur lequel était assis un monstre cornu et ailé, mi-homme, mi-bouc. Sa main droite était levée dans un salut et la gauche tenait une torche allumée.

Si les deux amants nus étaient Roger et Abdulia… Qui était leur bourreau ?

– As-tu trouvé une affiliation religieuse quelconque ? demanda-t-il.

– Roger a reçu une éducation catholique.

– Les obsèques de l'enfant ?

– Cimetière catholique. Extrême-onction donnée par un prêtre, le père Warren Donnelly.

– À Wilmington, dans le Delaware, n'est-ce pas ?

Dark songea à la disposition des tarots sur la carte des États-Unis. La croix à l'Est était terminée : il n'y avait aucune raison pour que les Maestro y retournent. Les trois cartes suivantes – le Diable, la Maison-Dieu, la Mort – devaient être placées ici, à l'Ouest.

– Attends, je vérifie…

– Quoi ?

– Depuis, le prêtre a été muté à Saint Jude, à Fresno, en Californie.

C'est à cet instant que les portières arrière du van s'ouvrirent brutalement.

# 62

Constance et Riggins s'étaient mutuellement fait une promesse : quoi qu'il arrive, ils n'abattraient pas Steve Dark.

Tous deux avaient traqué des fugitifs assez longtemps pour savoir qu'acculés les gens sont imprévisibles. Pas un seul membre des Affaires spéciales n'aurait voulu l'admettre, mais la meilleure tactique était de tirer et de laisser les avocats régler ensuite la question. Cette politique tacite avait pris effet peu après les crimes de Sqweegel. Beaucoup de suspects furent abattus avant même d'être arrêtés. Publiquement, Riggins devait remettre en question chaque incident, mais, en privé, il applaudissait.

Plus de cinq ans auparavant, une telle chose aurait horrifié Constance. Mais elle avait vécu l'affaire Sqweegel. Et en toute franchise, quand ses collègues et elle avaient coincé le monstre, sa culpabilité ne faisait aucun doute.

En revanche, pour Dark…

Constance ne savait que penser.

Comme d'habitude, Riggins ne desserrait pas les dents. Mais il n'avait pas besoin de parler. Constance savait lire entre les lignes. Le Steve Dark qu'elle connaissait, l'homme qui l'avait formée – et, pendant une brève période, aimée –, cet homme-là n'était plus. Quelque chose d'autre l'habitait, désormais. Peut-être était-ce arrivé quand il avait vu le monstre tuer sa femme. Peut-être qu'un peu du monstre qui habitait Sqweegel s'en était échappé et était venu s'insinuer en lui.

Constance tenait son Glock à deux mains, suivant les règles. Mais, dans les procédures, il n'était pas question de forcer les portes d'un van et de tirer une balle dans la jambe ou le bras d'un homme qu'on aimait – qu'on avait aimé – en espérant qu'elle suffise pour l'arrêter sans pour autant le tuer.

– Prête ? demanda Riggins.

Elle acquiesça.

Ils trouvèrent le van grâce à Banner, qui s'était connecté au réseau vidéo urbain de Vegas et avait repéré sa voiture de location, garée au même niveau que le van. Les caméras intérieures du parking montraient Dark monter dans le van avec une inconnue. Constance en fut un peu vexée, malgré elle. Il avait trouvé une autre équipière pour cette enquête insensée.

Ils n'avaient pas eu le temps d'appeler des renforts, ni au FBI, ni à la police de Vegas, ni à la SWAT. Suivre de trop près les procédures pouvait donner à Dark le temps de s'enfuir. Constance et Riggins s'étaient compris sans un mot : Dark était leur erreur. C'était à eux de la réparer.

Riggins prit les devants. La main sur la poignée chromée, il décompta en silence :

*Un…*

*Deux…*

## 63

C'est terminé, mon gars, annonça Riggins en pointant son Sig Sauer sur la poitrine de Dark. Descends calmement, les mains derrière la tête. Tu connais les règles.

Dark n'en croyait pas ses yeux. Son ancien chef qui braquait son arme sur lui. Et Constance, qui en faisait autant sur Graysmith. Il s'était trouvé de l'autre côté du flingue des centaines de fois dans sa carrière. À présent, il savait quel effet cela faisait de se faire arrêter par le FBI, d'essayer de s'expliquer face à des gens vêtus de gilets pare-balles, le doigt sur la détente.

– Riggins, mais qu'est-ce que tu fous ? demanda-t-il. Je t'assure que le moment est mal choisi.

– Descends du van, mon pote. Complique pas l'affaire. On parlera dans l'avion en rentrant. On aura tout le temps de s'expliquer.

– Je ne vais nulle part avec toi.

– Pas besoin de me faire ton numéro devant ta petite copine.

Graysmith leva les mains et jeta un coup d'œil à Dark.

– Calmons-nous tous, d'accord ? dit-elle. (Puis, à Riggins :) Écoutez, nous travaillons avec le même objectif. Vous le comprendrez si vous nous laissez nous expliquer.

– Oh, parce que vous allez m'expliquer ça ? ironisa Riggins. Ah oui, génial. J'ai hâte. Peut-être que vous pourriez commencer par me dire qui vous êtes.

– Nous connaissons l'identité du Tueur Aux Cartes, commença Dark. Nous avons retrouvé sa trace, ici, à l'Egyptian. Elle travaille avec un complice.

Graysmith lui lança un regard noir, celui que jette une femme à son mari quand il en dit trop. Dark fut sincèrement interloqué. Très bien, ils opéraient à leur manière et sans s'encombrer des absurdités administratives. Mais, là, c'était terminé. Les deux meilleurs chasseurs d'hommes que connaissait Dark étaient devant eux. S'il pouvait leur expliquer la situation, ils pourraient travailler tous les quatre ensemble et TAC ne serait plus qu'un souvenir.

– Suivons-les, c'est tout, dit Graysmith.

Dark et elle descendirent du van, mis en joue par Riggins et Constance. Tireraient-ils vraiment s'il essayait de fuir ? Constance, il n'en était pas sûr, mais, avec Riggins, cela ne faisait pas un pli. Il lisait la tristesse et le reproche dans son regard, même s'il en ignorait la cause. Ce n'était quand même pas à cause de son départ des Affaires spéciales ?

– On n'a pas le temps pour ces conneries, protesta-t-il sèchement. Les tueurs sont encore à Vegas.

Riggins le prit par l'épaule et le poussa contre le van, sortant déjà les menottes.

– Mais oui.

Dark mit les mains dans son dos. Peu importait, à présent. Il expliquerait à Riggins qu'il avait découvert Roger et Abdulia Maestro, ensuite, les Affaires spéciales appelleraient les renforts pour les appréhender avant qu'ils sortent la carte du Diable.

C'est alors qu'il entendit un bruit sec et un cri.

Il se retourna et vit Graysmith porter un coup à la gorge de Constance. Elle tituba en arrière, mais elle ne lâcha pas son arme. Riggins brandit son Sig Sauer, qui lui fut arraché des mains en l'espace d'un éclair.

– Non ! cria Dark.

À elle seule, Graysmith avait désarmé les deux agents avec des gestes vifs et précis qui les avaient laissés l'un et l'autre à genoux, le souffle coupé.

– On n'a pas le temps, dit-elle en guise d'explication, les cheveux en bataille.

– Tu ne peux pas…

– Filons. J'ai une bonne raison de m'être adressée à toi, Dark, et pas aux Affaires spéciales. Jamais ils ne pinceront ces salauds, et tu le sais très bien. Tu préfères que le sang continue de couler pendant qu'on te débriefe dans une salle de réunion de Virginie ? Viens.

Dark jeta un coup d'œil à ses anciens équipiers alors que le van s'éloignait en trombe. Il croisa le regard de Constance. Elle avait dû souffrir physiquement, mais ce n'était rien à côté de la peine qu'elle éprouvait d'avoir été trahie.

# 64

## Fresno, Californie

Après avoir incendié le van et changé trois fois de véhicule, Dark et Graysmith roulèrent toute la nuit : près de six cent cinquante kilomètres. D'abord vers le sud sur la 15, puis la 58 vers l'ouest et la 99 vers le nord. Dark conduisait le 4×4 volé dans le désert californien pendant que Graysmith compilait sur son ordinateur tout ce qu'elle trouvait sur Roger et Abdulia Maestro. Au bout de quelques heures, elle leva le nez, comme si elle venait de prendre conscience de sa colère.

– Je ne les ai pas blessés, tu sais. (Dark ne répondit pas.) Je t'assure. Je ne suis pas Jet Li. Je leur ai simplement coupé le souffle. Ils n'auront pas de séquelles. Il fallait qu'on s'échappe.

– Tu ne les connais pas. Ils nous auraient aidés.

– Je veux bien le croire. Tom Riggins et Constance Brielle font du bon boulot depuis des années. Mais, là, ils sont dépassés. Les Affaires spéciales ne pourront rien faire contre les Maestro jusqu'à ce qu'ils aient abattu leur dernière carte.

– Que veux-tu dire ?

– Pourquoi tu as quitté les Affaires spéciales ? dit-elle avec un sourire. Pas besoin de répondre, je vais te le dire. Parce que tu avais beau te donner du mal, tu avais l'impression d'être coincé dans des conneries administratives et de satisfaire tous les caprices de Wycoff et consorts, n'est-ce pas ? Parfois, tu pensais qu'avec un peu plus de liberté tu aurais pu mettre encore plus de monstres derrière les barreaux. Eh bien, je vais te confier un petit secret : c'est stupéfiant que tu aies pu réussir quoi que ce soit aux Affaires spéciales. Dès que Wycoff a commencé à s'en mêler, le service est devenu une vaste blague. Un truc pour épater la galerie dans les conférences sur la Sécurité intérieure et rien de plus.

– Nous avons arrêté beaucoup de tueurs, répondit calmement Dark.

– Ce n'était pas ce que vous étiez censés faire. Le fait que vous ayez continué à les éliminer en a agacé plus d'un, Steve. Il y a au gouvernement des gens qui ne veulent pas que vous vous attaquiez à certains tueurs. Parce qu'ils ne les considèrent pas comme des meurtriers mais comme des atouts potentiels.

– Des atouts, répéta Dark.

– Je pourrais te montrer un rapport sur ton grand ennemi Sqweegel qui te donnerait envie de débarquer au Pentagone avec un fusil à pompe. Il y est dit que Sqweegel aurait pu être militarisé. Tu imagines un agent doté de ses capacités ? Capable de s'insinuer partout ? Certains des gars de mon département en faisaient carrément dans leurs culottes rien que d'y penser.

– Ce monstre a tué ma femme.

– Oui, et un autre du même genre a massacré ma sœur. Et c'est là que j'ai perdu toutes mes illusions. Pourquoi tu crois qu'on fait tout ça ? Parce que personne d'autre ne le peut. Pas même tes copains Tom et Constance.

Quand ils arrivèrent à Fresno, il était tard. Il n'avaient plus le temps de se reposer, même si l'organisme de Dark réclamait quelques minutes de répit. Ils devaient trouver le prêtre et l'avertir – et découvrir le moyen de coincer les Maestro.

Ils échafaudèrent un plan rapide : Dark parlerait au prêtre. Pendant ce temps, Graysmith fouillerait l'église et le presbytère : après tout, les Maestro étaient peut-être déjà sur les lieux.

## 65

### Las Vegas, Nevada

Knack avait déjà envoyé à son rédacteur à New York le deuxième plus gros article de sa carrière.

RÉVÉLATION
SELON UNE SOURCE BIEN INFORMÉE,
UN ANCIEN AGENT SERAIT RECHERCHÉ
DANS L'AFFAIRE DU TUEUR AUX CARTES

Et son premier et plus gros article ? Eh bien, ce serait quand Knack recueillerait les aveux de Steve Dark dans sa cellule. Le couronnement de cette affaire.

La surprise ne provenait pas de la teneur de la révélation, mais de l'identité de sa « source ».

Tom Riggins, chef des Affaires spéciales.

Encore plus incroyable : Riggins lui-même l'avait appelé. Lui avait dit qu'il devait publier immédiatement une info. Et avait promis : si vous nous aidez à le pincer, vous aurez accès à tout. Le vieux bonhomme avait eu l'air surpris que Knack soit aussi à Vegas, mais il n'avait pas pipé mot. La donne avait changé, car il avait besoin de Knack, à présent.

Et voici ce que Riggins lui avait demandé de dévoiler.

Un ancien agent nommé Steve Dark – célèbre depuis l'affaire Sqweegel cinq ans plus tôt – était désormais recherché « pour information » dans une série de meurtres commis par un homme que les médias avaient surnommé le « Tueur Aux Cartes ». Dark était accompagné d'une femme, dont le signalement suivait, également recherchée dans cette affaire. Ne pas les aborder. Contacter les autorités s'ils étaient aperçus, probablement en Californie.

Knack extorqua quelques détails à Riggins sur le meurtre de Kobiashi – l'étrange jeu de roulette russe auquel le milliardaire avait été contraint de jouer. Il avait ainsi appris qu'on l'avait découvert nu comme un ver.

Mais il restait une grande question : Knack devait-il lui parler de Fresno et de son mystérieux correspondant ? Ou bien devait-il garder cet atout dans sa manche ?

Et le Mystérieux Correspondant serait-il ravi ou agacé par cette évolution de la situation ?

Knack attendait que son mobile sonne…

# 66

Le père Donnelly ne ressemblait en rien à un prêtre. La quarantaine, cheveux noirs et courts, un visage aimable, il pratiquait l'humour noir. Dieu sait ce qu'en pensaient ses paroissiens. Quand Dark avait frappé à la porte du presbytère en pleine nuit, Donnelly avait bien pris cette visite impromptue, d'autant plus que ce que lui racontait Dark frôlait l'absurde.

– Alors, laissez-moi résumer, dit l'homme, en pantalon et T-shirt, une cigarette à la main. Vous êtes un ancien chasseur d'hommes du FBI qui travaillez maintenant en free-lance et il y a un couple de psychopathes qui veulent me tuer, mais je ne peux pas demander confirmation au FBI, car il vous recherche, parce qu'il croit que vous êtes complice des meurtriers. C'est bien ça ?

– Oui, à peu près.

– O.K., très bien. Entrez. Vous êtes amateur de bourbon ? J'en ai une bouteille quelque part.

Donnelly le conduisit dans un petit bureau. L'endroit était chichement meublé, mais envahi de livres qui débordaient des étagères et s'entassaient jusque sur la moquette verte. Il y en avait encore plus sur le bureau, entre bloc-notes, crayons et gommes. Pas un seul ordinateur en vue. Ni même un téléphone.

– Je travaillais sur mon homélie, expliqua Donnelly. Ça a tendance à m'obséder, même si je suis sûr que la plupart ne m'écoutent que lorsque j'arrive à la fin.

– Alors pourquoi vous donner tant de mal ?

– Vous avez entendu parler du concert de Credence à Woodstock ? Ils sont passés à pas d'heure et John Fogerty a vu que tout le monde dormait. Tout le monde, sauf un type, au fond, qui agitait son briquet en criant : « T'inquiète pas, John, on est là, on écoute ! » Eh bien, pour moi, c'est pareil. Je joue pour le seul type dans l'église qui brandit son briquet.

– Un prêtre qui écoute Credence, observa Dark.

– Vous préféreriez que je me mette du rouge à lèvres et que j'écoute The Cure ?

Dark ne put s'empêcher de sourire.

– Vous avez eu une éducation catholique, n'est-ce pas ? Je le vois à votre manière de me regarder. Il reste un peu de respect quelque part en vous. Vous ne me regardez pas comme si j'étais un violeur d'enfants.

– Mon père, cette menace, c'est du sérieux. Votre vie est en danger.

– Que voulez-vous que je fasse ?

– Laissez-moi vous protéger.

– De quoi, exactement ?

Dark expliqua que les suspects s'appelaient Roger et Abdulia Maestro, qu'ils avaient eu un petit garçon qui était mort dans le Delaware l'année précédente. La tristesse se peignit sur le visage du prêtre. Le souvenir était pénible.

– Bien sûr que je me souviens d'eux. Ç'a été terrible. Mais je n'imagine pas qu'ils puissent me considérer comme responsable de… eh bien, de ce que vous avancez.

– Vous savez, je traque les monstres depuis vingt ans et c'est exactement ce que me disent les gens quand ils apprennent qu'un voisin, un ami ou un parent était en fait un dangereux meurtrier. « Jamais je ne l'en aurais cru capable. Il avait l'air si gentil. Ce n'est pas possible. » Me laisserez-vous vous protéger ?

– Comment ? En racontant que vous êtes un moine de passage ?

– Donnez-moi simplement votre emploi du temps, et nous ferons avec.

– Nous ?

– Je ne suis pas seul.

– Aucun de nous ne l'est, mon fils. (Dark lui jeta un regard interloqué.) Je fais de l'humour de prêtre, expliqua Donnelly en sortant le bourbon du tiroir de son bureau. Vous le préférez sec ou vous êtes du genre chichiteux qui exige de la glace ?

# 67

## Las Vegas, Nevada

Règle numéro un de Tom Riggins concernant les journalistes : si tu dois les laisser t'utiliser, fais en sorte de les utiliser aussi. Et plus encore.

La présence de Johnny Knack à Vegas n'était pas une coïncidence. Riggins n'était pas si bête. Quelqu'un lui avait donné le tuyau. Dark, ou la mystérieuse femme qui l'accompagnait. Dans un cas comme dans l'autre, il le saurait dès que Banner aurait terminé de télécharger l'historique des appels du mobile de ce type.

Pour une fois, Norman Wycoff avait été utile. Le ministère de la Défense ne faisait plus semblant de respecter la vie privée des citoyens. La moindre page Web que vous visitiez, tous les e-mails et textos que vous envoyiez, les appels que vous passiez – tout était noté.

Wycoff eut du mal à retenir son enthousiasme quand il apprit que Dark était le suspect numéro un des meurtres attribués au Tueur Aux Cartes. Depuis juin, il cherchait le moindre prétexte pour lancer ses sbires cagoulés à sa poursuite. Riggins devait la jouer finement. Comme ils l'avaient décidé ensemble, Steve Dark devait être pris vivant. Malgré les apparences, il méritait qu'on le laisse s'expliquer et se racheter.

Constance, Banner et Riggins s'étaient réunis dans une chambre de l'Egyptian pour discuter de leur stratégie et mettre de la glace sur leurs bleus – et, dans le cas de Riggins, dans son whisky.

– FBI, avait-il déclaré au groom. Réapprovisionnez-nous régulièrement et soyez pas chiche sur les glaçons.

Constance le regarda se servir un grand verre.

– Tout ça ne me dit rien qui vaille, commenta-t-elle.

– J'ai pas prévu de conduire, répondit-il.

– Non, je parlais d'impliquer les médias. Et si nous nous trompions ? Si nous venions de détruire sa vie ?

– Plus qu'elle ne l'est déjà ?

– Vous m'avez très bien comprise, Tom. C'est de Steve dont il est question. Pour l'instant, nous ne nous fondons que sur des conjectures. Nous sommes en train de traîner cet homme dans la boue. Vous me vendriez au Slab aussi vite ?

Riggins soupira, leva le verre à ses lèvres, puis marqua une pause.

– Dark nous a déjà baisés une fois, vous avez oublié ? Je me suis enfilé cinq heures de vol pour lui demander la vérité et il a pas pipé mot. La chance de s'expliquer, il l'a eue.

– Et si quelqu'un décide de tirer d'abord et de lui poser les questions ensuite ?

– Ça m'inquiète pas trop. Pas avec la Jane Bond qui lui sert de garde du corps.

Constance fit la grimace. Elle avait sur la trachée artère une ecchymose violacée et avait mal dès qu'elle déglutissait. Rien que l'allure de cette femme suffisait à l'irriter. Arrogante. Supérieure. On avait beau avoir fait une belle carrière, la vie ressemblait toujours à une cour de récréation.

– Si je lui retombe dessus, murmura-t-elle, elle prendra une dérouillée.

– Oui, et je vous donnerai un coup de main.

Ils échangèrent un regard. Encore de l'humour noir. Parfois, c'était tout ce qui leur restait dans ce métier, lorsque la situation était désespérée.

– Dites donc, demanda soudain Banner.

– Quoi ?

– Vous êtes déjà allés à Fresno ?

## 68

### Fresno, Californie

Graysmith trouva une chambre d'hôtel non loin de l'église. Entre-temps, elle récupéra du matériel de surveillance, des Glock 22 et leurs chargeurs. Dark ne lui demanda pas comment. Sans doute y avait-il des gens éparpillés un peu partout dans le pays qui attendaient qu'une barbouze de la CIA les appelle pour commander de l'équipement et payer le prix fort.

En lui tendant un sachet rempli de détecteurs de mouvement, elle l'interrogea sur l'emploi du temps du prêtre.

– Après avoir rédigé son homélie, il va essayer de dormir quelques heures. Il se lèvera de bonne heure pour matines, puis dira la messe du matin, il y aura celle des enfants et enfin le défilé de Halloween pour les écoliers de la paroisse.

– C'est là qu'ils vont frapper, répondit-elle. Une foule de parents. Tout le monde masqué et déguisé. La confusion idéale.

– J'ai pensé comme toi. Demandons-lui d'annuler le défilé et de se cacher en lieu sûr.

– Et après ? Ils trouveront simplement un autre Diable. Regarde ce qui est arrivé à Jeb Paulson. Crois-tu vraiment que c'était le Mat qu'ils avaient prévu au début ?

Elle avait raison. Le plan d'Abdulia était flexible. Dissimuler Donnelly risquait de les agacer, elle et son complice, mais cela ne les empêcherait pas de tuer.

– Alors que faisons-nous ?

– Nous allons le protéger.

– Juste nous deux ? Comment veux-tu qu'on surveille tout un défilé ?

Lisa ouvrit un document sur son ordinateur et le lui montra.

– C'est le dossier militaire de Roger Maestro. Il était tireur d'élite. L'un des meilleurs. Il a abattu d'innombrables seigneurs de guerre et trafiquants de drogue afghans d'un versant à un autre d'une vallée. Leurs derniers meurtres étaient moins sophistiqués que le premier. Maintenant qu'ils ont attiré notre attention, ils vont procéder plus simplement.

– En tirant depuis un toit. Ou de l'une des fenêtres de l'église ou de l'école.

– Maestro peut aussi se fondre dans la foule des parents. Ils peuvent surgir de n'importe où. On va donner au prêtre un gilet pare-balles à porter sous son aube. Roger tirera, Donnelly ne sera pas touché, et, nous, nous aurons la possibilité de capturer le tueur.

Dark sortit la photo du tarot du Diable sur son mobile.

– Et s'il le vise à la tête ? Regarde le pentagramme : la pointe désigne le front du Diable. Roger ne visera pas la poitrine. Si ce que tu m'as dit de lui est exact, il peut atteindre n'importe quelle partie du corps.

– Parles-en à Donnelly. On verra ce qui lui convient le mieux.

– Ce n'est pas un vêtement chrétien, protesta le prêtre.

Dark baissa les yeux vers les chaussures de Donnelly.

– Parce que vos baskets sont bénites par le Vatican, peut-être ?

– J'ai les pieds plats. Devrais-je souffrir pour ma foi toute la journée ?

Dark sortit le gilet en Kevlar de son sachet. Une autre trouvaille de Graysmith. Il offrait une protection de type 3, c'est-à-dire qu'il pouvait arrêter une balle de fusil. Il le tendit à Donnelly, qui le soupesa.

– C'est ridiculement lourd.

– Plus c'est lourd, mieux ça protège.

– Vous savez à quel point j'ai mal au dos après avoir couru derrière ces gosses toute la journée en temps normal ? Alors imaginez, pendant le défilé.

– Il ne s'agit pas que de vous, mon père. Nous voulons coincer ces tueurs. Vous représentez notre meilleure chance d'y arriver.

– Je ne parlerais pas de chance, étant donné les circonstances.

Il examina le gilet et le caressa du bout des doigts. Puis il fit pivoter son fauteuil et posa le gilet sur une étagère remplie d'ouvrages religieux avant de se retourner vers Dark.

– Vous voulez les attirer dans un piège pour les abattre, n'est-ce pas ?

– Nous voulons les arrêter, dit Dark.

– Je comprends et, bien entendu, je le veux aussi. Mais ce qui m'inquiète, c'est que vous et la personne qui vous accompagne – dont j'ignore l'identité et que vous ne voulez pas me présenter – ne faites partie d'aucune agence gouvernementale. Vous ne rendez de comptes à personne. En fait, les autorités semblent même déterminées à vous coincer. Cependant, ne vous méprenez pas : je crois à votre histoire. Mais je refuse d'être le complice d'un meurtre.

– C'est exactement ce que je tente d'empêcher, répondit Dark.

## 69

Le lendemain matin, Dark se retrouva dans la foule des enfants déguisés en personnages de bande dessinée, animaux, célébrités, anges et diables, dinosaures et cosmonautes. Et aussi en clowns. Dark détestait les clowns depuis une affaire au début de sa carrière et il se serait bien passé de leur présence. Ce qui ne facilitait pas les choses, c'est que certains parents étaient eux aussi costumés. Du coup, il était plus facile au tueur de se fondre dans la foule.

Le défilé matinal de Halloween avait été institué quelques années plus tôt, quand les parents inquiets avaient cessé d'emmener leurs enfants courir les maisons la nuit pour quémander des friandises. Deux bonbons ne valaient pas le risque d'être agressé, voire abattu. Depuis le début, le prêtre de Saint Jude avait été en première ligne, s'occupant des déguisements, du buffet et des récompenses. À l'arrivée du père Donnelly, la manifestation avait pris encore plus d'ampleur, les entreprises locales accordant des dons en espèces et en nourriture. Donnelly préparait le défilé depuis un an, et il n'était pas question qu'il se terre dans le presbytère, quoi que dise Dark.

Celui-ci arpentait donc les rues, son Glock à la ceinture, caché sous sa chemise, cherchant Roger Maestro. Ou Abdulia.

La cartomancienne savait à quoi ressemblait Dark. Il fallait en déduire que Roger le savait aussi. Qui reconnaîtrait qui le premier ? Et, surtout, seraient-ils là ?

Pour ne rien arranger, le visage de Dark figurait partout dans les médias, car il était recherché pour les meurtres attribués au Tueur Aux Cartes. C'était Dark qui aurait dû porter un masque. À tout moment, il s'attendait à sentir une main l'empoigner et un flic de Fresno lui demander de le suivre…

Un grésillement se fit entendre dans son oreille.

– Quelque chose ? demanda Graysmith.

Elle était postée au-dessus du chœur de Saint Jude, le plus haut bâtiment du quartier. Espérant repérer les Maestro avant qu'il soit trop tard. Évidemment, ils savaient tous les deux que la situation frôlait l'absurde : un binôme essayant de coincer un tireur d'élite.

– Rien encore. Toi ?

– Juste assez de piaillements pour me rappeler pourquoi je n'ai jamais voulu d'enfants.

Dark pensait tout le contraire. C'était Halloween, et il ignorait où se trouvait sa fille ou même si elle se déguisait. *Désolé, ma chérie. Tu n'as jamais connu de fêtes normales parce que ton père a tout bousillé dans ta vie. On essaiera de faire mieux à Thanksgiving.*

Des dizaines de parents prenaient des photos de cette pagaille. Pendant ce temps, le père Donnelly semblait beaucoup s'amuser. C'était quelqu'un qui aimait sincèrement participer au bonheur des autres et y puisait sa force.

Dark continuait de scruter la foule. Il vit quelque chose qui lui mit la puce à l'oreille : un homme et une femme en costumes de mariés, reliés par une chaîne en plastique. Exactement comme les personnages de la carte du tarot : un couple enchaîné. Dark les dévisagea. Le costume était une blague sur le mariage, évidemment. Mais des tueurs se cachaient souvent derrière les sourires et les blagues. La mariée pouvait très bien planquer un fusil sous sa robe et le marié des couteaux dans sa manche.

C'est alors que deux enfants – un garçon et une fille – se précipitèrent sur eux en criant : « Maman ! Papa ! » Le couple éclata de rire, et Dark laissa échapper un soupir. Mais son soulagement ne dura pas. Quelqu'un venait de le prendre par le bras. Il fit volte-face en portant la main à son Glock.

Un type pâle aux cheveux frisés le dévisageait.

– Hé, je voulais pas vous faire peur. Je voulais juste me présenter.

Dark battit des paupières. L'homme lui tendit la main, mais il ne la prit pas.

– Je m'appelle Johnny Knack. Je suis journaliste au Slab.

– C'est qui ? grésilla Graysmith dans son oreillette.

– Je n'ai pas de temps à perdre, dit Dark en se dégageant.

– Vous ne comprenez pas. Riggins et Brielle savent que vous êtes là. Ils sont là aussi…

– Laissez-moi tranquille, répéta Dark en s'élançant vers la foule grouillante des enfants.

– Dark, qu'est-ce qui se passe ? siffla Graysmith.

Dark porta son poignet à la hauteur de ses lèvres.

– Un journaliste. Le mec du Slab. Il dit que Riggins est là.

Knack le rattrapa rapidement et reprit en hurlant, pour couvrir les cris et les rires :

– Je peux vous aider ! Arrêtez-vous qu'on discute un instant, s'il vous plaît.

Dark s'immobilisa, se retourna et saisit Knack aux épaules, prêt à lui flanquer un coup de genou dont il se souviendrait. Mais un cri retentit dans l'oreillette. Graysmith.

– Dark ! À gauche !

Un homme de haute taille portant un masque de bouc épaulait un fusil.

Dark s'écarta de Knack et commença à pousser les enfants en hurlant. Tout en courant, il suivit la trajectoire du fusil, qui visait le visage du père Donnelly, à trente mètres à peine. Le tireur visa. Dark plongea. Graysmith cria :

– Je ne l'ai pas en joue !

Les bras tendus de Dark atterrirent sur le tireur une seconde avant qu'il appuie sur la détente. Le canon se redressa de quelques centimètres. La détonation résonna sur la façade de l'église. Les enfants se mirent à hurler, tandis que les parents se précipitaient sur leur progéniture.

L'homme au masque se tourna vers Dark, le frappa d'un coup de crosse en pleine mâchoire et le plaqua au sol. Dark empoigna fermement l'arme, refusant de la lâcher malgré tous les efforts de son adversaire. Finalement, il asséna un coup de poing sur le fusil, le brisant en deux.

Mais l'homme masqué ne se le tenait pas pour dit.

Quand il sortit son revolver de sous son blouson, la foule s'était suffisamment dispersée pour qu'il puisse viser sans problème le père Donnelly.

Il tira deux fois.

# PARTIE VIII

# Le Diable

Pour visionner le tirage de tarot personnel de Steve Dark, connectez-vous à level26.com et entrez le mot de passe : « diable ».

flashcode

web

EX LUX LUCIS ADVEHO ATRUM
XV
EX LUX LUCIS ADVEHO ATRUM · EX ATRUM ADVEHO LUX LUCIS
EX LUX LUCIS ADVEHO ATRUM · EX ATRUM ADVEHO LUX LUCIS
EX ATRUM ADVEHO LUX LUCIS
LE DIABLE

## Dernière minute

### COUPS DE FEU SUR UN PRÊTRE DEVANT SES PAROISSIENS STUPÉFAITS

(AP) Fresno, Cal. – Le père Donnelly, prêtre de la paroisse d'un quartier défavorisé, a reçu deux balles en pleine poitrine aujourd'hui durant le défilé annuel de Halloween.

Donnelly était en tête du défilé, tradition bien ancrée de cette église de Fresno. Selon la police, un homme portant un masque d'animal a tiré à deux reprises avant de prendre la fuite.

Donnelly, nommé à la paroisse Saint Jude depuis un peu plus d'un an, a été transporté en ambulance au centre médical régional.

## 70

### Fresno, Californie

Johnny Knack n'avait encore jamais vu un homme mourir, et encore moins un prêtre.

Et tout était sa faute.

Les images continuaient de repasser en boucle dans son esprit. On croit qu'on maîtrise une situation, et puis tout est perdu. Il était assis sur les marches de marbre de l'église, son mobile à la main. L'article était déjà parti. Personne n'avait encore fait le lien avec le Tueur Aux Cartes, mais ce n'était qu'une question de temps. Le rédacteur en chef du Slab lui avait envoyé six textos en deux minutes :

BESOIN NOUVELLES INFOS
KNACK URGENT
TU FOUS QUOI ?

Pour la première fois de sa vie, Knack n'avait plus de mots. Il était venu à Fresno en pensant tenir le monde dans sa main. Il devait retrouver Dark – le Mystérieux Correspondant lui avait dit qu'il le guiderait jusqu'à lui – et lui arracher un accord d'exclusivité. Ensuite, il s'enfermerait dans une chambre d'hôtel et enregistrerait pendant des jours si nécessaire. Les journalistes pouvaient offrir à leurs interlocuteurs quelque chose dont les flics et les tribunaux étaient incapables : la possibilité de s'expliquer librement et sans aucune censure. Il était évident que le temps était compté pour Dark, et Knack pensait le tenir. Seulement, ce qu'il avait tenu, c'était l'arme qui avait tué le prêtre.

Il n'oublierait jamais les textos.

DARK AU DÉFILÉ DE SAINT JUDE À FRESNO
DARK DANS LA FOULE
ABORDE-LE MAINTENANT

Et Knack avait obéi, en complice docile.

Il fallait qu'il se rachète. Oubliés, les contrats d'édition, la carrière… Ce n'était rien. *Va dans un coin tranquille, Johnny, et écris quelque chose. La vérité, pour changer.*

– Excusez-moi, monsieur. (Une brune mince était apparue à côté de lui, l'air paniquée.) Je ne retrouve pas mon fils. Il n'a que cinq ans, s'il vous plaît, pouvez-vous m'aider ?

– Bien sûr, dit Knack en se levant aussitôt.

Ils fouillèrent le parking derrière l'église, car la femme – plutôt mignonne, malgré son air soucieux – pensait l'avoir vu courir dans cette direction. Knack proposa d'alerter un policier, mais elle secoua énergiquement la tête, déclarant que la police était trop occupée à chercher le tireur pour se soucier d'un petit garçon. Knack l'assura du contraire.

– Vous avez quelque chose sur le visage, dit-elle soudain en sortant un mouchoir de sa poche.

Avant qu'il ait pu faire un geste, elle lui essuya les lèvres. Knack respira une odeur d'amande. Du cyanure ? Il se sentit étrangement étourdi, comme s'il s'était levé trop brusquement. Comment était-ce possible ? Il essayait juste d'aider cette pauvre femme à retrouver son enfant perdu…

La femme le guida vers une camionnette et le poussa contre la carrosserie en chuchotant à son oreille :

– Vous avez fait du bon travail jusqu'ici, monsieur Knack. Mais l'histoire n'est pas finie : il reste encore des choses à raconter.

# 71

Riggins recevait régulièrement des infos pendant qu'ils se dirigeaient vers le sud-ouest de la ville. Dark avait été vu au défilé. Le prêtre avait reçu deux balles, mais sa vie n'était pas en danger. Un tireur portant un masque de bouc avait été repéré : le meurtrier n'était donc pas Dark. Des témoins l'avaient vu tenter d'arrêter le tireur.

– Peut-être que nous nous sommes trompés, dit Constance, qui conduisait.

– Nous ne nous trompons pas concernant son implication, répliqua Riggins. En fait, je parie qu'il a pris contact avec le prêtre.

– Allons à l'hôpital, alors. Dark a sans doute quitté l'église depuis longtemps.

– Oui.

*Dark a tout quitté*, songea-t-il.

Riggins tenta l'hôpital, mais l'ambulance n'était pas encore arrivée, ce qui ne tenait pas debout : l'hôpital n'était pas loin de l'église, à en croire le GPS de son téléphone. Que se passait-il, merde ?

À moins que l'ambulance ne soit pas allée à l'hôpital.

Riggins songea à la complice de Dark – la fille experte en sports de combat. Il n'avait pas vu grand-chose de leur camionnette, mais suffisamment pour comprendre que leur équipement était du même niveau que ce qu'on avait à Quantico, mieux, même. Et si Dark n'avait pas quitté les Affaires spéciales pour « prendre sa retraite », mais pour intégrer une autre agence ? Les Affaires spéciales étaient au sommet de l'échelle dans le domaine de la chasse aux monstres. Mais cela ne voulait pas dire que d'autres organes du gouvernement ne s'en chargeaient pas aussi.

Auquel cas, pourquoi Dark ne lui en avait-il rien dit ? Parce que la mutuelle et la retraite étaient meilleures ?

Riggins laissa Constance continuer vers l'hôpital. Peut-être qu'il pourrait questionner le service des urgences, histoire d'y voir un peu plus clair.

*Tu peux manigancer tout ce que tu veux, Dark*, se dit-il. *Mais toi et ta drôle de petite copine, vous ne pouvez pas embarquer un prêtre mourant et vous volatiliser.*

# 72

Le père Donnelly se redressa sur la civière en portant la main à son flanc.

– Mon Dieu, murmura-t-il. Ça fait un mal de chien.

Dark acquiesça, une poche à glace contre sa joue.

– Je sais. Vous aurez de grosses ecchymoses et la zone restera sensible pendant des semaines.

– Mais au moins je m'en sortirai, n'est-ce pas ? s'irrita le prêtre. C'est ce que vous alliez me dire, triomphant, parce que vous aviez raison ? Je n'aurais pas dû m'entêter. Quand je repense à ces gosses terrifiés… (Il s'assit sur le côté.) Quel cauchemar !

Graysmith posa la main sur son épaule. Ils étaient trois à l'arrière, le chauffeur et son collègue devant. Ce n'étaient pas de vrais ambulanciers, et le véhicule n'avait rien de médical. Graysmith avait tout préparé deux heures plus tôt, au cas où il arriverait quelque chose. Dès le premier coup de feu, elle avait donné le signal à ses hommes. En ce moment, à l'église, une vraie ambulance devait être arrivée et les secours se demander où était passé le blessé.

– Vous êtes vivant, dit-elle. Et aucun paroissien n'a été blessé. C'est cela qui compte.

Mais les Maestro ne renonceraient pas. Il leur restait deux cartes à abattre. Les plus effrayantes de toutes.

La Maison-Dieu.
La Mort.
– Parlez-nous des Maestro, mon père.
– Croyez-vous vraiment que c'est Roger qui a essayé de me liquider ?
– Nous en sommes certains, dit-elle.
– J'ai prié avec lui devant la dépouille de son enfant, soupira le prêtre. Je n'ai jamais vu personne avoir autant de chagrin. On ne peut pas vraiment raisonner les gens dans ce genre de situation : ils sont perdus dans leur peine et on ne peut que leur répéter qu'on est là, qu'on prie avec eux et qu'il y a une lumière au bout du tunnel.
– L'avez-vous vu après les obsèques ?
– Non : j'ai été muté peu après. Il a disparu de la circulation, ce qui n'a rien d'étonnant. J'ai continué de prier pour lui. Probablement que Dieu n'entend pas toutes les prières.
– Et sa femme, Abdulia ?
– Pour elle, je n'avais aucune utilité. J'ai eu l'impression qu'elle m'acceptait parce que ma présence semblait réconforter son mari.
– Abdulia a étudié les sciences occultes, expliqua Graysmith. Elle a écrit quelques livres sur l'histoire et l'art du tarot. Dans son milieu, ses livres ont été jugés de très grande qualité.
– Ceci explique cela, dit Donnelly. Mais Roger ?
– Ancien militaire. Marines. Il a été démobilisé après un incident, un tir ami. Il est revenu décoré aux États-Unis, a trouvé un travail comme contremaître dans une usine, où il gagnait bien sa vie. Mais il l'a perdu peu après. Il s'est mis dans le bâtiment. Et s'est retrouvé au chômage.
– Comme beaucoup de gens, intervint Donnelly.
– Oui, mais ce n'était que le début. Après son licenciement, Abdulia s'est lancée dans la lecture de cartes. Par jalousie, on l'a dénoncée aux autorités en l'accusant d'escroquerie. Elle a été condamnée.
– Je ne savais rien de tout cela, dit Donnelly.

– Vous étiez déjà parti. Les Maestro croulaient sous les dettes, ils ont perdu leur maison, tous leurs biens. Victimes de forces qui les dépassaient.

À présent, tout devenait clair pour Dark. Les victimes étaient des joueurs – dans les faits ou symboliquement. Le Pendu, Martin Green, était un financier qui conseillait les banques, ces mêmes établissements qui refusaient les prêts à des gens comme les Maestro. Le Mat était le symbole du flic qui avait accusé Abdulia d'escroquerie. Le Trois de Coupe, c'étaient des étudiantes en management tuées avant qu'elles aient pu devenir des adultes cupides. Le Dix d'Épée, un sénateur qui était de mèche avec Wall Street. Le Dix de Bâton, des financiers qui empochaient des bénéfices délirants grâce à la fermeture d'usines. L'infirmière n'avait pas sauvé leur fils, malgré toutes ses promesses. Kobiashi, qui faisait tourner la Roue de fortune, jetait l'argent par les fenêtres pendant que d'autres ne pouvaient même pas payer leur assurance maladie. Le Diable, c'était le prêtre qui avait demandé à Dieu de sauver leur fils, mais qui avait échoué.

Mais comment les Maestro – un couple sans le sou qui ne pouvait payer les soins médicaux de leur fils – pouvaient-ils se permettre ce déchaînement meurtrier aux quatre coins du pays ? Il leur fallait des armes, des billets d'avion, du matériel d'espionnage. Et tout cela coûtait une fortune.

Peut-être qu'ils s'étaient financés grâce au premier meurtre, celui de Martin Green.

Dark demanda à Graysmith les notes de Paulson après sa visite sur la scène du crime et les consulta rapidement. Paulson était jeune, mais il avait l'œil. Il avait posé les bonnes questions. Il ne s'était pas laissé distraire par la nature macabre du crime. Il s'était interrogé sur le mobile et les suspects potentiels. Et voici ce qu'il avait écrit, de sa propre main : « Suivre l'argent. »

Selon la police locale, Green gardait beaucoup de liquide dans le coffre de sa chambre. C'était assez ironique, pour quelqu'un qui gagnait sa vie en conseillant des banquiers et des financiers. Et si Roger et Abdulia étaient au courant ? S'ils avaient choisi leur première victime en sachant qu'elle avait beaucoup de liquide et qu'elle se situait dans la région voulue ? Le premier meurtre finançait les autres.

Il demanda à Graysmith de se procurer les informations bancaires d'Abdulia et de Roger. Comme l'avait écrit Paulson, il fallait suivre l'argent. Car ils avaient beau prétendre qu'il s'agissait de destin, il était aussi question de fric.

Dark remercia silencieusement Paulson. *Si tu m'entends, Jeb, sache que tu viens de m'aider à mettre la main sur ceux qui t'ont tué.*

– Et maintenant ? demanda Donnelly.

– Nous vous emmenons à l'hôpital, dit Graysmith. Le gilet a amorti la majeure partie de l'impact, mais vous devez tout de même être examiné au cas où vous auriez des lésions internes.

– Qu'est-ce que vous allez faire, vous ? Me déposer et vous envoler ?

– C'est un peu ça, reconnut Graysmith. Ces hommes vont vous conduire là-bas. Si on vous questionne sur votre retard, dites qu'ils étaient nouveaux et qu'ils se sont perdus.

– Et les balles qui sont censées m'avoir atteint ?

– Vous n'en savez rien. Vous avez été assommé. Dites que c'est la main de Dieu.

– Personne n'en croira rien, murmura Donnelly.

– Pourquoi ? dit Dark. Vous êtes prêtre.

# 73

Quand la fausse ambulance arriva enfin au centre médical régional, Riggins l'attendait.

Il ne se précipita pas sur les ambulanciers ; il les laissa faire leur travail, qui consistait principalement à confier le prêtre blessé au personnel des urgences, mais il les observa. Ils avaient l'air extrêmement pressés d'en finir. Ce qui était surprenant, vu leur profession. Quand on a amené un blessé aux urgences, on traîne un peu, on fume une cigarette et on sirote un café jusqu'à ce qu'un nouvel appel vous oblige à retourner au charbon. Généralement, on n'est pas trop pressé, surtout à 9 heures du matin un dimanche. Même si c'est Halloween.

– Constance, interrogez le prêtre, dit-il. Qu'il vous raconte tout. Frappez-le si nécessaire. Genre inspecteur Harry.

– Vous êtes dingue, répondit-elle. Et vous, vous faites quoi ?

– Je vais rattraper l'ambulance, annonça-t-il en trottinant vers leur voiture.

Surprise : les ambulanciers n'étaient pas retournés à la plus proche station d'urgence, mais à un parking privé de Fresno. Après avoir garé leur véhicule et ôté leurs tenues, ils bavardèrent un peu pendant que Riggins les observait de l'autre côté de la rue. L'un d'eux dut proposer de prendre le petit déjeuner, puisque c'était le matin, et l'autre accepta. Ils montèrent dans une Ford Taurus et se rendirent à un café non loin, s'installèrent à une table et commandèrent œufs, bacon, muffins et café.

Riggins entra un instant plus tard, s'assit avec eux et posa son Sig Sauer sur la table. Puis il se rencogna sur la banquette comme s'il avait tout son temps et sortit son badge du FBI.

– Salut, les gars, dit-il.

# 74

Dark pensait à l'interprétation que Hilda lui avait donnée de la Maison-Dieu.

« La Maison-Dieu symbolise la guerre et la rupture. Une guerre entre les mensonges et la lumière fulgurante de la vérité. La foudre, c'est le marteau de Thor. »

Un éclair divin, comme un geste cosmique pour corriger une situation.

« Dieu vous foudroie quand vous êtes arrogant, avait-elle continué, en espérant que vous verrez la vérité. Et que vous retrouverez votre cœur d'innocent. C'est un geste divin. Un signal pour que vous changiez de vie. »

L'image de la carte était terrifiante et rappelait à la fois le 11 septembre, l'apocalypse et la tour de Babel. Un fier édifice gris dressé sur un ciel noir et frappé par la foudre, qui faisait basculer la couronne à son sommet et y mettait le feu. Deux personnages en tombaient, l'un portant une couronne, bras tendus et terrorisés. Dessous s'ouvrait un précipice, signe que l'on avait bâti sa vie sur des fondations fragiles qui se dérobaient. Il était impossible d'en réchapper. Tout allait être détruit.

La carte symbolisait un brusque changement, une chute et une révélation.

Comme toutes les cartes du tarot, il y avait une interprétation positive ou négative. La Maison-Dieu, pour certains, était de bon augure, car elle signifiait un progrès soudain, l'apparition de la vérité cachée, l'obtention d'une réponse – comme l'éclair de l'inspiration – après des mois d'attente. La carte n'exprimait pas la fatalité. Comme le Mat, elle promettait un nouveau commencement. Cependant, l'interprétation négative était un malheur sans égal, un bouleversement dans sa vie, la catastrophe.

Pour le moment, chaque meurtre ou tentative avait été étroitement lié aux images des cartes.

Qui était la Maison-Dieu ? Les Maestro pensaient que quelqu'un avait construit un édifice solide et puissant sur des fondations fragiles… De quoi s'agissait-il ?

La géographie devait également être un facteur. Las Vegas, Fresno… les cartes avançaient dans une direction nord-ouest vers…

*Attends un instant.*

Graysmith sortit de la douche et trouva Dark plongé dans la consultation de documents sur l'ordinateur.

– Qu'est-ce que tu cherches ?

– Je te le dirai si je trouve.

S'il fallait se fier au dossier bancaire des Maestro, Dark savait exactement où ils allaient frapper la prochaine fois.

# PARTIE IX

# La Maison-Dieu

Pour visionner le tirage de tarot personnel de Steve Dark, connectez-vous à level26.com et entrez le mot de passe : « maison ».

flashcode

web

EX LUX LUCIS ADVEHO ATRUM
EX LUX LUCIS ADVEHO ATRUM · EX ATRUM ADVEHO LUX LUCIS
EX LUX LUCIS ADVEHO ATRUM · EX ATRUM ADVEHO LUX LUCIS
EX ATRUM ADVEHO LUX LUCIS
XVI
LA MAISON-DIEU

*Griffonné au dos du reçu de livraison d'une entreprise de transport située à Nob Hill, San Francisco, Californie.*

VOUS NE TROUVEREZ CE MOT QU'UNE FOIS TOUT TERMINÉ.

VOUS POUVEZ NOUS QUALIFIER DE MONSTRES. CE SERAIT UNE MÉPRISE. LE DESTIN DE CE PAYS EST DÉJÀ ÉCRIT. NOTRE CHEMIN NOUS MÈNE VERS LA MORT ET LA DESTRUCTION.

VOUS NE POUVEZ CHANGER VOTRE DESTIN.

ACCEPTEZ-LE.

# 75

## San Francisco, Californie

Dark leva les yeux vers la Niantic Tower, qui se dressait dans le centre-ville de San Francisco.

Il n'y avait que deux choses réputées capables de résister à un tremblement de terre : les pyramides et les séquoias. Les architectes de la Niantic Tower avaient dû penser aux deux quand ils l'avaient construite au début des années soixante-dix. Baptisée du nom de l'énorme baleinier enfoui près de ses fondations, la Niantic et ses quarante-huit étages était un soufflet de quartz à la face de la Nature, bâtie sur un terrain réputé pour son instabilité. Il avait fallu une journée pour couler les fondations de trois mètres, une plaque de quinze mille mètres carrés en béton et assez de tiges d'acier pour aller de San Francisco à Santa Barbara. Sa base incroyablement flexible et sa charpente la rendaient capable de résister à n'importe quel séisme.

La Niantic était également le siège de Westmire Investments, société qui chapeautait des dizaines d'établissements de crédit, dont celui qui avait saisi la maison des Maestro.

La Niantic serait leur cible, Dark le savait.

Mais comment allaient-ils s'y prendre ?

Quel genre de foudre céleste avaient-ils pu préparer à eux deux pour abattre cet édifice ?

– Tu es la cible, à présent, dit Graysmith en regardant l'écran de son mobile. Les Affaires spéciales en pincent pour toi ! Grosse chasse à l'homme et tout le bataclan. Le Slab a tout publié.

– Super, murmura Dark.

Ils approchaient de la ville, mais ils étaient pris dans les embouteillages de la matinée. Dark avait l'impression d'entendre le tic-tac d'une horloge géante dans son crâne, compte à rebours jusqu'à un horrible événement. Mais il n'y avait pas de chiffres sur le cadran. La fin pouvait survenir d'un instant à l'autre. À moins qu'elle ne soit déjà arrivée.

– Bizarre, murmura Graysmith. Knack a l'habitude de tout inventer ?

– Comment ça ?

– Eh bien, il prétend t'avoir longuement parlé, et que tu as avoué les meurtres. Que tu ne t'arrêteras qu'une fois la dernière carte abattue et qu'il y aura beaucoup d'autres victimes.

– Quoi ?

– C'est complètement tordu. Il a l'intention de te faire passer pour un ancien agent qui veut se venger de ses anciens chefs et commet des crimes en se montrant plus malin qu'eux. En prime, ton visage est partout. Tu n'es plus « recherché ». Tu es l'ennemi public numéro un.

– Merde.

Dark songea à leur rencontre, à Fresno. Knack l'avait abordé, il avait essayé de le convaincre de quelque chose. Pensait-il qu'il pourrait devenir célèbre avec des mensonges cousus de fil blanc ? Cela ne faciliterait pas sa vie, certes, mais ce genre d'inventions finissaient généralement par être découvertes. Ce n'était pas la première fois. Comme les braqueurs de banques, les journalistes qui bidonnaient se faisaient presque toujours prendre. Knack ne ferait pas exception à la règle.

Graysmith se renseignait sur la Niantic Tower. Elle était connectée à une base de données secrète répertoriant les systèmes de sécurité de tous les grands bâtiments américains. Peu après le 11 septembre, le tout nouveau département de la Sécurité intérieure avait tenu une réunion au sommet avec des scénaristes de Hollywood, romanciers à succès, experts en démolition, anciens terroristes et criminels professionnels. On leur avait donné une liste de bâtiments. La question était simple : « Comment vous y introduiriez-vous ? »

Graysmith passa les possibilités en revue.

– Tu penses qu'ils vont voler un avion ? demanda-t-elle.

– C'est possible. Pas l'appareil d'une ligne commerciale, plutôt un jet privé, comme celui de Westmire Investments. Mais ils n'ont jamais répété deux fois le même scénario. Nous avons eu une pendaison, une victime poussée dans le vide, une autre étranglée, la quatrième poignardée, un crash aérien et une balle dans la tête…

– Ils ont réutilisé les armes à feu : Maestro a tiré sur Donnelly, tout comme Abdulia avait tiré sur Kobiashi.

– Exact, reconnut pensivement Dark.

– Tu n'as pas l'air convaincu, dit-elle. Ton instinct te dit quoi ?

– Qu'ils vont essayer autre chose. C'est leur grand final : une institution entière à punir pour la ruine de leur famille.

– Ils vont donc s'en prendre directement au bâtiment.

– Je crois. Tu peux faire évacuer la tour ? Y envoyer une équipe d'intervention d'urgence ?

– Tu en es sûr, Steve ?

– C'est là-bas, Lisa. Je le sais.

– O.K. Je vais donner l'alerte. Ne crois pas que ce sera facile. Tu as connu la bureaucratie aux Affaires spéciales. Eh bien, c'est à peu près pareil partout ailleurs.

– Vas-y.

Elle composa un numéro puis se ravisa.

– Attends. Si on fait évacuer, les Maestro le sauront. Ils renonceront à leur plan et tenteront autre chose.

– Non. C’est leur triomphe. Le reste des meurtres, c’était un prélude. Là, ils s’affirment. Quoi qu’ils aient prévu, je ne crois pas qu’ils puissent tout déplacer sur une autre cible.

– Mais ils peuvent déclencher la catastrophe plus tôt.

Elle avait raison.

## 76

### Montgomery Street, San Francisco, Californie

Des employés encore ensommeillés s'engouffraient dans la Niantic Tower. C'était une journée de travail comme une autre pour tous ces comptables, avocats, banquiers et assureurs, comme pour les livreurs, le personnel d'entretien et de surveillance. C'était un lundi matin, premier du mois. Tout le monde avait des rapports à rédiger, des e-mails à envoyer, des conférences téléphoniques à organiser, des livraisons à faire.

C'était l'habituel flot de marchandises des compagnies de transport accumulées durant le week-end. Cadeaux des agences de presse. Buffets des réunions matinales. Fleurs. Gestes romantiques surprises, remerciements, anniversaires tardifs, vœux de succès pour un nouveau contrat. Livres, échantillons, vêtements, paperasserie.

Un lundi matin bien rempli, comme les autres.

Dark se posta dans le hall de la tour et scruta les allées et venues, l'esprit enfiévré. Les cadres en costumes sombres, les coursiers en cyclistes, les livreurs en chemisettes brunes et shorts bien repassés défilaient en un flot ininterrompu par les portes à tambour.

Le mélange de tous ces gens lui faisait voir les Maestro sous un jour différent. Roger était un ancien soldat devenu ouvrier. Abdulia, une enseignante et tireuse de tarot. Une vie de labeur et de sueur pour l'un, une vie de l'esprit pour l'autre. Aucun des deux ne travaillerait dans ce genre de bâtiment, sauf si Roger était embauché pour des travaux d'entretien. Était-ce cela ? Avait-il réussi à se faire engager ici ?

Non : la police de Philadelphie avait certifié qu'il travaillait dans le bâtiment depuis quelques semaines. À moins d'avoir soudoyé quelqu'un pour falsifier ses contrats et d'être venu travailler ici en réalité. Roger Maestro avait des liquidités. Mais on ne peut pas prendre une chambre d'hôtel en payant comptant, si riche qu'on soit. Les hôtels exigent une carte de crédit. Et, d'après ce que savait Dark, les Maestro n'en avaient plus.

Il se rappela le rapport de police : des objets avaient été volés chez Martin Green. Avaient-ils pris aussi les cartes de crédit ou d'autres moyens de paiement ? Il appela Graysmith.

– Un petit renseignement.

– Je suis en train de ramper pour obtenir les faveurs des services d'espionnage américains. Ça t'ennuie si je te rappelle ?

– C'est facile. Il me faut un rapport bancaire sur Martin Green. En particulier, je veux savoir si quelqu'un a utilisé ses cartes de crédit ces dix derniers jours. Et, si oui, pour quoi.

Les familles ne s'occupaient pas toujours de ces questions immédiatement après un décès. Et, d'après ses informations, Green n'avait pas vraiment de famille. Les Maestro devaient le savoir. L'homme avait probablement été leur première victime, et il leur avait pour ainsi dire signé un chèque en blanc.

En attendant la réponse, Dark continua de scruter le hall. Il était recherché à cause de l'article de Knack qui avait été diffusé dans la matinée par toutes les télévisions et radios. Se trouver ici, en public, c'était de la folie. N'importe qui pouvait le reconnaître à tout moment, malgré la casquette qu'il venait d'acheter.

Mais il ne pouvait pas se planquer. Il était le seul au monde à savoir ce que mijotaient les Maestro.

Ils devaient être dans les parages : ils voulaient être au premier rang pour voir la tour s'écrouler. Peut-être même réglaient-ils les derniers détails de leur plan quelque part dans le bâtiment. Il fallait vérifier, fouiller... Cette idée était tout aussi insensée, évidemment. Une équipe de cinquante vigiles aurait pu inspecter les lieux sans pour autant trouver le moindre paquet suspect...

Son téléphone bourdonna.

– Martin Green aurait utilisé son Amex Black dans un service d'expédition de Nob Hill. Plutôt bizarre pour quelqu'un de Chapel Hill. Et il y a des tas d'autres paiements du même genre dans la région de San Francisco.

– Merde.

*Un paquet*, songea Dark. *Ou plusieurs*.

– Il aurait fait quoi ? Caché une bombe dans un colis ?

De nouveau, Dark balaya le hall du regard. Il n'y avait pas un livreur, c'était une armada qui allait et venait, portant des cartons, des paquets, des sacs, des plateaux, des enveloppes...

– À leur place, dit-il, je ne placerais pas seulement une bombe, mais plusieurs. Et j'aurais étudié les plans du bâtiment pour savoir exactement à quels emplacements les poser, comme dans un chantier de démolition.

– Putain, grogna Graysmith.

– J'exagérerais même un peu, continua Dark. Comme ça, même si certains paquets n'étaient pas livrés, il resterait suffisamment de bombes pour abattre la tour.

– Et personne ne vérifie ce genre de livraison... D'ailleurs, quatre-vingt-dix-neuf pour cent des conteneurs qui entrent dans les ports américains ne sont pas inspectés.

Dark regarda tous ceux qui présentaient leurs badges devant les tourniquets de sécurité. Des dizaines et des dizaines entraient, presque personne ne sortait.

– Il faut une équipe de démineurs, et tout de suite, Lisa.

– J'essaie. Tu n'imagines pas le bordel quand j'ai annoncé à mon chef ce qui se passait.

– Alors, je vais fouiller la tour moi-même.

– Tu risques d'alerter Roger, et il déclenchera les bombes.

– Il ne peut pas surveiller tout le bâtiment.

Tous ces gens dans ces innombrables bureaux…

– Écoute, envoie-moi un laissez-passer, conclut Dark après un instant.

– Qu'est-ce que tu comptes faire ?

– Ce que je pourrai.

– Ça ne me dit rien qui vaille.

– Au moins, tu pourras nier toute implication, dit-il. Tu colleras ça sur le dos d'un électron libre du FBI.

Graysmith ne répondit pas. Dark traversa le hall en fendant la foule. Quelques personnes le dévisagèrent avec curiosité. Était-ce parce qu'il n'avait pas l'air d'appartenir à leur tribu ? Ou parce qu'ils reconnaissaient le visage qui passait en boucle sur CNN ?

Au moment où il atteignit la réception, son téléphone vibra. Un nouvel e-mail.

– C'est envoyé, annonça Graysmith.

– Merci, Lisa.

Dark s'approcha du comptoir et montra l'écran de son téléphone aux trois hommes qui se trouvaient derrière.

– Messieurs, annonça-t-il, j'ai besoin de votre aide.

# 77

Seul espoir des services de sécurité de Niantic : tenter d'évacuer les paquets livrés le matin. Tous, jusqu'au dernier. Et ce n'était pas une mince affaire. Ressources disponibles : quinze hommes, dont les trois de la réception (réductions de personnel, expliqua la direction). Et plus de quarante étages à couvrir, dont certains abritaient plusieurs entreprises. Bon courage pour convaincre les gens de remettre le courrier reçu le matin à des types qu'ils considéraient tout au plus comme des flics privés ! S'il y avait une vraie menace d'attentat, pourquoi ce n'étaient pas des agents du FBI ou des types avec des gilets en Kevlar qui venaient fouiller les bureaux ? Pourquoi n'évacuait-on pas la tour immédiatement ?

– Une fois que nous aurons les paquets, qu'est-ce qu'on est censés en faire ? demanda le chef de la sécurité.

– Il y a des trappes d'expédition intégrées dans le bâtiment ?

– Oui, mais pour les enveloppes, pas pour les paquets.

– Alors, chargez tout dans les monte-charge et envoyez-les au sous-sol le plus vite possible.

Le sous-sol et les fondations étaient conçus pour résister à un séisme. Avec un peu de chance, ils absorberaient la plus grande partie de la détonation, comme ç'avait été le cas lors du premier attentat du World Trade Center en février 1993.

– Foncez et donnez la consigne. Récupérez le plus de paquets possible.

– Et vous ?

– Je vais vous donner un coup de main.

Dark et les vigiles s'élancèrent dans le bâtiment. Dans certains cas, les paquets étaient encore dans les chariots de courrier en attendant d'être distribués aux différents bureaux de l'étage. Cela simplifiait la tâche. Sans un mot, Dark prenait le chariot, le poussait dans le couloir jusqu'au monte-charge et l'envoyait en bas, où un garde déchargeait et entassait le tout dans un coin. Dark s'était proposé à cette tâche, la plus délicate, mais l'homme avait refusé.

– C'est mon bâtiment, c'est à moi de le faire. Ces enfoirés de terroristes peuvent aller se faire foutre.

La consigne se répandit rapidement, et les employés commencèrent à évacuer d'eux-mêmes les paquets.

Au lieu d'attendre les ascenseurs, Dark utilisait les escaliers. Aux alentours du vingtième, il entendit un bruit métallique, suivi de pas précipités sur le béton. Et, au détour des marches, il se retrouva nez à nez avec Roger Maestro.

Celui-ci n'hésita pas. Il dégaina son pistolet et ouvrit le feu sur Dark, qui sauta de côté alors que les balles se logeaient dans le mur.

Dark voulut s'échapper par la première porte venue, mais elle était verrouillée de l'intérieur par mesure de sécurité. La seule issue se situait trente étages plus bas, au rez-de-chaussée. Dark tendit l'oreille : Maestro descendait silencieusement vers lui. Dark scruta les alentours. Il n'y avait que des canalisations : rien qui puisse servir d'abri. Rien ne pouvait le protéger de l'un des snipers les plus décorés de ces dernières années.

Seule solution : il fallait monter.

Dark se percha sur la balustrade, empoigna les canalisations et se hissa dessus en essayant de se coller le plus possible contre la paroi. S'il avait été Sqweegel, il aurait réussi sans peine à caser sa carcasse d'insecte entre les tuyaux en attendant que le danger passe. Mais il n'était pas Sqweegel. Ce qui ne voulait pas dire qu'il n'avait pas le droit d'essayer d'imiter ses subterfuges.

Maestro apparut, précédé du canon de son arme.

Dark se laissa tomber sur lui, de tout son poids.

Ses pieds atterrirent sur le haut du dos de Maestro, le déséquilibrant et l'envoyant valser contre le mur. Maestro poussa un gémissement et lâcha son arme. Dark se jeta sur lui et le cribla de coups de poing au visage. Mais l'autre était plus lourd, plus grand et plus robuste. Il accusa les coups et empoigna Dark à la gorge, et celui-ci, étranglé, fut soulevé du sol et projeté contre la paroi. Son crâne cogna violemment le béton. Il leva le genou, mais Maestro para le coup, continuant de l'étrangler de plus belle.

Cet ancien soldat d'élite était expert au combat. Et devait avoir plus d'une arme sur lui.

Dark se cramponna à lui et allait perdre conscience quand il sentit enfin sous ses doigts un couteau de chasse à la ceinture de son adversaire.

À peine Dark s'en fut-il emparé que Maestro comprit qu'il avait commis une erreur. Il lâcha Dark et recula pour se défendre, en soldat bien entraîné.

Mais Dark n'avait pas l'intention de lui porter un simple coup de poignard : il comptait éventrer cette ordure.

La lame glissa le long du flanc de Maestro, fendant les chairs. L'homme beugla. Dark leva le couteau pour le plonger dans sa poitrine. Maestro para, et Dark, sans lâcher l'arme, lui asséna en pleine face un coup de poing à assommer un bœuf.

Maestro cilla à peine et répliqua par une série de coups de poing qui forcèrent Dark à reculer dans le coin. Quelques secondes plus tard, tout se brouilla – les coups, les halètements et, enfin, la douleur.

## 78

Maestro finit par se rendre compte qu'il perdait abondamment son sang. Il recula et porta la main à sa blessure. Il fallait la panser rapidement.

Il y avait aussi ce satané flic qui gisait, assommé, par terre.

Abdulia avait prévu que Dark serait là. Elle avait dit que c'était un excellent enquêteur, qu'ayant suivi leurs traces jusqu'à Fresno il réussirait à les retrouver ici. Mais elle n'avait pas prévu qu'il serait à l'intérieur et s'efforcerait de contrer leur plan. Ce projet qu'ils échafaudaient depuis un an, jusque dans ses moindres détails, allait voler en éclats à cause de cette petite saloperie. Roger avait envie de le saisir à la gorge et de lui tordre le cou.

Mais non.

Ce n'était pas possible, à présent.

Abdulia lui avait expliqué que la vie de Dark avait croisé la leur, exactement comme l'autre policier, Paulson. Maintenant, il fallait que Dark achève la série. Le tuer tout de suite pouvait tout compromettre.

Steve Dark mourrait quand le destin l'ordonnerait.

Roger monta quelques marches, reprit son souffle, puis ouvrit une porte avec un passe. Il gagna les ascenseurs sans un bruit, passant devant deux employés qui bavardaient avec insouciance. Il se rappela l'époque où il était jeune, invulnérable, et pouvait se permettre d'ignorer les dangers qui l'entouraient. Comme ces deux-là. Vingt ans et quelques, ne se doutant pas que la mort les frôlait littéralement. Pourquoi l'auraient-ils remarquée ? La mort portait l'uniforme d'un employé de l'entretien. Si vous portiez cette tenue, c'était la preuve que vous aviez merdé à un moment de votre vie et que vous méritiez d'être descendu aussi bas.

Arrivé à l'autre escalier de secours, Roger poussa un long soupir, sortit son mobile et appuya sur le 1.

– C'est moi, dit-il. Tu es prête ?

– Oui, Roger. De l'autre côté de la rue. Je t'attends.

– Je te rejoins. Dark était là, à l'intérieur du bâtiment.

– Oh, mon Dieu, s'écria-t-elle. Est-ce qu'il est… ?

– Il tiendra jusqu'à la fin, ne t'inquiète pas.

– Tu penses qu'il est au courant, pour les paquets ?

– Aucune importance. Il y en a assez.

– Sors, alors.

– Dès que j'aurai fini de composer le numéro.

– Je ne vois pas pourquoi tu ne peux pas tout déclencher de l'extérieur.

– Je te l'ai expliqué, dit-il patiemment. Je dois être sûr que la première vague se déclenche. Sinon, on sera obligés d'improviser.

Abdulia était brillante à bien des égards : Roger était régulièrement ébloui par son intelligence. Mais elle n'avait pas été soldat. Elle ne comprenait pas vraiment les armes. Les bombes. Les gaz. Les poisons. Pas aussi bien que Roger.

– D'accord. Je t'aime, Roger.

– Moi aussi.

Roger avait mémorisé la liste des numéros. Tous les numéros de bipeurs qu'il avait achetés d'occasion quelques semaines plus tôt. Chacun était relié à un engin explosif qu'il avait envoyé au service courrier de certaines entreprises de la tour. En Irak, il avait contribué à assurer la sécurité d'une équipe chargée de la reconstruction. Parmi eux se trouvaient les meilleurs spécialistes de la démolition. Devant des bières, ils avaient bavardé ; c'était facile d'abattre un bâtiment dès lors qu'on avait placé la quantité voulue d'explosif à des emplacements clés de la charpente. Roger les avait écoutés, il avait tout retenu. Il passait beaucoup de temps en Irak à mémoriser ce genre de chose. Des agents neurotoxiques découverts dans un stock d'armes. L'art de démolir des bâtiments. Roger se disait que ce genre de connaissances pourraient lui servir plus tard. Peut-être qu'il pourrait se faire embaucher dans l'une de ces entreprises une fois rentré au pays. Il les impressionnerait avec ses compétences.

Évidemment, cela ne s'était pas tout à fait passé comme il l'escomptait. Il s'était retrouvé la tête pleine de connaissances qu'il ne pouvait appliquer à rien.

Jusqu'à maintenant.

Il composa le premier numéro.

Le moment était venu d'abattre la tour.

Quelque part, au loin, une explosion retentit.

# 79

Quand les premières explosions ébranlèrent la Niantic Tower, tout le monde crut que c'était le Grand Séisme de 1906 qui se répétait. Les employés se jetèrent sous les tables ou gagnèrent les issues en s'attendant au pire. Mais les tremblements de terre font un bruit spécifique. Cela commence par un grondement – comme un tank géant qui roulerait sur un terrain accidenté. C'est un bruit qui ne ressemble à nul autre. Puis il est suivi de secousses répétées, à la fois plus longues et plus violentes que vous ne pourriez l'imaginer. Enfin, on prie fébrilement que les architectes aient correctement fait leur travail et que le bâtiment puisse supporter les pires colères de la Nature.

Mais les occupants de la Niantic Tower se rendirent rapidement compte que le bruit et les vibrations n'étaient pas provoqués par un séisme.

# 80

Dark reprit connaissance quand il sentit la vibration de l'explosion se propager dans le sol en béton. Quelques secondes plus tard, des cris commencèrent à s'élever. *Mon Dieu, non !* Était-il déjà trop tard ? Il se leva péniblement. Il vit des taches de sang sur le sol et les escaliers jusqu'à la porte. Roger Maestro avait dû s'échapper et déclencher les charges. Dark pria le ciel que l'équipe de sécurité ait eu le temps de récupérer une partie des paquets et de les entreposer au sous-sol.

Il descendit les escaliers quatre à quatre. À l'étage du dessous, la porte en acier s'ouvrit, laissant échapper un torrent de fumée et une foule d'employés terrifiés.

– Quelqu'un parmi vous a-t-il vu un inconnu à votre étage ? Un homme blessé et qui saignait ?

Un concert de non pour toute réponse. Dark se fraya un chemin dans la cohue jusque dans les bureaux, cherchant d'éventuelles traces de sang sur le sol. Rien. Où était donc passé Maestro ?

Il y eut une autre explosion. Plus proche, cette fois, comme si elle avait eu lieu à l'étage juste au-dessous. Ils avaient récupéré une grande partie des paquets, mais il en restait encore. De la poussière se mit à tomber entre les dalles du faux plafond. Des gens hurlèrent. Instinctivement, Dark s'accroupit, attendant une autre explosion en comptant les secondes. Presque immédiatement après retentit la suivante, plus loin dans le bâtiment. Maestro les déclenchait l'une après l'autre. Ce qui voulait dire qu'il était encore à l'intérieur. Son plan n'était pas de faire s'effondrer tout l'immeuble. Il voulait se ménager une sortie.

Roger Maestro s'appuya contre un bureau et se demanda quel air devait avoir la tour de l'extérieur. Il se rappela avoir regardé les attentats du 11 septembre avec Abdulia peu de temps après leur rencontre. Roger comprit qu'il allait bientôt être envoyé à l'étranger et que toute sa vie allait changer. C'était injuste. Ils s'étaient étreints, avaient allumé des bougies et dîné en silence. C'est cette nuit-là que leur fils avait été conçu.

Après le 11 septembre, le monde avait semblé se réveiller. Mais cela n'avait eu qu'un temps.

Roger passa près de trois ans en Afghanistan et ne vit son petit garçon que par intermittence. Quelques photos, une conversation grésillante et décousue sur un mobile qui captait mal. Quand Roger était rentré, son fils le considérait comme un inconnu. Lorsqu'il le prenait dans ses bras, il se débattait comme pour se libérer. Abdulia le consolait en lui disant qu'il suffirait d'un peu de patience.

Roger pensait souvent à ces tours en flammes en bas de Manhattan, comme des bougies qui s'enfoncent lentement et disparaissent dans le glaçage d'un gâteau. L'immeuble avait-il cette allure, en ce moment ?

Bientôt, il serait fixé, car il serait dehors pour déclencher la deuxième série de charges.

Car c'était cela, le but : reproduire l'horreur de cette matinée ensoleillée de septembre. D'abord, les flammes et la fumée, puis les gens qui sautent en hurlant par les fenêtres, le pays frappé de stupeur. Et, enfin, la tour qui s'effondrerait.

Dans tout bâtiment, les escaliers de secours sont conçus pour être la dernière issue sûre. La Niantic Tower en avait deux – à l'est et à l'ouest –, du trentième étage jusqu'au rez-de-chaussée. Dark réfléchit. Un militaire comme Roger Maestro resterait au-dessous du trentième étage pour éviter tout risque.

Et, si les taches de sang s'éloignaient de la partie est, c'est que Maestro s'enfuyait par l'escalier ouest.

Roger composa un numéro, mais il n'entendit pas de détonation. Ce numéro correspondait au vingt-deuxième étage. Il était au dix-neuvième, pile en dessous. Il aurait dû entendre l'explosion. Que s'était-il passé ? Cela faisait trois échecs sur huit bombes. Trop pour que ce soit un hasard. Quelque chose ne tournait pas rond.

Songeur, il composa rapidement un autre numéro.

# 81

Le temps que Riggins et Constance arrivent à la Niantic Tower, de la fumée s'échappait déjà par les fenêtres brisées et un flot d'employés affolés sortaient par les portes à tambour. Riggins était à Washington durant le 11 septembre, regardant l'événement en direct à la télévision en attendant des instructions, et il avait regretté de ne pas être sur place pour agir. Eh bien, apparemment, aujourd'hui était son jour de chance.

Ils se frayèrent un chemin dans la foule affolée et atteignirent le comptoir de la sécurité. Constance brandit une photo de Dark.

– Cet homme vous a-t-il contacté ? demanda-t-elle.

Le garde, abasourdi, hocha la tête.

– Oui, il avait un laissez-passer de la Sécurité intérieure… Il ne fallait pas que je le laisse entrer ou quoi ?

– Savez-vous où il est ? aboya Riggins.

– Il est monté : il nous a dit de récupérer tous les paquets et de lancer l'évacuation. Mais attendez. Vous êtes qui, vous ?

Riggins sortit son badge.

– Le FBI. Division des Affaires spéciales. Oui, nous sommes en liaison avec ce gars, mais son mobile doit être coupé. Il faut qu'on le trouve immédiatement. Combien d'autres vigiles sont postés dans le bâtiment ?

– Une douzaine, mais ils sont un peu partout. Votre collègue leur fait récupérer les paquets.

– Bon, on va entrer.

– Vous rigolez ? On essaie de faire sortir tout le monde.

La nouvelle amie de Dark les avait conduits droit à San Francisco.

Quand Riggins avait coincé les faux ambulanciers en les menaçant des foudres du ministère de la Justice, ils avaient simplement haussé les épaules et craché son nom. « Elle est de votre bord, de toute façon », avaient-ils dit. Cela n'avait rien d'étonnant. Riggins avait pris quelques renseignements, histoire d'en savoir plus sur cette Lisa Graysmith. Au début, personne n'avait rappelé. Puis un bureaucrate inconnu lui avait téléphoné en le menaçant vaguement s'il persistait à poser des questions. Touché. Riggins s'était adressé à Wycoff – c'était même peut-être la première fois qu'il avait eu hâte d'entendre la voix de ce sale con – et lui avait demandé de fouiner de son côté, prétextant que cette Lisa Graysmith était apparue comme une suspecte dans le cadre de leur enquête sur le Tueur Aux Cartes.

En attendant de ses nouvelles, Riggins avait consulté ses dossiers aux Affaires spéciales, au cas où elle y figurerait. Et, à sa grande surprise, il avait vu juste.

Sur l'ordinateur, en tout cas.

Dans les dossiers de Quantico, son nom n'apparaissait nulle part. Certes, il y avait une Julie Graysmith, victime de la Doublure quelques années plus tôt.

Selon les dossiers en ligne, Lisa était sa sœur aînée.

Mais, sur le papier, aucune Lisa.

*Qu'est-ce que c'était que ce bordel ?*

Wycoff avait rappelé. Lisa Graysmith était intouchable. Protégée par le secret diplomatique et le ministère de l'Intérieur. Il était impossible qu'elle soit impliquée dans l'affaire du Tueur Aux Cartes, étant donné qu'elle était en mission quelque part dans le monde et qu'il n'était pas question d'en dire plus.

Riggins avait remercié Wycoff en disant que c'était peut-être une homonyme.

*Tu parles !*

Vingt minutes plus tard, un type qui avait voulu rester anonyme avait informé Riggins que s'il voulait parler à Lisa Graysmith il pouvait essayer du côté de la Niantic Tower, à San Francisco. Elle venait de signaler une possibilité d'attentat terroriste sur le bâtiment.

– Elle fait partie d'une entreprise quelconque ? Vous pourriez me donner un numéro, ou un étage ?

Souvent, les agents de renseignement opéraient sous la couverture d'une fausse entreprise.

– Vous êtes du FBI, non ? avait gloussé la voix.

Il n'y avait qu'une chose plus pénible à supporter que des politiciens en croisade : les membres du contre-espionnage imbus de leur importance.

– Merci.

Cependant, maintenant qu'ils étaient sur place, Riggins comprenait pourquoi le type trouvait cela drôle.

Riggins ignora les gardes, sauta par-dessus les tourniquets et contourna les ascenseurs en courant, suivi de Constance. Arrivés aux escaliers de secours, ils se frayèrent un chemin dans la cohue qui se bousculait entre larmes et quintes de toux.

– Restez avec les gardes, avait dit Riggins à Constance. Peut-être que vous pourrez repérer Dark avec les caméras de surveillance.

– Et vous laisser mourir en héros là-haut pour que vous me hantiez tout le reste de ma vie ? Non, merci, Tom. Je monte.

– Ce que vous pouvez être butée.

– C'est pour ça que vous m'aimez.

– Et c'est rien de le dire, répondit Riggins.

Il tendit ses grosses mains devant lui pour écarter la foule paniquée. C'était insensé. Impossible. Pourtant, ils allaient le faire..

## 82

Dark ne savait même pas à quel étage il était. L'épaisse fumée noire lui brûlait les yeux et la gorge. Les sirènes d'alarme et les cris étaient assourdissants.

Il entendit des cris sur sa gauche. Il progressa rapidement sur la moquette, en cherchant la moindre trace de Roger. Une goutte de sang. Une empreinte. N'importe quoi. D'autres cris s'élevèrent. Comme toujours, Dark était déchiré. D'un côté, les victimes ; de l'autre, le monstre. La logique voulait qu'en éliminant le monstre vous aidiez les victimes. Mais que faire quand le monstre s'enfuyait et que les victimes appelaient au secours ?

Constance avait un excellent sens de l'orientation : elle n'avait presque jamais besoin de GPS. Une fois qu'elle eut localisé les ascenseurs et les escaliers, elle dirigea les employés sans la moindre hésitation, alors qu'elle n'avait jamais mis les pieds à la Niantic Tower. Son gilet du FBI lui conférait immédiatement une autorité, mais il y avait aussi son attitude : on savait qu'elle ne vous laisserait pas tomber.

– Par ici ! cria-t-elle. Guidez-vous à ma voix !

En même temps, elle cherchait Dark dans la foule.

Malgré tout ce qui prouvait le contraire, elle avait la certitude que Dark n'était pas mêlé à ce drame. Il essayait de l'empêcher, comme toujours, parce qu'il avait un besoin irrépressible d'arrêter les criminels. Cependant, Constance ne comprenait pas – et elle en était vexée – pourquoi il ne les avait pas mis au courant. Pas les Affaires spéciales ni Wycoff, mais Riggins et elle. Qu'est-ce qu'ils lui avaient fait ?

Constance chassa cette idée de sa tête. Elle panserait les blessures de son amour-propre plus tard. Pour le moment, elle devait évacuer tous ces gens.

Elle agissait rapidement, vidait un étage, puis suivait le dernier traînard jusqu'à l'escalier, tout en se retenant de sursauter chaque fois qu'une nouvelle explosion retentissait. C'était un cauchemar au ralenti.

C'est alors qu'elle repéra quelque chose de curieux : un homme, avec un téléphone à la main, marchait à pas comptés tout en composant un numéro. Il appuya posément sur les touches. Et, trois secondes plus tard, une explosion retentit, plus loin, cette fois.

Alors qu'il composait un autre numéro, la lumière se fit en elle. Au sixième chiffre, elle avait dégainé son Glock. Au septième, elle lui criait de ne plus faire un geste. Il appuya sur une autre touche tandis qu'elle tirait au-dessus de sa tête. Lentement, l'homme se retourna et la fixa. Appuya sur une touche. La neuvième. Plus qu'une.

– Ne bougez plus, répéta-t-elle.

– Je vous en prie, répondit l'homme avec une expression angoissée. J'essaie juste d'appeler ma femme. Elle doit être morte d'inquiétude.

– Posez le téléphone.

– Mais pourquoi ? Je n'ai rien fait de mal...

Sa lèvre tremblait. Il était pâle, en sueur. Mais Constance croisa son regard glacial et dur.

– Dernière sommation, dit-elle en s'approchant.

– O.K., O.K...

Alors qu'il se baissait pour poser l'appareil sur une marche, son expression changea. La froideur de son regard gagna le reste de son visage. Puis, sans crier gare, il se précipita sur

Constance. Elle tira. Et le manqua. Tout se passait trop vite. Le temps qu'elle reprenne son souffle et vise à nouveau, il était sur elle et lui faisait lâcher le Glock d'un revers avant de la saisir à la gorge. Constance tomba à genoux, le souffle coupé, comme si on lui avait enfoncé une pierre dans la trachée. Deux objectifs lui traversèrent l'esprit : un, se défendre. Deux, récupérer l'arme et abattre ce salaud. Suffocante, elle tendit la main vers l'arme. C'est là qu'il la plaqua au sol en lui enfonçant un genou dans le dos. Quand elle fut réduite à l'impuissance, il lui empoigna la tête à deux mains. Constance tendit la main vers le Glock tombé une marche au-dessous et l'empoigna. Elle sentit que l'homme lui lâchait la tête, et, une seconde plus tard, il abattit son poing sur son coude. Elle sentit son bras se briser et s'engourdir, mais elle refusa de lâcher l'arme.

Constance avait toujours admiré Dark. De lui, elle avait tout appris : des relations de bureau au décryptage d'une affaire complexe. Elle voulait tellement lui ressembler qu'elle avait même tenté de s'insinuer dans sa vie dans un moment de faiblesse. À présent, elle savait ce qu'elle devait faire, car Dark aurait agi ainsi dans cette situation. Malgré l'homme qui pesait de tout le poids de ses cent kilos sur son dos, malgré les mains qui lui empoignaient le crâne, malgré ses multiples fractures au bras, elle visa comme elle put.

Puis elle tira sur le mobile, le faisant voler en éclats.

Roger se maudit de ne pas avoir réfléchi. Ses supérieurs lui avaient toujours dit qu'il était un bon soldat, mais qu'il n'avait pas l'esprit stratégique. Roger Maestro était un homme que l'on utilise avec un objectif spécifique. Ce n'était pas à lui qu'on demandait de planifier. Il en était conscient, il l'acceptait. Et c'est pourquoi il était heureux d'avoir Abdulia à ses côtés.

Mais, là, il avait manqué à ses devoirs.

Avec un grognement agacé, il cogna la tête de l'agent du FBI sur le béton et l'assomma. Puis il récupéra le téléphone fracassé, espérant qu'il fonctionnerait encore. Hélas…

Il n'avait guère le choix. Soit il restait à l'intérieur du bâtiment et appelait depuis l'un des innombrables appareils fixes. Mais leur plan reposait sur l'effondrement de la tour puis sur le déclenchement d'une seconde – et bien plus mortelle – vague d'explosions depuis l'extérieur, de l'autre côté de la rue. Le faire de l'intérieur, c'était une mission suicide.

Soit il pouvait sortir et passer les appels depuis le téléphone d'Abdulia. Mais elle était déjà en route pour régler les derniers préparatifs de leur dernière carte. Le succès de leur plan reposait sur le téléphone mobile.

En acheter un ? Il ne le pouvait plus. Ils avaient passé beaucoup de temps en ville, mais il n'avait pas pensé à repérer les boutiques de téléphonie mobile. Il s'était soucié de nombreux détails, mais pas de celui-là.

Agacé, il glissa l'appareil cassé dans sa poche et descendit l'escalier.

# 83

Dark dévalait l'escalier de secours quand il vit le corps vêtu d'un gilet du FBI. Il sut qui elle était avant même de la retourner délicatement et de voir son visage. Il suffit de passer suffisamment de temps avec quelqu'un pour que l'esprit emmagasine des quantités de détails. Il l'avait donc reconnue avant même d'atteindre le palier, même si sa présence ici, au milieu des explosions, ne tenait pas debout.

*Elle est venue me chercher.*

– Constance, dit-il en s'agenouillant auprès d'elle et en posant les doigts sur son cou.

Il dut crier pour qu'enfin elle ouvre les yeux.

– Steve ?

Dark laissa échapper un soupir de soulagement et lui embrassa le front. Il n'aurait pas supporté de perdre une nouvelle fois un être proche. À cause de ces monstres.

– Je vais te sortir d'ici, dit-il en s'apprêtant à la soulever dans ses bras.

Elle frémit et secoua la tête.

– Non. Parce que dans ce cas je serai obligée de t'arrêter.

Dark la considéra, interloqué, puis elle leva la main et lui caressa le visage. Le geste le rassura : non, elle n'avait pas perdu la tête, malgré le choc. Elle comprenait mieux que personne Steve Dark et le don qu'il possédait.

– Vas-y, souffla-t-elle. Va arrêter cette ordure.

## 84

Dehors, Dark secoua ses vêtements couverts de poussière. La presse était accourue en même temps que les camions de pompiers, la police et les premiers secours. Au lieu de s'élancer d'un pas décidé, Dark tituba comme s'il faisait partie de la foule des victimes hagardes. Son visage était couvert de suie et de cendre, mais si on le reconnaissait il était perdu. Il suffisait de peu pour qu'on le lie aux explosions ; on pourrait prétendre qu'il avait lui-même posé les bombes afin de passer pour un héros.

Il regardait la Niantic Tower. Des volutes de fumée s'échappaient de plusieurs fenêtres, et même quelques flammes. Mais la tour tenait bon. Finalement, ils avaient envoyé suffisamment de colis au sous-sol. Roger Maestro avait pu déclencher des incendies et semer une panique générale, mais il avait échoué.

La Niantic aurait besoin de nombreuses réparations, mais elle ne s'écroulerait pas.

Sur la place, Dark jeta un coup d'œil aux deux hommes assis à l'arrière d'une ambulance, des masques à oxygène sur le visage. Ils auraient pu être un père et son fils, le plus âgé avec sa chemise blanche sortie de son pantalon et l'autre en blouson gris et jean noir. Dark se rappela aussitôt la carte de la Maison-Dieu et les deux personnages précipités dans le vide. Ç'aurait pu être ces deux hommes, mais ce n'était pas arrivé. On pouvait changer le cours du destin.

Un autre personnage attira son regard, juste devant le bâtiment. Un homme que deux ambulanciers transportaient, le soutenant sur leurs épaules. Il semblait apathique, quand, soudain, il se débattit et échappa à ses sauveteurs. Il fit quelques pas, puis il tomba à genoux et se mit à vomir en secouant la tête et en écartant les ambulanciers qui voulaient l'aider. À leur stupéfaction, il se releva, et Dark le reconnut. Riggins. Il essayait de retourner dans l'immeuble, sans doute pour chercher Constance. Les deux ambulanciers le saisirent par les bras. Un troisième tenta de lui coller un masque à oxygène sur le visage, mais Riggins cribla les deux premiers de coups de poing et renversa le troisième avant de se précipiter vers la tour.

Dark savait pourquoi. Riggins ne s'arrêterait qu'une fois sûr que tous les membres de son équipe étaient sains et saufs.

Dark eut envie de courir derrière lui et de crier à pleins poumons : « Non ! N'y va pas ! Tu vas te faire tuer ! »

Mais il savait que c'était inutile. On ne pouvait pas arrêter Riggins.

Roger et Abdulia étaient toujours dans la nature. Quelque part près de la tour. Espérant la voir s'effondrer.

Titubant toujours, Dark scruta les alentours, les trottoirs, les vitrines des cafés. Les trouverait-il assis en train de prendre un café tout en contemplant la pagaille qui régnait de l'autre côté de la rue ? Non. Il fallait cesser de chercher des couples. Abdulia devait observer la scène de près. C'était elle, le cerveau. Son mari, n'était que l'homme de main, l'exécuteur, le pilote, le fournisseur. C'était elle qui avait tout échafaudé. Comme elle avait tracé la voie pour Dark. Il fallait absolument arrêter cette femme.

À cet instant, il sentit quelque chose vibrer dans sa poche. Son téléphone. Il l'avait oublié. Il avait dix-sept textos en attente. Plusieurs en provenance de Graysmith. Mais les derniers venaient d'un numéro inconnu.

HILDA A UN MESSAGE POUR TOI

Quand Graysmith décrocha, il ne lui laissa pas le temps de parler.

– Dis-moi que tu as un véhicule.

– Va au quai 14, juste à côté de l'Embarcadero, répondit-elle. Un hélicoptère t'attend. Où sont les Maestro ? Si ça n'était pas le pire, où comptent-ils abattre la dernière carte ?

– Je te le dirai dès que je serai à bord.

# PARTIE X

# La Mort

Pour visionner le tirage de tarot personnel de Steve Dark, connectez-vous à level26.com et entrez le mot de passe : « mort ».

flashcode

web

EX LUX LUCIS ADVEHO ATRUM
XIII
LA MORT
EX ATRUM ADVEHO LUX LUCIS
EX LUX LUCIS ADVEHO ATRUM · EX ATRUM ADVEHO LUX LUCIS
EX LUX LUCIS ADVEHO ATRUM · EX ATRUM ADVEHO LUX LUCIS

Transmission captée par les gardes-côtes américains, service de la navigation, secteur de San Francisco. Lt G. Allan Schoenfelder, directeur du centre des opérations.

*Femme non identifiée : Roger.*

*Homme non identifié : Je suis là.*

*(grésillements)*

*FNI : … tellement être avec toi, Roger.*

*HNI : Je serai là. Bientôt.*

*FNI : Il fait froid, là où tu es ?*

*HNI : Un peu, mais j'ai mon blouson.*

*(grésillements)*

*FNI : Roger ?*

*HNI : Oui.*

*FNI : Tu te rappelles ce que je t'ai dit pour la dernière carte ? Qu'elle symbolise la renaissance, l'élévation de la conscience, le cycle de la vie ?*

*HNI : Oui, je me souviens.*

*FNI : Tant mieux. Je voulais m'assurer que tu avais compris. Tu n'as pas peur, n'est-ce pas, Roger ?*

*HNI : Je suis juste fatigué, je crois.*

*FNI : Ça ira, Roger. Ce sera bientôt terminé et nous pourrons nous reposer.*

*(grésillements)*

Le dernier repos, celui qui attendait les gens qui se trouvaient dans cette tour.

Mais Steve Dark avait tout gâché, exactement comme ce jeune agent, Paulson, avait menacé de ruiner leurs tout premiers efforts. Et, quand on se dresse sur le chemin du Destin, il trouve à son tour le moyen de se dresser sur le vôtre.

Abdulia se demanda si celui qu'ils avaient choisi au début pour jouer le rôle du Mat connaissait sa chance.

Maintenant, Dark avait rassemblé les pièces du puzzle plus tôt que prévu et percé leurs plans à jour. Les autorités étaient censées analyser les meurtres et, surtout, diffuser leur message dans le monde entier.

Accepter son destin permet de rétablir l'équilibre du monde. Le combattre est aussi futile que lutter contre la fureur d'un torrent. Quand on nage à contre-courant, on ne réussit qu'à se faire du mal, à soi et aux autres.

L'humanité n'avait-elle pas encore appris la leçon ? Les plus grosses entreprises étaient fondées sur des principes défiant l'ordre naturel des choses, dérobant les ressources aux masses souffrantes, générant une richesse qui aurait fait rougir d'envie l'Empire romain. Et on les laissait détruire la nature en même temps. Il suffisait de voir le pétrole se répandre dans le Golfe et l'entreprise responsable hausser les épaules comme un enfant gâté.

Le monde avait besoin d'être tiré de sa torpeur, Abdulia allait l'y aider.

Tout reposait sur la dernière carte.

# 85

## Cap Mendocino, Californie

Le cap Mendocino était situé à la pointe la plus occidentale de la Californie, avec un phare qui rassurait les marins depuis 1868 – un éclair blanc toutes les trente secondes. L'entretenir n'était pas facile, car la région était connue pour son activité sismique et son exposition aux violentes rafales de vent du Pacifique. Le phare, haut de trois étages, était constamment endommagé, et parfois détruit par les pires caprices de la nature. Cependant, il était reconstruit à chaque fois, car les écueils et les rouleaux de la côte étaient trop dangereux. Mais, depuis quelques années, le phare du cap Mendocino était devenu obsolète, dépassé par la technologie de la navigation actuelle. Il avait été abandonné dans les années soixante et attendait un financement pour être restauré.

À l'intérieur de sa carcasse rongée par le sel se trouvait Hilda. Et les tueurs.

Le texto qu'Abdulia avait envoyé à Dark était bref.

PHARE MENDOCINO. SEUL

L'estomac de Dark était noué à la pensée de savoir Hilda captive de ces dingues. Elle l'avait écouté et conseillé sans rien demander en échange, pas même le prix de la consultation.

Il était hors de question qu'il lui arrive quoi que ce soit.

Pour l'heure, Steve et Lisa survolaient la Californie dans un Piper Tech. Dark serait déposé quelque part, mais pas trop près du phare.

– C'est complètement idiot, protesta Graysmith. Tu seras à peine entré là-dedans que tu seras mort, et ta copine voyante aussi.

– S'ils voient l'hélicoptère, elle sera tuée. Au moins, comme ça, j'ai une possibilité de négocier sa vie contre la mienne.

– Laisse-moi mettre sur pied un commando.

– On n'a pas le temps. En plus, c'est moi que veut Abdulia. Si elle n'y parvient pas, elle se vengera sur Hilda.

– Ça ne me plaît pas. Donne-moi quinze minutes : une corvette de la marine délogera ces tueurs de leur falaise à coups de mortier.

Mais c'était probablement Dark que voulaient les tueurs. Après tout, Hilda lui avait expliqué que la carte de la Mort symbolisait un nouveau commencement autant qu'une fin. « On doit se sacrifier pour pouvoir renaître. »

Il ne pouvait pas abandonner Hilda aux Maestro.

– Non, dit Dark. Je dois m'y rendre seul. Laisse-moi aller jusqu'au bout.

Graysmith le considéra longuement.

– Tu sais, en fait, je me laisse influencer par mes sentiments, alors que tout le monde m'a toujours crue froide et indifférente.

Avant qu'il parte, elle lui donna les vêtements pare-balles qu'elle avait récupérés à Fresno et le convainquit de les porter. Cela l'alourdissait, mais il ferait avec. Il chargea son Glock 22 et le glissa dans le holster fixé à l'arrière de sa ceinture. Il ne voulait pas être encombré. Un bref instant, il regretta de ne pas avoir un costume ajusté comme Sqweegel.

# 86

Johnny Knack n'avait jamais voulu s'aventurer en zone de guerre. C'était son unique règle : reportages aux États-Unis seulement, merci. Il avait même refusé le Royaume-Uni, à cause de l'IRA. L'une de ses plus grandes terreurs était d'avoir un rôle différent de celui d'observateur. On est en train de faire une interview et, tout d'un coup, on se retrouve, suffoquant et cagoulé, à genoux, à se demander si on va vous décapiter ou vous violer avec un manche à balai, et tout ça en direct sur Internet. Ou les deux, et sans savoir dans quel ordre. Donc, pas question d'aller en Irak, à Kaboul, à la frontière entre les deux Corées, en Inde, au Pakistan et pas même en Irlande du Nord.

Mais il savait aussi que lorsqu'on se donne un mal de chien pour éviter quelque chose on finit toujours par tomber dessus. C'est le genre de tour que vous joue la vie.

Comme maintenant, par exemple : il était ligoté sur une chaise en acier, le bras droit dans le dos, attaché à une espèce d'écharpe nouée autour du cou. S'il baissait le bras pour le reposer un peu, il s'étranglait tout seul.

Quant au gauche : attaché, paume en l'air, sur l'accoudoir de la chaise. Au début, la position l'avait terrifié. Il n'y a pas pire torture pour un journaliste que de voir quelqu'un vous mutiler les mains.

Mais cette folle n'avait pas sorti de couteau. Elle avait scotché le dictaphone de Knack dans sa main, le pouce posé de manière à pouvoir appuyer sur le bouton ENREGISTREMENT.

– Qu'est-ce que vous me voulez ? demanda-t-il.

Il avait une voix pâteuse, une élocution difficile, loin de sa vitesse et de sa précision habituelles. Cette bonne femme l'avait drogué.

La femme en question – qui eut l'amabilité de se présenter comme Abdulia (ce qui serait commode quand il raconterait tout cela à la police plus tard, à condition qu'il s'en sorte, ha, ha) – posa la main sur sa joue.

– Ne vous inquiétez pas, monsieur Knack. La carte de la Mort n'est pas pour vous. Vous n'êtes là que pour l'annoncer.

– La carte de la Mort, répéta-t-il en frémissant. Alors c'est la prochaine, hein ? J'aurais dû m'en douter. C'était quoi, le prêtre ? L'Ermite ou un truc de ce genre ?

– Est-ce de l'ironie que je perçois dans votre voix, après tout ce que vous avez vu ? demanda Abdulia.

– Non. J'essaie juste de comprendre.

– Tout deviendra clair si vous gardez les yeux ouverts.

Knack bougea un peu le bras droit – bon sang, ce que ça faisait mal – et désigna l'autre bout de la pièce d'un coup de menton.

– C'est elle ? La carte est pour elle, alors ?

Dans le coin dormait une femme – de longs cheveux noirs, assez jolie dans le genre hippie. Il avait vu Abdulia lui faire une piqûre. Probablement une saloperie de drogue. Pour qu'elle reste béatement tranquille.

Il entendit un bourdonnement. Abdulia porta son mobile à l'oreille et se détourna. Bon, c'était rassurant de voir qu'une tueuse complètement barrée dans le tarot soit un peu civilisée.

Mais à qui parlait-elle ? Elle ne pouvait pas agir seule. Elle avait eu besoin d'aide pour attacher le pauvre Martin Green. Et égorger ces filles à Philadelphie.

– O.K., je suis prête, dit-elle. Ne t'inquiète pas, Roger.

Donc, c'était un « Roger ».

*Que d'infos géniales !* songea-t-il. Tant de journalistes auraient tué leur mère pour moins que ça ! Vous imaginez ? Traîner avec la bande à Manson quand elle était entrée dans Cielo Drive ? « Hé, le crasseux, avant que tu enfonces ta fourchette dans le ventre de la dame enceinte, je peux te poser deux ou trois questions ? »

Abdulia raccrocha et s'accroupit pour fouiller dans un petit sac en toile. Elle revint auprès de Knack et lui montra les trois objets qu'elle avait dans la main.

– Attendez, dit Knack. Vous m'avez dit que la Mort, c'était pas pour moi ! Qu'est-ce que vous foutez, là ?

– Ce sera désagréable, mais vous ne mourrez pas.

Elle tenait un chiffon. Un rouleau de sparadrap. Et une paire de ciseaux chirurgicaux.

# 87

Steve Dark n'aurait jamais cru que cela lui viendrait à l'esprit. Mais il avait envie de remercier Sqweegel.

Le monstre lui avait pris sa femme, sa vie. Mais il lui avait légué son morbide talent : la furtivité.

Pendant des années, Dark avait étudié les mouvements et les méthodes du monstre ; il n'avait pu s'empêcher de les adopter. Il pensait à lui chaque fois qu'il inspectait sa maison au milieu de la nuit, l'oreille aux aguets, au cas où un autre monstre serait tapi dans l'ombre.

À présent qu'il approchait du phare, ce talent se révélait fort utile. Il y avait aussi l'adrénaline, évidemment. Ses muscles bouillonnaient d'une force brute, alors qu'il avait littéralement échappé à l'enfer quelques heures plus tôt. Mais il était sauvé par sa capacité à ramper et à tordre ses membres. Le terrain était rocheux, l'idéal pour progresser discrètement de cachette en cachette. Ses articulations se disloquaient presque. Il avait mémorisé l'emplacement du phare de manière à ne pas devoir lever la tête. Et il avançait inexorablement.

Il parvint à un entassement de rochers qui offrait un couvert parfait. Avec un minuscule miroir monté sur une tige, il observa le phare. Trois étages seulement. Il aperçut deux silhouettes dans la lanterne, l'une assise et l'autre debout. Les Maestro, seuls ? Hilda n'était pas visible. Peut-être était-elle en bas ?

Dark rangea son miroir et se baissa de nouveau à quatre pattes. Rapidement, il s'avança vers le bâtiment. Les Maestro devaient s'attendre à ce qu'il utilise l'unique porte. Peut-être pourrait-il arriver par le haut et les prendre par surprise.

Arrivé au pied du phare, il commença à l'escalader. Les rivets rouillés lui arrachaient les mains, mais il s'en moquait, il n'avait que cela pour s'accrocher. Il atteignit enfin la rambarde et regarda à l'intérieur.

La lampe et sa lentille avaient disparu depuis longtemps, comme une grande partie des vitres.

Il reconnut le journaliste Johnny Knack, ligoté à une chaise, bâillonné avec une balle en caoutchouc. Les Maestro avaient l'air d'aimer ce genre de gadget. Il avait les yeux écarquillés, comme s'il était figé de terreur. Dark le scruta. Ses paupières étaient maintenues ouvertes par des morceaux de sparadrap collés aux sourcils et aux joues, comme dans *Orange Mécanique*. Et son visage ruisselait de larmes.

À côté de lui se tenait Abdulia, son mobile à l'oreille. Dark ne l'avait pas revue depuis Venice Beach, avant qu'il découvre la vérité. Mais elle semblait tout aussi calme et détendue que dans la boutique de voyance. Comment les pires monstres au monde étaient-ils capables d'un tel sang-froid, même dans les moments les plus extrêmes ?

Enfin, dans un coin, gisant, inconsciente, sur le sol, il aperçut Hilda.

Pendant ce temps, Roger observait Dark à une cinquantaine de mètres de distance. On ne pouvait rêver cible plus facile. Mais il devait attendre. Parfois, il ne comprenait pas totalement les idées de sa femme. Il croyait en elle, à la puissance du tarot, mais elle compliquait les choses. Pour lui, ils n'avaient qu'à prendre l'argent de Green et à s'installer dans un endroit où la vie n'était pas chère. Mais ils avaient passé la majeure partie de ces deux dernières semaines séparés, sillonnant le pays et semant la mort à chaque étape.

À présent, il était perché à l'abri d'une petite grotte en face du phare, fusil en main.

La blessure que lui avait infligée Dark lui faisait encore mal. Son corps épuisé avait besoin de repos. Parfois, quand il fermait les yeux, il entendait des explosions et imaginait que c'étaient ses veines qui cédaient au stress des dernières semaines. Des dernières années, même.

Mais Abdulia lui avait assuré que ce serait terminé avant la tombée de la nuit. Et qu'ils seraient ensemble. Enfin en paix, après les tourments et le chagrin qu'ils avaient tous les deux endurés.

Roger avait hâte d'y arriver.

La lumière était si intense que Knack était presque aveuglé. *Bon sang, ces sparadraps sur les paupières… C'est pire que de se faire écrabouiller les mains*. Il rêvait de pouvoir ciller. Si jamais il s'en sortait, voici ce qu'il ferait : il passerait toute une journée à cligner des yeux. Ou alors il les fermerait pendant quelques jours, pour les reposer…

Comment cette folle pensait-elle qu'il puisse « observer », s'il n'arrivait plus à rien voir ?

Soudain, du coin de l'œil, il surprit un mouvement. Dehors. Derrière la vitre.

Dark bondit par l'une des fenêtres cassées et dégaina son Glock, qu'il braqua sur la poitrine d'Abdulia.

– À genoux, les mains derrière la tête.

Il balaya rapidement la pièce du regard. Où était Roger ? Probablement en bas avec une arme, pensant qu'il passerait par la porte.

Docilement, Abdulia obéit.

– Allez-y, dit-elle. Donnez-moi la mort.

– C'est ça que vous cherchiez depuis le début ? Vous auriez dû m'appeler il y a dix jours. Ça vous aurait évité bien des tracas, rétorqua Dark.

– Cela devait se passer ainsi, dit-elle en souriant. Les actes ne signifient rien tant que vous n'avez pas la volonté de renoncer à tout. Y compris à votre propre vie. Et vous êtes mon chevalier noir. La mort fièrement juchée sur son cheval blanc.

– Vous pensez que je suis la Mort ?

– Sinon, comment nos chemins se seraient-ils croisés ? Dès l'instant où j'ai vu votre visage… oh, dès que j'ai entendu votre nom, Steve Dark, j'ai su que c'était le destin. Que vous nous suivriez jusqu'au bout. Sans jamais renoncer. Sans baisser les bras.

Dark désigna du menton Hilda, toujours inconsciente.

– Alors pourquoi l'avoir entraînée là-dedans ? Elle n'a rien à voir avec tout ça.

– Au contraire, elle a tout à y voir. Vous lui avez demandé conseil et vous avez passé toute la nuit dans sa boutique. Je vous ai vu entrer. Et je vous ai vu sortir au petit matin, ébloui. Hilda vous a fait pénétrer dans le monde du tarot, et j'ai compris qu'elle vous attirerait ici pour accomplir votre destin.

Ainsi, ce n'avait été ni de la paranoïa ni Graysmith. Abdulia avait commencé à l'épier dès ce jour-là. Johnny Knack avait pris sa photo à Philadelphie et avait attiré l'attention des tueurs. Dark se tourna vers le journaliste attaché.

– Et il est ici pour assister à votre mort ?

– Le monde doit savoir ce que signifie accepter son destin. Mon exemple sera une leçon pour tous.

– Vous n'aviez pas besoin de moi pour ça. Vous pouviez demander à votre mari de le faire. Il a tué beaucoup de gens et il est très doué dans ce domaine.

– Jamais il ne me ferait de mal. Roger m'aime trop. Mais vous êtes différent, Steve Dark. Vous êtes un tueur-né. Votre existence devait croiser la nôtre.

Dark se tendit. Ce n'était pas la première fois qu'il était au bord du précipice. De nouveau, il se trouvait devant une psychopathe responsable de la mort de personnes auxquelles il tenait. Une fois de plus, il était armé. Il entendit la voix de

Sqweegel le défier : « Ce n'est drôle que si tu résistes. Allez ! Bats-toi ! Le monde entier te regarde ! »

– Faites-le, roucoula Abdulia. Abattez le monstre, Dark. Récoltez les félicitations, les médailles et les honneurs. N'est-ce pas ce que vous cherchez depuis le début ? Prouver, à vous-même comme à vos collègues, que vous n'êtes pas irrécupérable ? Que c'est le métier auquel vous étiez destiné ? Tirez !

Dark reprit ses esprits. Ce n'était pas Sqweegel qui était devant lui, c'était juste une bonne femme déjantée qui croyait que les tarots lui ordonnaient de tuer. Elle avait pour mari un tireur d'élite qui obéissait à ses moindres ordres. Les Maestro n'étaient pas les monstres de ses pires cauchemars : ce n'étaient que des déments qui avaient besoin d'être mis en prison. Dark baissa son arme.

– Obéir aux cartes va vous apporter une sorte de paix, c'est cela, Abdulia ? demanda-t-il.

– Le destin veut que je meure. Pour avoir laissé mourir mon fils Zachary. Je suis aussi coupable que les autres – l'infirmière, le prêtre, ainsi que le cupide, le vaniteux et l'orgueilleux. Vous avez une fille. Vous devez bien comprendre que je mérite ce châtiment.

– Vous vous trompez. Vous et Roger êtes enchaînés, exactement comme les personnages de la carte du Diable. Vous pourriez vous libérer de vos entraves, mais vous choisissez de rester esclaves. Ce n'est pas inéluctable.

Le regard d'Abdulia flamboya et ses joues s'empourprèrent. Elle explosa de fureur.

– Comment osez-vous parler des cartes !

– Vous savez que j'ai raison.

– Vous devez me donner la mort !

– Non. Vous allez finir en prison.

Abdulia se jeta brusquement sur lui, tentant un acte inédit : le suicide par policier interposé. Mais Dark l'esquiva prestement, prit les menottes à sa ceinture et l'empoigna. Elle hurla et se débattit tandis qu'il lui retournait les bras dans le dos. Il n'y aurait pas de carte de la Mort. Il y aurait un procès. Un verdict, prononcé par un jury officiel. Et une sentence. *Voilà ton destin.*

Durant cette brève lutte, Dark surprit un regard de Knack, qui lui désignait les vitres d'un air suppliant.

Deux secondes plus tard, les fenêtres volaient en éclats.

# 88

Quand Roger Maestro vit Dark passer les menottes à son épouse, il resta un instant interdit, perdu.

Abdulia lui avait dit qu'elle forcerait Dark à la tuer. Dark incarnait la carte de la Mort, tout comme Jeb Paulson avait été contraint de jouer le rôle du Mat. Sinon, Hilda mourrait. Et le journaliste aussi. Et un homme comme Steve Dark ne sacrifierait pas des victimes innocentes.

Mais, si Dark refusait de céder, il était convenu qu'Abdulia baisserait la tête. Et Roger devait abattre Dark. D'une balle dans le crâne.

Évidemment, le journaliste n'en perdrait pas une miette et pourrait raconter au monde entier ce qu'il avait vu : ce qu'il en coûte de refuser d'accepter son destin.

La dernière carte, le dernier mort. Enfin, ils pourraient partir quelque part en paix. Abdulia le lui avait promis. Après cette dernière carte, tout irait bien, l'équilibre reviendrait.

Mais Abdulia n'avait pas baissé la tête. Elle s'était précipitée sur Dark, éperdue de douleur. Que lui avait dit ce salaud qui puisse la mettre dans une telle fureur ? Abdulia était un modèle de calme et de paix intérieure. Roger resta un moment paralysé pendant que Dark passait les menottes à son épouse. Ce n'était pas censé se passer ainsi. Ça ne faisait pas partie du plan. Abdulia n'avait jamais évoqué cette éventualité.

Aussi, Roger Maestro leva son arme et, sans prêter attention à sa blessure, tira.

Une seconde avant que les fenêtres explosent, Dark avait empoigné Abdulia et s'était jeté avec elle sur le sol. Des éclats de verre tombèrent en pluie sur eux. Quelqu'un leur tirait dessus ; Roger, sans doute. Le sniper médaillé. Dissimulé sur une colline près de l'océan, au niveau du phare, comme un soldat qui aurait pris position, tournant le dos à la mer, face aux ennemis.

Dark rampa jusqu'à Hilda. Ils étaient beaucoup trop exposés. Roger devait avoir quantité de munitions. Il pouvait continuer à tirer balle sur balle…

Roger posa son fusil et porta les jumelles à ses yeux. Dark était à terre, couvrant la fille. Mais Abdulia aussi. Elle tremblait comme si elle avait froid. Tout cela était insensé !

Knack se souviendrait de cette image jusqu'à son dernier jour : les coups de feu, sa ravisseuse hurlant, les vitres qui volaient en éclats, ses paupières qu'il ne pouvait fermer. Il se débattit tant et si bien que le sparadrap de l'œil gauche se décolla. Il ferma la paupière, mais l'autre œil était toujours ouvert. Il ne pouvait détourner la tête. Il avait les genoux couverts de débris de verre. La dingue se convulsait sur le sol. Un peu de sang s'écoula de sa tempe. Puis une flaque se forma sous sa tête. Knack ne voulait pas regarder. Il y avait quelqu'un dehors, dans le crépuscule. Armé. Qui canardait ce satané phare et ne se priverait pas de recommencer. Et Knack ne pouvait rien faire.

Abdulia poussa un cri. Dark l'ignora. Il essayait de ranimer Hilda. Que lui avait-on administré ? Il chercha son pouls sur la carotide. Il était net et régulier.

– Hilda, murmura-t-il. Réveillez-vous. Je vous en prie. Vous m'avez sauvé : maintenant, c'est à moi de vous tirer de là.

Une sonnerie retentit dans la pièce.

Le téléphone à l'oreille, Roger avait les jumelles braquées sur la lanterne. *Allez, réponds. Lève-toi. Montre-moi que tu fais semblant.*

Dark devait évacuer Hilda.

– Allez, Hilda. Revenez à vous. Je vous en prie.

Abdulia ne répondait pas. Mais pourquoi ? Roger avait pu viser sans peine, mais, à la dernière seconde, Dark avait tressailli et bougé, comme s'il avait eu une prémonition. Roger avait l'habitude des cibles mouvantes, il savait compenser au quart de seconde au moment où il tirait. Il avait atteint Dark à la tête, n'est-ce pas ? Il avait vu gicler du sang.

À moins que…

Non.

Pas elle.

Ce n'était pas juste. C'était une immense injustice.

Roger reprit son fusil et regarda dans la lunette de visée.

Abdulia se sentait faible. Incapable de bouger. Elle entendait le téléphone sonner et mourait d'envie de répondre et de parler une dernière fois à Roger. Mais elle n'était pas sûre d'en être capable.

Ce n'était pas ainsi que cela devait se passer. Dark éliminait les monstres, il devait la tuer. Roger le haïssait, et c'en serait fait de Dark. Ensuite, il se suiciderait et ils seraient de nouveau ensemble dans une autre vie, laissant derrière eux le monde méditer sur leur histoire. D'autres avaient essayé. Aucun n'avait eu l'esprit aussi pénétrant qu'elle.

Finalement, cela n'avait plus d'importance. Elle ne s'attendait pas à mourir des mains de Roger mais savait que son mari ne laisserait pas Dark sortir vivant du phare. Et ils seraient de nouveau réunis.

Alors que la vie la quittait, elle se rappela la nuit où elle avait rencontré Roger et les cartes qu'elle lui avait tirées. Au début, il avait trouvé cela idiot. Elle savait que depuis il avait compris les profondeurs du tarot. Leur vie avait été transformée à jamais.

Abdulia attendait la Mort depuis si longtemps.

Dark porta Hilda, toujours inconsciente, jusqu'à l'escalier. Il voulait l'éloigner des fenêtres, la mettre à l'abri des balles tirées par Roger. Il ouvrit du bout du pied la porte d'un placard et la déposa délicatement à l'intérieur. Bien à l'abri.

Mais ce n'était pas suffisant. Il ôta son gilet pare-balles et l'en recouvrit.

Où était Graysmith, à présent ? Dark sortit son mobile et l'appela. Il renonça au bout de six sonneries. Peut-être essayait-elle d'éliminer Roger.

C'est alors qu'il se rappela que Knack était encore là-haut, totalement vulnérable. Dark referma le placard et remonta l'escalier en courant.

Roger avait tardé d'une seconde. Le temps qu'il vise la lanterne, Dark avait déjà emporté Hilda. Tant pis. Il y avait encore le journaliste. Dark se considérait comme un héros, il n'était pas question qu'il laisse mourir un innocent. Roger épaula son fusil et posa le doigt sur la détente.

Knack poussa un cri. Nom de Dieu, les coups de feu reprenaient, les vitres volaient en éclats et, oui, il en faisait dans sa culotte. Si seulement il avait pu fermer les deux yeux. Il était convaincu que, tôt ou tard, il recevrait un éclat de verre dans l'œil. Les mains, les yeux et les oreilles – un journaliste a-t-il d'autres outils ? Oui, sa cervelle. Mais la sienne risquait d'éclabousser les murs d'ici peu.

Dark était presque arrivé à la lanterne quand les balles criblèrent la pièce et que Knack se mit à hurler. Il rampa jusqu'à lui. Au moment où il atteignait le journaliste, deux balles le frappèrent dans le dos. Dark gémit, s'écroula sur Knack, faisant basculer la chaise. Les cris du journaliste furent la dernière chose qu'il entendit.

# 89

C'était fini.

Le sort de Steve Dark était réglé.

Pas de balle dans le crâne, cette fois. Il lui en avait logé deux en pleine poitrine. Une dans le cœur, l'autre dans les poumons. Adieu, héros.

Roger baissa son fusil et commença à le démonter et à ranger tous les éléments dans sa valise. Il aimait cette arme, mais il allait être obligé de la détruire.

Ce serait pour plus tard. D'abord, il irait au phare pour s'assurer que Dark était bien mort et Knack toujours vivant. Il avait bien pris garde de ne pas le toucher, mais Dark s'était effondré sur lui de tout son poids, et peut-être que l'homme avait fini étranglé. Dans ce cas, ce n'était pas très grave. Roger prendrait le dictaphone et enverrait lui-même la bande à CNN ou au *New York Times*. Un autre journaliste rédigerait l'article. Abdulia y tenait : il fallait que quelqu'un raconte leur histoire, sinon, tout cela n'aurait rimé à rien. Il n'y aurait pas d'équilibre ni de paix.

Abdulia.

Il pensa à elle et faillit se laisser submerger par ses émotions, mais il se ressaisit rapidement. Car c'est ce qu'elle aurait voulu. Ce serait difficile d'entrer dans le phare, de voir son cadavre à terre, mais il s'y préparait. *Ce n'est plus elle. Elle est dans un autre monde, avec notre petit garçon.*

Et, tant qu'il lui resterait un souffle de vie, il poursuivrait leur œuvre en son honneur.

À un moment, il se demanda s'il méritait de les rejoindre.

Il se rappela leur premier rendez-vous, quand Abdulia lui avait annoncé qu'elle lisait les cartes. « Vas-y, avait-il plaisanté. Tire-les-moi. » Elle l'avait fait. Et quand la carte de la Mort était apparue, il avait gémi : « Ah, bravo, tu viens de me tuer. » Mais elle lui avait expliqué que ce n'était pas le sens de la carte. « Tu es mon chevalier noir sur un étalon blanc », avait-elle dit. Cela lui avait fait plaisir.

Maintenant qu'Abdulia était morte, c'était à Roger d'abattre les cartes. Mais elle lui parlait depuis l'autre monde. Il allait étudier le tarot et exécuter les ordres.

Les cartes lui diraient qui il devait tuer.

# 90

Knack leva un œil vers le plafond écaillé, stupéfait d'être encore vivant. C'était à peu près le seul constat positif qu'il pouvait établir pour l'instant.

Dark était affalé sur lui, il le sentait respirer faiblement, mais il était évident que l'homme allait y passer d'un moment à l'autre. Deux balles dans le dos : on ne s'en sort pas comme ça.

Knack avait toujours un bras coincé derrière le dos et manifestement de multiples fractures. La douleur fulgurante était insoutenable.

Il y avait des débris de verre partout.

Et il avait encore un œil collé, malgré toutes les grimaces et contorsions qu'il pouvait faire. Ça le rendait fou.

Il entendit une porte grincer en bas.

*Mon Dieu !*

Des pas pressés montaient les marches. Knack vit un homme de haute taille, les cheveux poivre et sel coupés en brosse, l'air épuisé, une valise à la main.

L'autre tueur.

– Je vous en supplie, dit Knack, ne me tuez pas.

– Ne t'inquiète pas, répondit l'homme. Tu as la vie sauve. On veut que tu racontes notre histoire.

– Je vous jure que je vais le faire ! piailla Knack. Je raconterai tout ce que vous voudrez.

C'est alors que Dark se redressa.

Graysmith avait insisté pour que Dark porte des vêtements en Kevlar.

– Ça m'a coûté trop cher pour qu'on ne s'en serve pas. Où est le problème ?

Dark avait rechigné, craignant que cela ne l'alourdisse. Puis il avait réfléchi au passé de Roger Maestro et à ses talents de tireur. Tant pis pour le poids supplémentaire.

– Ceci en premier, avait dit Graysmith en lui tendant une chemise noire à manches longues.

En la prenant, il avait été surpris de son poids.

– Qu'est-ce que c'est ?

– Doublure en Kevlar, devant et derrière, presque invisible. Haute protection. Capable d'arrêter une balle de Magnum 44. 12 000 dollars pièce, mais j'ai eu une ristourne.

Dark avait enfilé la chemise, qui donnait l'impression de porter une cotte de mailles, puis il avait mis le gilet, qui pesait encore quelques kilos.

– Tu plaisantes, avait-il dit.

Il était content de l'avoir enfilée, cette chemise ! Elle avait dévié l'impact des balles. Il avait quand même été projeté et avait un mal de chien, mais elles n'avaient même pas effleuré la peau, et encore moins causé de blessure interne.

Un professionnel comme Roger Maestro viendrait forcément vérifier s'il était bien mort. Mais Dark était prêt à l'accueillir.

À peine debout, il enfonça dans la poitrine de Roger le poignard qu'il tira de sa botte. Mais l'autre lui saisit le poignet et le tordit violemment. L'arme tomba à terre. Roger empoigna Dark par la chemise et le projeta sur les embrasures métalliques des fenêtres. Aussi incroyable que cela puisse paraître, il restait encore des vitres intactes, qui se fracassèrent sous le choc. Dark glissa sur le sol, sentant une vive douleur lui brûler le bas des reins.

Dark voulut saisir son Glock, mais il se rappela qu'il l'avait posé quand il avait sauté sur Abdulia. Il était là, à quelques pas de lui, en partie caché sous le support de la lampe.

Roger se jeta sur lui. En prenant appui sur les mains, Dark lui décocha un coup de pied dans le genou et eut l'impression d'avoir cogné un poteau en acier. Un tel coup aurait brisé un genou normal ou au moins arrêté son adversaire, mais Roger ne semblait rien sentir. Il souleva Dark et le plaqua contre les fenêtres plusieurs fois. Sans arme, Dark ne pouvait rien contre cette armoire à glace. Abdulia était la cervelle du couple, mais Roger la lui avait fait sauter d'une balle. Il ne restait plus à Dark qu'une carte à abattre.

– Elle avait un message pour toi, murmura-t-il.

Roger cessa ses coups.

– Qu'est-ce que tu as dit ?

– En mourant, elle m'a demandé de m'assurer que tu comprenais quelque chose.

– Tu mens.

– Concernant Zachary.

– Prononce pas son nom, gronda Roger. Tu as pas le droit de le prononcer !

– Elle a dit que la dernière carte ne parlait pas de lui, mais de toi. Que tu étais la Mort depuis le début. Que tu avais apporté la mort dans leur vie, depuis ton retour de la guerre. Que tu étais responsable de la mort de ton fils.

– Assez !

– Regarde dans sa poche. C'est dedans. Elle m'a fait jurer de te le dire. Elle a ajouté que ça expliquerait tout.

Roger le cogna une dernière fois sur la paroi avant de se retourner vers le corps de sa femme. Puis il fit tomber Dark, qui en eut le souffle coupé. Des éclats de verre se fichèrent dans sa peau. Avant qu'il ait eu le temps de se remettre, il fut traîné jusqu'à Abdulia et retourné. Un pied aussi lourd qu'une enclume s'écrasa sur son dos.

– Si jamais tu as menti, je prendrai mon temps pour te réduire en bouillie. Ensuite, j'irai trouver tous les gens à qui tu tiens et je les déchiquetterai sous tes yeux.

– Regarde dans la poche, répéta Dark.

Alors que Roger se penchait sur le corps de sa femme, Dark tendit la main, empoigna son Glock, plia le bras en arrière et tira à l'aveuglette par-dessus sa tête.

Les cartouches éjectées retombèrent en pluie sur le sol.

Immédiatement, le pied qui le clouait au sol le libéra. Dark roula sur le côté en toussant, avec l'impression d'avoir les côtes pulvérisées. Une partie du visage de Roger Maestro était arrachée. Sa bouche était ouverte et il essayait encore de parler, mais rien n'en sortit. Ses yeux roulèrent dans leurs orbites, mais ce n'était pas Dark qu'il cherchait. Roger voulait voir sa femme. Dark comprenait ce qu'il éprouvait. Il se redressa et lui tira encore cinq balles en pleine poitrine. L'ancien soldat bascula en arrière et tomba de tout son long, le bras tendu, les doigts frémissants, cherchant à toucher la main de sa femme.

# 91

Après avoir libéré Knack, Dark descendit retrouver Hilda dans le placard. Elle jeta autour d'elle un regard affolé. Où était-elle ? Qu'est-ce qui pesait sur elle ? C'est alors qu'elle reconnut Dark et qu'un sourire se peignit sur son visage.

– On dirait que nos destins se croisent.

– Apparemment.

Il retira le gilet de Kevlar et l'aida à se lever. Elle était pâle et tremblait, mais elle était saine et sauve. Elle se rappelait s'être endormie quelques jours plus tôt et n'avoir repris conscience qu'une fois entre les mains des Maestro. Ils l'avaient interrogée sur Dark, lui demandant quel genre d'homme il était, où vivait sa famille. Ils voulaient tout savoir. Hilda avait refusé de parler, pensant qu'ils la tueraient, mais ils s'étaient contentés de la droguer. Les derniers jours n'étaient qu'un brouillard cauchemardesque où se détachaient les cartes du tarot. La Roue de fortune. Le Diable. La Maison-Dieu. La Mort…

– Eh bien, le cauchemar est fini, dit Dark.

– Grâce à vous, murmura-t-elle en lui caressant le visage.

– Non, c'est entièrement grâce à vous. Vous m'avez permis de comprendre.

Dark appela à nouveau Graysmith, en vain. Il appela donc les secours. Il y aurait des explications à fournir, mais Dark ne se faisait guère de souci. Même Knack pouvait écrire ce qui lui chantait, cela n'avait aucune importance.

– Durant ma consultation, vous m'avez dit que vous vous sentiez engourdi et impuissant, dit-elle. Que vous vous voyiez dans la carte du Diable.

– Oui, c'est vrai.

– Vous éprouvez toujours cette sensation ?

– Non, c'est fini, répondit Dark avec un sourire. Vous m'avez ouvert à la vérité qui était en moi et que je refusais de voir depuis des années. J'étais perdu dans mes obsessions et vous m'avez ouvert la voie. Je vous en serai éternellement reconnaissant.

Mais, alors qu'ils franchissaient la porte, son sourire s'évanouit. Quelqu'un les attendait, un Sig Sauer au poing.

# 92

Salut, lança Riggins.

Dark se figea. Hilda leva vers lui un regard inquiet.

Riggins le désigna du canon de son arme.

– Tu vas pas faire une connerie, on est bien d'accord ?

– Comment tu m'as retrouvé ? demanda Dark.

– Grâce à ta bienfaitrice. Elle est sous les verrous, en ce moment, au cas où tu essaierais de la joindre. Je suis peut-être vieux, mais j'ai encore de la ressource.

Riggins se donnait beaucoup de mal pour la jouer nonchalante, mais il avait pratiquement dû vendre son âme au diable – en l'occurrence, à Wycoff – pour obtenir l'autorisation d'incarcérer Lisa Graysmith. Elle avait peut-être des liens avec des personnages haut placés dans le milieu du renseignement, avait argué Riggins, mais cela ne lui conférait aucune impunité dans le cadre d'une enquête criminelle. Il faut reconnaître que Wycoff avait passé les coups de fil à qui de droit. En trente minutes, Riggins avait pu monter dans un hélico avec une équipe de la SWAT. Ils avaient trouvé Graysmith près du cap Mendocino. Elle s'était rendue sans résistance, presque sans un mot, se contentant d'un sourire narquois pour Riggins.

– Vous feriez bien d'aller voir où en est votre petit gars, avait-elle lâché.

*Salope !* Quand Riggins avait entendu les coups de feu, il avait couru jusqu'au phare.

Et à présent, pour la deuxième fois en quelques jours, il braquait son Sig sur l'homme qu'il considérait naguère comme son fils. On dit qu'il ne faut jamais pointer une arme si on n'a pas l'intention de tuer. Était-ce ce qu'il se préparait à faire ? Tuer celui qui lui avait tenu lieu de fils ?

Le tout était de savoir si Dark était encore celui qu'il avait connu. Ou s'il avait succombé à son patrimoine génétique et devenait un monstre à son tour.

– Constance a failli y laisser sa peau, hurla Riggins. Il faut que ça s'arrête, toi et tes petits jeux de cinglé.

– Je ne joue à rien du tout.

– Viens avec moi, tu pourras tout expliquer.

– Non. Je rentre retrouver ma fille.

– Tu es dingue si tu crois que je vais te laisser faire.

– Non, Tom. Je n'ai jamais été aussi sain d'esprit. J'ai passé les années qui ont suivi la mort de Sibby à guetter un signe. Pendant un moment, j'ai cru que les cartes du tarot étaient ce signe. Mais non. On fait ses promesses tout seul. On se fixe soi-même ses objectifs. On forge tout seul son destin. Et, du moment qu'on agit ainsi, il y a de l'espoir. Même quand les cartes sont contre toi.

– Qu'est-ce que tu as fait ?

– Mon boulot. Mais pas pour ton compte, c'est tout.

Riggins baissa son arme. Il connaissait Dark mieux que personne. Et aussi les tueurs psychopathes.

Ces déments qu'il avait traqués possédaient tous ce besoin irrépressible de tuer, cette soif inextinguible de sang et de violence. Dark les avait en lui aussi, mais seulement pour la justice. La vengeance. Les Affaires spéciales avaient réussi à canaliser ce don pendant un moment, mais Dark s'était lassé. Il avait besoin d'agir comme il l'entendait.

Et c'était illégal. La loi n'accepte pas l'existence des justiciers. Riggins savait qu'un jour viendrait où il devrait abattre Dark. Mais ce jour n'était pas arrivé. Pour le moment, Dark était une force du bien. Et il voulait retrouver sa fille.

Il réglerait la question plus tard.

– Je suppose qu'ils sont tous les deux morts, dit-il en désignant le phare.

– Oui. Le journaliste est vivant. Il a vu tout ce qui s'était passé.

– Il est indemne ?

– Un peu secoué, mais ça va.

– Je vais lui parler. Je crois que ça vaudra mieux pour tout le monde que tu n'apparaisses nulle part. On dira que les Affaires spéciales ont suivi leur piste jusqu'ici. Qu'un agent les a découverts et liquidés. Ça te va ?

– Le mari a abattu sa femme. La police scientifique le constatera sans problème.

– On se débrouillera. Knack me donnera tous les détails sanglants, j'en doute pas.

– Tu crois ? Je veux dire, tu penses pouvoir compter sur son silence ?

– J'en bouffe des comme lui tous les matins au petit déj'.

Riggins se tourna vers Hilda, qui avait suivi leur conversation avec un silence amusé.

– Ça va, madame ?

– Vous êtes exactement comme Steve vous a décrit, dit-elle. Je suis honorée de faire votre connaissance.

– Y voyez pas de mal, mais vous êtes qui ?

– Vous a-t-on déjà lu les cartes ? rétorqua-t-elle.

**Pour visionner le tirage de tarot personnel de Steve Dark, connectez-vous à level26.com et entrez le mot de passe : « vie ».**

flashcode

web

# ÉPILOGUE

## Santa Barbara, Californie

Désolée, je suis en retard, dit Graysmith.

Dark ne fut qu'à moitié surpris de la voir débarquer chez ses beaux-parents.

– Ça ne fait rien. Il paraît que tu étais en garde à vue.

– Oui, grâce à ton ancien chef, qui est un vrai…

Elle n'acheva pas, ne trouvant pas un terme convenable pour une fillette. La petite Sibby, accrochée aux jambes de son père, levait les yeux vers elle.

– Tu dois être la jolie Sibby, dit-elle en se baissant. Je m'appelle Lisa.

Sibby sourit, puis elle éclata d'un rire espiègle et courut se réfugier dans la maison.

– Elle est timide, l'excusa Dark, pas très à l'aise à l'idée de la présence de Graysmith auprès de sa fille.

Elle sentit qu'il était tendu et se releva en lissant sa jupe.

– Ou alors elle sait très bien juger les gens. Dis-moi, on peut discuter quelque part ? Dans un endroit calme ?

Le beau-père de Dark se chargeait du barbecue tandis que sa belle-mère assaisonnait la salade. Sibby était partie habiller ses poupées, que Dark avait fini par lui rapporter. Il descendit avec Graysmith l'allée qui menait à la plage. Le bord de mer était l'endroit où il réfléchissait le mieux. Le fracas des vagues, le sable moelleux l'apaisaient, comme s'il fallait quelque chose de puissant et de violent comme l'océan pour noyer les tourments qui agitaient son esprit.

– J'ai été mutée, annonça Graysmith après un silence.

– Où ?

– Eh bien, sans briser le secret défense, je… Disons que c'est ailleurs, dans un endroit où il y a beaucoup de sable.

– Personne n'était au courant de tes activités extra-professionnelles ?

– Aucune idée. J'ai dit que j'avais besoin de quelques mois de congé sabbatique. Le matériel, les sources… tout ça, je l'ai trouvé toute seule. Quand on se plonge dans un boulot, on connaît les astuces. Ce n'est pas difficile à apprendre.

– Tu as des ennuis ?

– Pas suffisamment pour être fusillée pour trahison, si c'est ce que tu veux savoir. Et, apparemment, je suis trop précieuse pour qu'on me vire. Donc, le meilleur châtiment, c'est de me garder et de me faire travailler constamment.

– Tu ne m'as jamais dit exactement ce que tu faisais ni pour qui ?

– C'est vrai.

Derrière eux, le Pacifique déferlait sur la plage dorée. Santa Barbara est un petit paradis. L'océan d'un côté, les montagnes de Santa Ynez de l'autre. Un berceau. Dark comprenait pourquoi les parents de Sibby vivaient ici et préféraient que leur petite-fille y grandisse.

– Je suppose que c'est la fin de…

Il n'acheva pas. La fin de quoi, d'ailleurs ? Un agent accablé de chagrin prend le maquis, se met en cheville avec un ancien chasseur d'hommes, ils arrêtent deux psychopathes, et ensuite ? Était-il censé l'embrasser devant le soleil couchant ? Fallait-il des violons sirupeux ? Non. Ça, c'était dans les films.

– Oui. Sauf si je démissionne, dit-elle.

Il haussa les sourcils, surpris.

– On est en démocratie, je crois. Je peux passer un coup de fil et raccrocher le fusil. Tu n'as qu'un mot à dire.

– Et après ? On chasserait les tueurs en série pendant notre temps libre ?

– Ouais, dit-elle en lui prenant la main.

Il ne répondit pas. Il regarda l'écume blanche sur les vagues, les familles qui rentraient de la plage pour dîner ou s'amuser… enfin, ce que font toutes les familles.

Plus tard, à l'hôtel, Graysmith passa un coup de fil depuis un jetable sans abonnement acheté dans un supermarché. Elle appela un numéro relais, puis elle attendit. Se servit un verre de chardonnay. Elle l'avait à moitié fini quand son téléphone sonna. Elle décrocha et écouta.

– Oui. On s'est vus en fin de journée et j'ai expliqué la situation, exactement comme vous le recommandiez. (Elle écouta son correspondant.) Si, si, je vous assure. Il est à vous, à présent.

# ÉPILOGUE II

## West Hollywood, Californie

Les roses blanches semblaient convenir, bien que Dark n'ait jamais compris l'utilité de déposer des fleurs sur une tombe. Elles étaient coupées, emballées, trempées dans l'eau pour maintenir l'illusion de la vie, mais elles étaient déjà mortes, ou mourantes. *Tiens, je t'ai apporté de la mort. Un peu plus.*

Mais il n'en dit rien à sa fille.

Dark était d'humeur morbide. Sa femme, Sibby, n'était pas dans ce cimetière. Cette tombe était tout au plus une manière de dire qu'elle avait vécu. Mais son épouse, son essence, était bien vivante dans son esprit, et elle le serait toujours.

– Où je les mets, papa ?

– Où tu veux, ma chérie.

L'important était que Sibby ait un élément tangible pour se rappeler sa mère, morte le jour de sa naissance. Elle n'avait aucun souvenir d'elle, rien qui pût rester gravé dans sa mémoire. De tout ce que Sqweegel avait pris à Dark, c'était le plus douloureux. Le droit d'une enfant à connaître sa mère, le parfum de sa peau, la douceur de ses doigts.

– C'est bien, ma chérie, dit-il en la regardant poser le bouquet juste à côté de la pierre tombale.

– Maman est là-dedans ?

Dark secoua la tête et s'accroupit. Il posa la main sur la poitrine de sa fille.

– Non, elle est là. Elle y restera toujours.

C'était le jour de l'installation. Dark s'était dépêché de terminer les peintures et de monter les meubles avant d'aller chercher sa fille à Santa Barbara. Hello Kitty était le grand thème du décor – même si Dark n'avait aucune idée de ce qu'en penserait Sibby. Sans doute lui suggérerait-elle autre chose. Après le cimetière, le dîner et un petit tour chez le marchand de glaces, Dark la borda dans son nouveau lit, lui baisa le front et lui souhaita de beaux rêves.

Il patienta dans le salon en tendant l'oreille. La rumeur des voitures sur Sunset. Un rire d'ivrogne. Le cliquetis de talons sur le trottoir. Un klaxon lointain et étouffé. Les bruits habituels de Los Angeles.

Une fois certain qu'elle était endormie, Dark descendit dans son repaire souterrain.

Il avait une caméra de surveillance braquée sur la chambre de sa fille et tous les détecteurs de mouvement possible. Si un cafard franchissait le seuil, l'alarme se déclencherait. Mais Dark avait aussi un écran qui lui donnait les statistiques des meurtres en temps réel. Un système géré par un logiciel expérimental et des liens fournis par Graysmith. Ce centre de commandes aurait rendu jaloux n'importe quelle police au monde, et c'était lui qui le possédait.

Apparemment, il était possible d'être un bon père et un chasseur d'hommes efficace. Ce n'était pas facile, évidemment. Mais rien qui vaille la peine ne l'est jamais.

Au cours des derniers jours, un schéma récurrent s'était révélé en Europe de l'Est : un sadique qui semblait capable de passer à travers les murs et qui prélevait des trophées macabres sur ses victimes agonisantes.

Le mobile posé sur la table vibra. Dark décrocha.

– Je suis en train d'y réfléchir, dit-il. Il va faire une erreur dans pas longtemps.

– Dans combien de temps peux-tu être prêt ? demanda Graysmith.

– J'appelle la baby-sitter.

REMERCIEMENTS

Anthony Zuiker remercie : d'abord et avant tout mon épouse Jennifer, qui m'a encouragé à la réalisation. L'équipe et les acteurs de *Dark Prophecy*, qui ont continué de produire les meilleurs films pour *Level 26*. Matthew Weinberg, Orlin Dobreff, Jennifer Cooper, William Eubank, David Boorstein, et Joshua Caldwell : merci pour l'ambiance sur le tournage. Sans oublier le cochon. Remerciements tout particuliers à Duane Swiercyznski pour notre deuxième livre ensemble. Ça déménage ! Enfin, mais non les moindres : Margaret Riley, Kevin Yorn, Dan Strone, Alex Kohner, Nick Gladden, et Sheri Smiley.

Duane Swierczynski aimerait remercier : mon épouse Meredith, mon fils Parker et ma fille Sarah. Je remercie particulièrement Anthony Zuiker pour m'avoir fait participer de nouveau à l'aventure Dark, ainsi que toute son équipe (notamment Matt, Orlin, David et Josh) qui m'ont aidé à trouver mes marques. Enfin, l'équipe DHS : David Hale Smith et Shauyi Tai, mes complices de toujours.

Composition : Compo-Méca S.A.R.L.
64990 Mouguerre

Impression réalisée par Corlet imprimeur
pour le compte des Éditions Michel Lafon

IMPRIM'VERT®

Dépôt légal : novembre 2010
N° d'impression : 132355
ISBN : 978-2-7499-1317-9
LAF : 1254 B

Imprimé en France